PROLOG

Er küsst sie. Trunken voll Gier streicht er über ihre entblößte, blässliche Haut, liebkost Bereiche, die nur selten das Tageslicht sehen, entfacht damit das Feuer erneut. Seine Berührungen tropfen förmlich vor Zärtlichkeit. Die beiden Liebenden sind lustvoll, erscheinen unersättlich zu sein. Sie windet sich unter seiner Berührung, dann lächelt sie. Sicherlich hebt er sie gleich auf die lila Wolken, lässt sie fliegen, wird ihr die Luft zum Atmen und den Verstand nehmen, bis sie sich endgültig in diesem göttlichen Trost verliert.

Die heimliche Beobachterin steckt das Fernglas zurück in ihre Tasche, und klettert umständlich vom Baum. Der Frau fällt es schwer, sich an den dünnen Ästen festzuhalten.
Ihre Hände zittern vor Wut.
Sie hatte genug gesehen. Weit mehr, als sie ertragen konnte.
Das junge Paar hätte die Vorhänge zuziehen sollen.
Sie haben nicht die leiseste Ahnung, dass sie beobachtet wurden.
Nun hat die Frau einen Plan.
Sie weiß, was zu tun ist.
Er gehört ihr. Er hat ihr schon immer gehört!
Bald wird wieder alles so wie früher sein.
Melanie wird für hren Männerklau bezahlen!

KAPITEL 1 GLÜCK IST, WO ER IST

Was bedarf es zum glücklich sein? Gesundheit. Was noch? Geld, Karriere, Luxusgüter und Wohlstand - vielleicht? Jeder hat seinen eigenen Maßstab. Für mich ist es die Liebe. Die Liebe zu jemanden besonderen, der meine Zuwendung erwidert, der mir alles schenkt, dem ich inzwischen hundertprozentig vertraue.

Ich schließe unseren kleinen Laden ab, und mache mich auf den Weg zu meinem Liebsten. Ja, richtig gelesen. Unser kleiner Laden. Eine Modeboutique. Mein Lebenstraum! Ich bin zwar erst einundzwanzig Jahre alt, dennoch sind meine Freundinnen und ich vor einigen Monaten das nicht unerhebliche Risiko eingegangen. Gegen alle Bedenken unserer Familien haben wir das überaus anspruchsvolle Projekt durchgezogen. Natürlich nicht ganz ohne Fremdmittel. In dem Laden steckt viel gebundenes Kapital. Leider ist das ursprüngliche Dream Team, unser Trio, zwischenzeitlich zu einem Duo geschrumpft. Zu meiner Schande trage ich die Schuld an dem ganzen Drama.

Was war passiert? Männerklau. Aber stimmt das? Habe ich ihn wirklich geklaut? Meiner Ansicht nach nicht, aber darum geht es nicht mehr. Zwischen meiner ehemaligen Geschäftspartnerin und mir klafft ein riesiger Krater, der sich nicht überwinden lässt - mit keinem Mittel der Welt. Kein Geld! Keine Entschuldigung und auch keine Aussprache können die Wogen glätten! Es ist geschehen und lässt sich nicht mehr ändern! Würde ich an diesen Umstand gerne etwas ändern? Ja, auf jeden Fall!

Morgen habe ich frei. Somit kann ich das ganze Wochenende uneingeschränkt mit Tobias verbringen.

Unsere Geschichte begann kompliziert. Damals ist er ohne Vorwarnung, wie ein Feuerwerkskörper in mein Leben getreten. Was als leidenschaftliche Affäre begann, hat sich tatsächlich zu einer ernstgemeinten Beziehung gemausert. Ich kann ein gewisses Herzklopfen nicht verleugnen.

Es ist erst meine zweite Beziehung. Mit ihm hat sich vieles geändert. Seine Persönlichkeit fasziniert mich zutiefst. Noch nie habe ich jemanden wie ihn getroffen, noch nie hat mich ein Charakter so gefesselt. Nichts und niemanden habe ich jemals so geliebt und gewollt. Leider ist sein Wesen etwas schwierig bis wankelmütig. Nie weiß man, wie er als nächstes reagiert. Manchmal ist er unberechenbar und launisch, kann mir aber im nächsten Moment wieder komplett den Verstand rauben, mich total glücklich machen. Mir hat er auf jeden Fall mein Herz gestohlen, und ich will es erst einmal nicht wieder haben.

Tobi wohnt in einer alten Stadtvilla in Celle. Die Lage ist zentral. Das weiße prächtige Haus hat einen historischen Touch, steht unter Denkmalschutz, wurde bis ins letzte Detail restauriert. Zum Glück liegt sein Domizil nicht allzu weit von meinem Arbeitsplatz entfernt. Wie üblich steht mir der Besucherparkplatz zur Verfügung. Enthusiastisch springe ich aus dem Auto.

Aua! Verdammt! Zum wievielten Male ratsche ich mir mein Bein an diesen Scheißrosen auf? Die Parkplätze werden von einem üppigen Rosenbeet umrahmt. Man könnte bei dem Anblick beeindruckt sein. Diese rosa Pracht sieht phantastisch aus. Ich weiß aber, dass der Hausherr keinen grünen Daumen hat. Es handelt sich hier schlichtweg um das Werk eines Gärtners.

Ich schnappe mir meine sieben Sachen und drücke die Klingel. Kurz danach ertönt der Summer.

Tobias steht oben im Treppenhaus. Locker hat er die Hände in die Hosentaschen gesteckt, grinst mich entspannt an.

„Hey Melli, du kommst vergleichsweise früh."

Ich strahle ihn an. „Ja, in der Tat. Gegen meine Prinzipien habe ich die letzte Kundin in einer schlecht sitzenden Cordhose nach Hause geschickt, nur um pünktlich um achtzehn Uhr schließen zu können. Theoretisch machen Längsstreifen schlank. Praktisch hat das Material bei ihren eh schon fülligen Oberschenkeln zusätzlich aufgetragen. Sie wird es hassen. Spätestens zu Hause wird sie das Ding in die Ecke knallen. Es besteht also eine überaus berechtigte Wahrscheinlichkeit, dass sie das Teil am Montag wieder umtauschen wird."

Er lacht. „Alles gut. Pack bitte deine Sachen schon einmal ins Schlafzimmer. Wir bekommen gleich Besuch."

„Ehrlich, Gäste? Davon hast du gar nichts erzählt."
Gleichgültig zuckt er mit den Schultern. „Ich wusste nicht, dass das wichtig ist." Er dreht sich um und geht in die Küche.
Besuch! So ein Pech. Gerne wäre ich mit ihm alleine gewesen. Es hätte mir nichts ausgemacht, am gleichen Punkt des Vorabends anzuknüpfen. Hammer, war das sinnlich. Bei dem Gedanken daran, überkommt mich ein kleiner Schauer.
Im Schlafzimmer stelle ich meinen Rucksack und meine hippe, braune Wildledertasche in die Ecke, und kehre zu ihm zurück. Er steht nun am Tresen und bereitet einige Snacks zu.
„Kann ich dir etwas helfen?" frage ich betont freundlich.
„Nicht wirklich. Ich bin schon am fast fertig. Gerne kannst du diese Schale und das Besteck mit hinüber nehmen.
„Ja, klar", antworte ich. Etwas missmutig beäuge das heutige Angebot. Das noble, weiße Keramikgefäß ist mit einem cremigen Kräuterquarkdip und verschiedenartigen Gemüsestreifen gefüllt. Meiner Meinung nach, wären Kartoffelchips oder Schokolade völlig ausreichend gewesen.
Die Klingel läutet. „Einen Moment!" Er legt sein Messer zu Seite und öffnet. Nach nur einer Minute betreten Bernd und Barbara die Wohnung.
„Hey, lange nicht gesehen!", sagt sie, lächelt breit.
Was als Scherz gedacht war, erheitert mich nicht sonderlich. Barbara und ich hatten uns erst vor circa zwei Stunden

voneinander verabschiedet. Sie ist meine beste Freundin, ehemalige Klassenkameradin und zeitgleich auch die zuletzt verbliebende Geschäftspartnerin, quasi mein gleichberechtigter Gegenpart im Laden.

„Ihr Frauen könnt euch schon mal ins Wohnzimmer setzen. Wir kommen gleich", sagt Tobias.

„Alles klar", sagt Barbara. Zusammen setzen wir uns auf die geräumige Couch.

„Nicht schlecht!" Bewundernd lässt Barbara ihren Blick durch die Wohnung streifen, bleibt dann am Fenster hängen. Sie besucht Tobias das erste Mal. Die Räumlichkeiten sind in Weiß gehalten, der Fußboden mit alten, aber frisch gewienerten Parkett bedeckt, die Decken mit Stuck geschmückt. Die Einrichtung ist exklusiv, hell und modern gehalten, aber das Tüpfelchen auf dem I ist die Aussicht. Ihre Augen werden noch etwas größer.

Zugegeben. Für Neulinge ist der Anblick phantastisch. Mir erging es beim ersten Mal ähnlich. Draußen ist es immer noch hell. Die Glasfront erstreckt sich über die gesamte Fläche, gibt somit einen uneingeschränkten Blick auf den gepflegten Garten frei. Dahinter verläuft gleich der breite Flusslauf der Aller. Im Hintergrund zeichnen sich unmittelbar die historischen Gebäude der Celler Altstadt ab.

„Ich liebe diese Aussicht", sagt Barbara anerkennend.

„Man gewöhnt sich daran", kommt es wenig euphorisch meinerseits.

„Na, was ist los? So zurückhaltend und schweigsam kenne ich dich gar nicht", sagt sie.

„Was soll ich sagen? Nichts gegen euch, aber eigentlich hatte ich mich seelisch auf einen gemütlichen Pärchen Abend vor der Glotze eingestellt."

„Ein Abend vor dem Fernseher ist natürlich eine überaus prickelnde Angelegenheit", sagt sie spöttisch.

Bei ihren Worten rolle ich mit den Augen. „Ich weiß nicht, wie es dir geht, aber diese Woche war ganz schön anstrengend. Mein Akku ist leer. Der läuft nur noch auf Reserve."

Sie lacht, wirft ihre langen, braunen Haare nach hinten. „War nur ein Scherz. Natürlich geht es mir ähnlich. Diese beschissenen langen Öffnungszeiten killen jeglichen Elan. Ehrlich gesagt hatte ich es mir auch schon erfolgreich auf dem Sofa bequem gemacht, bis mich dann mein Terror Freund förmlich genötigt hat, das Haus zu verlassen."

Tobi kommt herein. Er hat einige Biere in der Hand. „Terror Freund? Etwa Bernd?", fragt er skeptisch.

„Ähm, das war aus dem Zusammenhang gerissen. So war das nicht gemeint", sagt Barbara, versucht sich kläglich aus der Situation zu retten.

„Wollt ihr auch Bier oder vielleicht lieber Sekt? Ich habe auch antialkoholische Drinks da. It's up to you!", sagt er, wechselt diplomatisch das Thema - zum Glück!

„Sekt bitte", sage ich.

„Für mich bitte auch", sagt Barbara. Wie üblich sind wir uns in diesem Punkt einig. Weiber eben.

Bernd betritt den Raum. „Hier für meine Traumfrau!" Ein Salatteller, äußerst liebevoll dekoriert landet vor ihrer Nase auf dem Wohnzimmertisch. Fröhlich zwinkert er ihr zu. „Wartet bitte noch mit dem Essen, bis wir alle zusammen sind."

„Alles ok? Seid ihr krank? Fieber oder so?", frage ich spontan.

„Nein, was soll das?" Bernd dreht sich zu mir um, schüttelt ungläubig seinem Kopf, funkelt mich böse an. Gefühlt versprühen seine Augen einige giftige Pfeile in meine Richtung. Prompt landet Barbaras Ellbogen in meiner Seite. „Lästere nicht. Das ist doch sehr zuvorkommend", raunt sie mir zu. „Danke Schatz", folgt dann. Sie strahlt ihren Freund überglücklich an. Er begibt sich wieder in die Küche.

„Ja, zuvorkommend und sehr ungewöhnlich, bis verdächtig", ermahne ich sie trocken. „Dein holder Freund ist ein eingefleischter Faulpelz! Sonst scheucht er dich immer durch die Gegend: Hol doch mal die Getränke, mach mal dies, mach mal das! Ich frage mich, ob die beiden Kerle eventuell ein schlechtes Gewissen haben. Gibt es etwas, was wir wissen sollten? Ein dunkles Geheimnis? Vielleicht planen sie einen Urlaub – ohne uns! Nach Mallorca oder so", spekuliere ich nachdenklich.

„Du siehst immer Gespenster." Ihr Blick ist verständnislos, dann widmet sie sich ihrem Teller. „Nun denn. Der Salat sieht wirklich lecker aus. Ich liebe Rucola."

„Ja, ich auch – auf Pizza. Ehrlich, diese ganze Salatesserei ist überhaupt nicht mein Ding." Ich meckere auf hohem Niveau, ich weiß. Jeder halbwegs normale Mensch würde sich über dieses Gericht freuen. Frischer Rucola, knackige Tomaten, duftende Kräuter und Reis wurden auf dem Teller vermischt. Tobias ist ein begnadeter Koch. Das tut er mit Leidenschaft. Seine Gerichte werden raffiniert gewürzt, schmecken in der Regel immer ausgezeichnet.

Es ist schändlich. Meine Essensgewohnheiten sind unstrukturiert. Viele Mahlzeiten fallen einfach aus, ohne dass ich das überhaupt bemerke. Dadurch, dass ich im Tagesverlauf relativ viel Kaffee trinke, Heißhungerattacken mit Süßigkeiten kompensiere, ist mir ein Hungergefühl auch eher fremd.

Ein gefüllter Brotkorb mit knusprigen, warmen Ciabatta vollendet die Auswahl. Zwischenzeitlich hatte auch ich meinen Grünteller bekommen. Endlich setzen sich auch die Männer.

„Na dann guten Appetit!", sagt Tobias.

Die Optik des Gerichts hat nicht zu viel versprochen. Entgegen meiner negativen Grundeinstellung genieße ich jede Gabel.

„Bei Tobias muss immer alles gesund sein. In diesem Punkt ist er fast pedantisch", flüstere ich in Barbaras Ohr, schaue dann verwundert auf. Meine Freundin benimmt sich seltsam!

Sie hat ihre Gabel beiseitegelegt, fängt an, mit den Fingern in ihrem Salat zu wühlen.

„Ist es das, was ich denke?" Unvermittelt strahlt sie, hat diese Worte an Bernd gerichtet. Nun rückt ihre Fundsache in mein Blickfeld. Welch Überraschung. In ihrem Gericht war tatsächlich ein Ring versteckt. Er glänzt matt, ist teils mit Dressing verschmiert.

Ja, das ist es", seine Stimme klingt rauchig, er grinst. „Du hast verhältnismäßig lang gebraucht. Ich hatte schon Bedenken, dass du ihn versehentlich verschlucken würdest." Nun lacht er.

„Ehrlich, das war gerade eine Folter. Nun gut. Jetzt kommt der offizielle Part!" Romantisch und in aller Form, bzw. Dramatik kniet Bernd umständlich vor ihr nieder. Für einen so großen Kerl, in diesen beengten Verhältnissen zwischen Tisch und Sofa, ist das gar nicht so einfach. „Barbara, ich liebe dich über alles. Willst du meine Frau werden?"

Er muss nicht lange auf eine Antwort warten. „Ja, natürlich!" Ihre Gesichtsfarbe verändert sich, sie bekommt einen rosigen Teint. Eine einzelne Freudenträne kullert ihr über die Wange. Hätte sie nur wasserfestes Mascara gewählt! Die Träne hinterlässt einen dicken pechschwarzen Streifen auf ihrem Gesicht. Egal. Ihm fällt das in diesem romantischen Moment, in seiner Gefühlsseligkeit, gar nicht auf. Er küsst sie. Sie küsst ihn. Dann küssen sich beide! Wieder, und wieder, und wieder...

Freimütig lassen ihren Gefühlen freien Lauf.

Ähm ja. Ich wusste von seinen Absichten. Allerdings war ich komplett ahnungslos, dass der Antrag heute von stattgehen würde. Daher also diese ganze Geheimniskrämerei, der überraschende Besuch. Der Kreis schließt sich.

Ich wende mich wieder meinem Salat zu. Gerne hätte ich auch einen Ring, aber dafür ist es definitiv noch zu früh. Damit kann ich nicht rechnen. Barbara hat auf jeden Fall das große Glückslos gezogen. Ihrem Gesichtsausdruck zu Folge schwebt sie auf Wolke sieben oder acht.

Tobias war wohl aktiv an der Umsetzung dieses Antrags beteiligt gewesen. Er wirkt leicht amüsiert. Mit dem Ergebnis ist er mehr als zufrieden. Nun grinst er mich schelmisch an, zwinkert mir zu. Verdammt, er sieht aber auch wirklich zu gut aus. Und verdammt, wie gerne hätte ich auch ein Zeichen seiner Zuneigung. Ich habe den Salat jetzt komplett aufgegessen – bis auf das letzte verfluchte Rucola Blatt! Es war natürlich kein Schmuckstück dabei. Eine dunkle Wolke zieht in meinem Kopf auf und ab. Ungünstig, sehr ungünstig. Wie jeder weiß, bedeutet Neid den Beginn der

Unzufriedenheit. Notiz an mich selbst: Eifersucht ist kein guter Begleiter.

„So, das war Teil eins. Als Teil zwei gehen wir jetzt tanzen. Das muss wohl richtig gefeiert werden. Was haltet Ihr davon?" Tobias hat die Worte an uns alle drei gerichtet, seine Augen haben sich aber nur auf mich geheftet.

Ich nicke zustimmend. „Ja, klar, warum nicht? Wenn das kein Grund für eine ausgiebige Sause ist, was dann? Ich ziehe mich nur noch schnell um."

Wie auch schon zuvor, kümmern sich die Männer um das Geschirr, und räumen die Reste ab. Ich hingegen begebe mich ins geräumige Schlafzimmer nebenan, tausche meinen spießigen Arbeitsdress gegen einen schicken Fummel. Ich wähle ein sexy Top und einen kurzen Rock, für den Weg eine Strickjacke - black in black. Zum Feiern ist das genau richtig. Dazu trage ich meinen heißgeliebten, kirschroten Lippenstift auf. Hohe schwarze Stiefel vollenden das Bild. Ja, das sieht klasse, bzw. verwegen aus. In diesem Look fühle ich mich wohl.

Als ich nach vorne komme, stehen alle schon versammelt im Flur und warten. Wie unschicklich! Hatte ich ernsthaft so lange getrödelt? Tobias wirkt verärgert. Seine Augen sind zu Schlitzen zusammengezogen. Augenscheinlich geht es ihm aber nicht um die Wartezeit. Missbilligend wandert sein Blick über meine Statur.

„Für wen hast du dich denn so aufgedonnert? Soll ich hierbleiben? Willst du noch ein paar Kerle klarmachen?"

„Was soll die Frage? Ich gehe immer so. Das ist mein Stil."

Er ist nicht überzeugt. „Ziehst du dir bitte etwas anderes an. Ich finde Deine Kleidung jetzt eher unpassend!"

Dass wir streiten ist nicht neu, das gab es schon öfter. Neu ist, dass er mir Vorschriften macht. „Hör mal Tobias", entgegne ich jetzt etwas grantig. „Es ist Sommer. Dort sind bestimmt an die achtundzwanzig Grad. Ich denke nicht, dass mein Outfit verwerflich ist! Es ist eher den Temperaturen angemessen!"

Er gibt nach. „Ok, dann los. Wehe wenn du mit anderen Männern anbandelst." Er nimmt meine Hand, und zieht mich energisch die Treppen hinunter, in Richtung Auto.

„Tobias, sei lieb", sage ich versöhnlich. „Ehrlich, ich lasse mir meinen Kleiderstil nicht diktieren. Das geht wirklich überhaupt nicht. Ich bin eine emanzipierte Frau."

Er prustet los. „Soso, eine emanzipierte Frau!"

„Ja genau. Emanzipiert und taff!", sage ich gekränkt.

„Das ist gut. Etwas anderes als das würde ich gar nicht wollen. Das kannst du mir glauben."

In der Disko erwartet uns eine Überraschung. Eine alte Freundin bedient am Tresen. „Hallo, Willkommen!" begrüßt sie uns fröhlich.

„Sabine! Hey! Seit wann arbeitest du denn hier?"

„Erst seit kurzem."

„Ja, wie cool. Wie geht es Dir?"

„Ja, gut. Sehr gut sogar!", sagt sie, lächelt breit.

Mein Blick wandert von ihrem Gesicht zu ihrem Outfit. Vor Schreck halte ich die Luft an. Ich muss wirklich zweimal hingucken, um das Grauen zu begreifen.

Ihre Klamottenzusammenstellung ist furchtbar. Auch sie geht black in black. Soweit die gute Nachricht. Leider ist ihr Oberteil zu kurz, ist verrutscht, gibt es einen Blick auf eine wulstige Speckschwarte frei. Die weite Hose endet kurz nach den Knien. Dazu trägt sie Sandalen, die sicherlich unglaublich bequem sind. Da ich vom Fach bin, ist der Anblick dieser geschmacklosen Verirrung eine wahre Zumutung, aber egal. Nebensächlich! Ich freue mich, sie zu sehen, umrunde den Tresen, umarme sie stürmisch.

„Seit wann arbeitest du hier?"

„Erst seit kurzem." Unruhig schaut sie sich um, sieht wie ein Gast erwartungsvoll die Hand hebt. Das Zeichen ist mehr als eindeutig. Er hat Durst! „Sorry, heute ist viel zu tun. Ich muss gleich weiterarbeiten. Wir sprechen später. Ja? Was kann ich dir bringen?"

„Kein Thema. Gibst du mir bitte zwei Bier."

„Sicher!" Sie bedient mich zügig, zieht die Summe ab. Ich gebe Trinkgeld. Ich gebe immer Trinkgeld! Dann und wann jobbe ich nebenbei als Bedienung. Das ist wirklich ein Knochenjob!
Ich geselle mich wieder zu meinen Freunden.
Hier ergibt sich ein unverändertes Bild. Barbara und Bernd sind immer noch überschwänglich. Womöglich feilen sie gerade an Details für die Feier, die Gästeliste oder so. Tobias ist dadurch sichtlich gelangweilt, da sie nur Augen und Ohren für sich haben.

Inzwischen ist der Laden überfüllt, die Luft wie erwartet warm und sehr stickig. Verschwitzte, erhitzte Körper trollen sich auf der Tanzfläche im Diskolicht. House dröhnt aus den Lautsprechern, leider erheblich zu laut. Ich ziehe meine Strickjacke aus, schwinge mich lasziv auf den Barhocker, und beobachte das Treiben. Tobias legt lässig seinen Arm um mich, küsst mich wie selbstverständlich auf die Stirn. „Ich hatte auch schon Getränke organisiert. Am anderen Tresen." Er zeigt auf die Flaschen hinter sich auf dem Tisch.
„Danke!" Er bekommt einen lieben Schmatzer auf den Mund.
„Hast du gewusst, dass Sabine hier arbeitet?"
„Ja klar, du nicht?", antwortet er.
„Nein, woher denn?"
„Dann weißt du auch nicht, dass sie ein Verhältnis mit ihrem Chef hat?"

„Was? Nein!", sage ich erstaunt.

„Das war doch das Klatschthema Nummer eins die letzten Tage. Sie hat einen Probe Tag absolviert, dann ist sie die ganze Nacht geblieben. Ich finde das aber sehr unterhaltsam."

„Moment mal. Ist der nicht verheiratet?", frage ich weiter.

Tobias lacht. „Ja, ist er. Seine Frau scheint diese Liebschaft zu tolerieren. Er hat die Kontrolle. Das hätte ihm niemand zugetraut - dem alten Sack."

„Ich kann das gar nicht glauben. Die beiden trennt doch bestimmt ein Vierteljahrhundert. Warum lässt sich Sabine auf solch eine Affäre ein? Und mehr noch. Er ist reich. Warum will er jemanden wie sie? Hast du ihre Klamotten gesehen? Der Anblick ist eine Zumutung, ist eine Rücksichtslosigkeit an der Allgemeinheit."

Mist. Ich habe wieder gelästert. Eigentlich versuche ich, mein Schandmaul im Zaum zu halten.

„Keine Ahnung. Angeblich wohnen sie sogar seit geraumer Zeit zu dritt unter einem Dach."

„Herrje! Abgründe tun sich auf!"

„Ich kann sowieso nicht verstehen, warum die Leute immer gleich alles überstürzen; zusammenziehen und heiraten und so. Das ist mir mehr als unverständlich", sagt er nachdenklich.

Tja, könnte er meine Gedanken lesen, würde er mich wohl verachten. Ja, ich würde auch gerne mehr mit ihm teilen: die Tage, die Nächte, sein Leben - nicht nur diese paar Stunden.

Einen Instinkt folgend lehne ich meinen Kopf an seine Schulter, spreche weise, glaube ich zumindest. „Man muss ja nicht gleich heiraten. Prinzipiell kann ich aber Entscheidungen dieser Art nachvollziehen. Wenn man jemanden gefunden hat, den man ernsthaft liebt, bei dem man sich sicher ist, dann kann man auch einen Schritt weiter gehen. Man zieht zusammen, oder was auch immer. Was ist denn dabei?"

„Sprach die Frau, die bisher erst eine feste Beziehung hatte. Deine Lebenserfahrung muss ja grenzenlos sein!", sagt Tobias, grinst breit.

Na toll. Er nimmt er mich gar nicht ernst. „Wie du meinst", antworte ich beleidigt. „Mit deiner Lebenserfahrung kann ich natürlich nicht mithalten. Die ist ja unendlich!"

„Du übertreibst!", sagt er genervt.

„Ja, wirklich? Fangen wir mit Sabine an. Wie war sie denn so? Hat es sich gelohnt? Eurer One Night Stand nachts im Auto war bestimmt ungemein aufregend", sage ich provokant.

„Vergiss es. Zum ersten war ich an diesem Abend betrunken, und zum zweiten war das war weit vor deiner Zeit. Sowieso werde ich nicht über andere Frauen reden. Das ist nicht meine Art." Er schaut ernst. „Melanie, warum bist du schon wieder auf Konfrontation Kurs? Welche Laus ist dir jetzt schon wieder über die Leber gelaufen? Vor zwei Minuten war doch noch alles in Ordnung", fragt er skeptisch.

„Keine! Alles ist perfekt!", kommt es sarkastisch über meine Lippen.

„Meine Vorstellung von einem perfekten Abend weicht etwas von deiner Version ab!", kommt es nunmehr genervt von seiner Seite.

Ich muss lachen. „Armer Kerl. Wie konnte das nur passieren?"

„Armer Kerl? Ja, ist dem so?", fragt er.

„Vielleicht, vielleicht auch nicht."

Seine Reaktion ist anders als erwartet. Anstatt des zu erwartenden Wortgefechts greift er nach meiner Hand, zieht er mich von meinem gemütlichen Barhocker.

„Wohin willst Du?", frage ich irritiert. „Gehen wir etwa schon nach Hause?"

Das hat ja nicht lange gedauert. Mehr oder weniger grundlos, habe ich habe den Bogen erheblich überspannt. Mal wieder. Mal wieder habe ihn komplett verärgert.

Eine Antwort bleibt aus. Ich folge ihm, folge ihm anstandslos in Richtung Ausgang, bin dann aber überrascht, bis überfordert, da wir nicht in seinem Wagen, sondern stattdessen in der Damentoilette landen - in einer freien Kabine. Im Vergleich zum Flur ist es hier vergleichsweise dunkel. Nur die spärliche Leuchte über dem Waschbeckenbereich spendet etwas Licht. Außer uns ist niemand anwesend.

„Was wollen wir hier?" frage ich irritiert.

„Der *arme* Kerl gestaltet den Abend jetzt nach seiner Fasson", sagt er ernst, dann küsst er mich.

„Tobias, nein. Was wird das?", frage ich unübersichtlich entgeistert, schiebe ihn von mir.

Er grinst. „Betiteln wir das als Experiment, als kleinen Nervenkitzel."

Dann habe ich seine Lippen auf meinen. Seine Zunge drängt sich in meinen Mund. Vergleichsweise zu gestern Abend ist er ziemlich stürmisch. Seine Hände schieben sich unter mein Shirt, und öffnen meinen BH. Vor Schreck halte ich die Luft an. Nach nur zwei Sekunden sind meine Brüste entblößt. Gefühlvoll streicht er über die weiche Haut, liebkost mit seine Lippen meine zarten Knospen. Ein Schauer durchfährt meinen Körper. Das fühlt sich gut an. Die andere Hand wandert unter meinen Rock, schiebt diesen mit einer einzigen Bewegung hoch, fährt zwischen meine Beine. Hier braucht es keine weiteren Fragen. Es wird jetzt ziemlich offensichtlich, wohin dieses angebliche Experiment führt. Hilfe!

„Hey, stopp." Ich löse mich von ihm, wehre nunmehr seine Hände ab. „Tobi, das geht nicht. Ehrlich nicht." Ich hantiere an meinem BH, schließe ihn wieder, rücke auch alle restlichen Klamotten wieder an die richtige Stelle. „Von mir aus können wir zu dir fahren. Ich wäre auch gerne mit dir alleine! Das wollte ich eigentlich sowieso schon die ganze Zeit!"

Sein Ausdruck ist sehr amüsiert. „Du hast Skrupel? Meine Freundin ist doch nicht etwa spießig, oder?"
Seine Liebkosungen starten erneut.
„Tobi, ich liebe dich, ehrlich, aber bitte nicht, wir." Weiter komme ich nicht. Er verschließt meinen Mund wieder mit seinen Lippen. „Zeig mir, wie sehr du mich liebst. Ich will es spüren!", flüstert in mein Ohr. Zeitgleich schiebt er meinen Rock wieder hoch. Hilfe, was nun? Vielleicht bin ich tatsächlich prüde. Er nicht. Er ist skrupellos! Das Ziel seiner Begierde wird wieder in Beschlag genommen. Er schiebt den schmalen String zur Seite, fährt gefühlvoll mit seinem Finger an meiner erogenen Zone entlang. Ich zucke unter seiner Berührung zusammen. Puh, das ist jetzt eine Folter.
„Tobi, lass uns bitte gehen. Zu Hause ist auch schön." Halbherzig versuche ich ihn wegzuschieben.
„Melanie! Es ist doch alles gut. Lass uns etwas Spaß haben. Wir sind hier alleine. Weit und breit ist kein Mensch. Wenn jemand kommt, hören wir einfach auf", sagt er ruhig, grinst dann frech. „Ich liebe Dich. Entspanne dich einfach." Sein Finger schiebt sich tief in mein Lustzentrum. Der Schauer wird zu einem Flächenbrand. Das Gefühl ist einfach zu verlockend. Ich wünschte, es wäre anders, aber ich kann mich dem nicht entziehen. Sein Mund presst sich wieder auf meinen, seine Zunge spielt mit mir. Langsam, rhythmisch verwöhnt er mich, reizt mich, sorgt dafür,

dass kleine verlockende Hitzewellen aufsteigen, die mich durchfluten, die meine Gehirnaktivität ziemlich beeinträchtigen. Mir wird schwindelig. Instinktiv, ohne dass ich das bewusst steuere, mache die Beine breiter, biete mich ihm an, mache es ihm leicht. Er führt den zweiten Finger ein. Die Bewegung ist vorsichtig und mit sehr viel Gefühl. Es ist so einfach für ihn. Das glüht wie ein Feuer. Er hatte mich soweit. Ich kann nicht anders, stöhne auf, erwidere seine Küsse, umarme ihn, will noch viel mehr.

„Du Scheißtyp. Bring das zu Ende!"

Er lacht. „Na also." Ohne, dass wir das absprechen, entledige ich mich meines Slips, er sich von seiner Hose. Mein Puls rast, wie nach einem Hundertmeterlauf. Er hebt mich hoch, nimmt mich gleich im Stehen.

Es fällt mir schwer nicht aufzustöhnen, leise zu sein. Dieses Gefühl, seine Leidenschaft nimmt mich mit. Seine Eroberung fühlt sich einfach zu gut an.

Wir sind alleine, draußen dröhnt die Musik, niemand hört uns. Nun gibt es nur noch das jetzt und hier. Tobi hat mich mit dem Rücken an die Wand gedrückt, stößt immer wieder ungehemmt zu, küsst mich ungehalten. Meine innere Mauer fällt. Ich komme. Ich zerbreche in tausend Stücke, die sich nach und nach wieder zusammensetzen. Verzweifelt klammere ich mich an ihm fest.

Tobias lacht kurz auf. Dann nimmt er mich noch härter, kommt dann auch.

Vorsichtig setzt er mich ab, lacht erneut. „Das war verrückt!", sagt er, ist noch etwas atemlos, aber total befreit.

Beide zucken wir zusammen. Die Tür klappert, schlägt dann wieder zu. Wir vernehmen eine weibliche Stimme: „Hast du Zigaretten?"

„Ja, klar. Willst du eine?" Beide prusten los,

Zwei Freundinnen also. Sie kommen sich augenscheinlich cool vor. Rauchen auf einer öffentlichen Toilette! Was für einen Abendteuer, oder nicht. Fast muss ich lachen. Die beiden haben keine Ahnung, was ein wirklicher Kick bedeutet.

„Warte! Ich muss erst verschwinden", sagt die erste.

In der Kabine neben uns plätschert es. Wieder muss ich ein Lachen unterdrücken, nun aus Verlegenheit. Das ist irgendwie peinlich, aber Tobias bleibt ganz locker. Er ist unbeschwert. Die Spülung geht. Ich nutze die Geräuschkulisse.

„Wir haben Glück gehabt. Sie hätten eher kommen können", flüstere ich ihm zu. Er zuckt nur gleichgültig mit den Schultern, grinst breit, zieht sich die Hose wieder an.

Die Tür neben uns wird entriegelt, dann geöffnet und wieder geschlossen. Die beiden Mädchen gackern. Es klickt, hört sich wie ein Feuerzeug an, dann rieche ich den Qualm. Na toll. Wir müssen also weitaus länger in unserem trostlosen Gefängnis ausharren, als erwartet!

„Die Musik ist heute wieder total Scheiße!", sagt die eine.
„Ja, finde ich auch", antworte die andere.
„Kann ich mal deinen Eye Liner haben?"
„Hier."
Was für Tussen! Oh Gott! Wie lange soll das hier jetzt noch andauern? Ihre Münder faseln und palavern – lauter unwichtiges Zeug. Aus Langeweile fange ich an, die Sprüche an der Wand zu lesen. Jemand hatte dutzende Nachrichten in das Kabineninnere geschmiert: „Lebe lieber heute als Morgen; Love, Love, Love; Selbst ist die Frau; Ist es nicht genug, dann gib dir die Kugel" Der letzte Spruch irritiert mich Was soll das bedeuten? Wer setzt den Maßstab. Das ist so sinnlos!
Zugegeben, gib dir die Kugel steht wohl als Synonym für Selbstmord. Ein Ausstieg, ein Gedanke, der mir für einen sehr langen Zeitraum meines Lebens sehr reizvoll erschien. Zwei ernstgemeinte Versuche liegen hinter mir. Im Unterschied zu diesem Schmierfink ging es mir damals, mit vierzehn, aber nicht um Erwartungen, Wünsche oder verfehlte Träume. Stellt sich nicht eher die Frage nach dem Entweder und Oder? Entweder man will, oder man will nicht. Zurzeit will ich!

Tobias wirft einen Blick auf seine Armbanduhr. Seine Ungeduld wächst von Sekunde zu Sekunde. Dann begeht er einen Sinneswandel. Er drückt mir einen Kuss auf mein Haupt, zieht mich n seine starken Arme. Ich tue es ihm gleich, schlinge meine Arme um seine Taille, diesen Hünen, lege meinen Kopf an seine Brust, schließe meine Augen. Hier ist es jetzt unerträglich warm. Sein Körper strahlt zusätzlich eine ungeheure Hitze aus. Dennoch bin ich unverschämt glücklich. Unaufhörlich höre ich seinen Herzschlag. Bumm, bumm, bumm. Ich mag das. Das ist irgendwie ungemein beruhigend.

„Hast Du gesehen? Der Rauheim hat schon wieder eine Neue. Jetzt ist es diese Barbie." Ich horche auf. Sie haben ein Thema gewählt, das mich betrifft.

„Tja, mal sehen, wie lange es dieses Mal andauert. Ich gebe ihr maximal einen Monat. Länger kann sie ihn nicht halten!"

Puh, meine anfänglich gute Laune verfliegt in einem Bruchteil eines Augenblicks. Der Gesprächsinhalt für allgemeinen Klatsch und Tratsch zu sein, ist nicht sehr schmeichelhaft. Ihm Reflex löse ich mich aus der Umarmung.

Es stimmt, mein toller Freund Tobias von Rauheim war wirklich schon mit verdammt vielen Mädchen zusammen. Vielleicht hat er auch schon andere Mädchen hier an diesem stillen Örtchen verführt. Hatte ich ihn nicht einst in dieser Ecke, in unmittelbarer Nähe der Damentoilette, mit seiner Ex-Freundin Susanna knutschend gesehen? Ein Hauch von Eifersucht beschleicht mich, kriecht in meine grauen Zellen, vergiftet alles.

„Läuft leider anders als geplant!", sagt Tobias lauter, als ich es erwartet hätte. Ich zucke zusammen. Das werden die beiden auch gehört haben. Ihm egal. Das Versteckspiel findet abrupt ein Ende. Völlig genervt entriegelt er die Tür, und drückt sie mit Schwung auf. Mit einem Schlag fliegt sie auf. Beide Mädchen starren uns entgeistert an, sind wie vor den Kopf geschlagen. Unser plötzliches Auftauchen würde wohl jeden überfordern, besonders nach dieser Lästerattacke!

„Vielleicht solltest ihr jede mal zehn Kilo abnehmen, dann kriegt Ihr eventuell auch mal einen Kerl ab", entspringt es mir, als wir die beiden passieren.

Im Flur prustet Tobias los. „Das hast du jetzt nicht ernsthaft laut gesagt. Ich wusste nicht, dass du so fies sein kannst."

„Haben sie etwas anderes verdient?", frage ich genervt.

„Nein, sicher nicht.!" Stürmisch zieht er mich in seine Arme, küsst mich noch einmal. „Ich liebe dich. Vergiss das ganze Getratsche! Ok? Es gibt nur dich und mich. Was möchte mein Mädchen jetzt trinken? Unser Bier ist inzwischen sicherlich warm und abgestanden." Sein Blick ist wie Zuckerwatte. Schmetterlinge fliegen auf.

„Wo ward ihr denn die ganze Zeit?" Barbara knufft mich an die Schulter. Ihre braunen Augen funkeln.

„Warum fragst du?", antworte ich ausweichend. „Ohne Frage haben wir euch einen Gefallen getan. Es war wohl mehr als offensichtlich, dass ihr etwas Zeit für euch alleine haben wolltet", fahre ich unschuldig fort.

„Mag sein." Sie wollte wohl noch etwas anderes sagen, schaut dann aber pikiert. „Sage mal, was grinst du denn die ganze Zeit? Habe ich etwas verpasst?"

Hilfe, habe ich gegrinst? jetzt darf ich auf gar keinen Fall rot werden. „Nein. Du hast nichts verpasst. Keine Ahnung. Es ist schön, wieder hier zu sein. Wir waren ewig tanzen", antworte ich.

„Na, dich kann man ja leicht zufriedenstellen", sagt sie, immer noch skeptisch.

„Hier, ich habe doch noch etwas gefunden, das dir gefallen wird." Tobi erscheint an meiner Seite, drückt mir ein Glas mit einer durchsichtigen Flüssigkeit in die Hand. Um Wasser handelt es sich nicht, dafür ist das Glas zu klein. Ich nehme einen Schluck. Es ist kühl, schmeckt frisch! „Gin Tonic? Hm, nicht schlecht!" Unwillkürlich muss ich grinsen. Er ebenso. Das hatten wir vor unserer ersten gemeinsamen Nacht auch getrunken. Bilder flackern auf. Heiße Bilder. Sowieso bin ich immer noch total erfüllt, von dem Sex, den wir gerade hatten. Verträumt lege ich meinen Kopf an seine Schulter, trinke den Drink nach und nach aus

„Tanzen? Du verliebtes Etwas?" Barbara stößt mich an.

„Ja klar. Warum nicht." Wir begeben uns also auf die Tanzfläche. Der DJ drückt aufs Tempo. Hard Techno steht jetzt auf dem Programm. Nicht ganz unser Geschmack, aber unwesentlich für einen gelungenen Abend. Wir lassen uns einfach gehen, fühlen die Musik, reihen uns ein in die vibrierenden Körper, tanzen unseren Namen im Diskolicht. Alles was Spaß macht ist erlaubt. Männerblicke verfolgen uns, Frauenblicke werden abschätzig auf uns geworfen. Tobias zwinkert mir zu. Auch er hat Augen nur für mich. Alles ist perfekt.

Gegen zwei Uhr nehmen wir uns ein Taxi nach Hause. Es hätte gegen das Gesetz verstoßen, wenn auch nur einer von uns das Lenkrad in die Hand genommen hätte. Barbara und Bernd werden als erstes abgesetzt, dann fährt das Taxi weiter. Nach nur zehn Minuten stehen wir vor seiner Haustür.

Völlig erschöpft, aber glücklich, schleppe ich mich die Treppe hoch. Tobias lacht mich aus. „Na, wird es denn gehen, oder muss ich dich noch tragen?" Er nimmt mich an der Hand, zieht mich die letzten Stufen hoch, schließt auf, schiebt mich in die Wohnung. „Du siehst erledigt aus", sagt er abschätzend.

„Ja, das bin ich. Aber der Abend war schön. Ich habe mich außerordentlich gut amüsiert. Jetzt bin ich ganz unspektakulär einfach nur noch müde!"

„Möchtest Du noch ein Wasser oder etwas Anderes?"

Sein Angebot zaubert ein Lächeln auf mein Gesicht. Tobias ist immer extrem führsorglich, wenn wir bei ihm sind. Als perfekter Gentleman sorgt er immer für mein Wohlbefinden, verwöhnt mich die ganze Zeit. Das ist einfach seine Art. Ein reicher Schönling, der mich liebt, der ganz verrückt nach mir ist. Was könnte ich mir mehr wünschen? Ich habe so ein verdammtes Glück!

„Nein danke, alles gut. Ich putze mir nur schnell die Zähne, dann verschwinde ich ins Bett."

„Ich habe dir einige Fächer im rechten Hängeschrank eingeräumt. Das müsste theoretisch ausreichen. Sag Bescheid, falls du noch mehr brauchst. Ein frisches Handtuch hängt an der Seite. Bitte nimm das blaue."

„Ja, danke." Als ich das stille Örtchen betrete, springt sofort das Radio an. Im gemäßigten Ton ertönt eine Ballade. Der Komfort liegt im Detail, und hier gibt es viele Details. Der helle Marmorfußboden ist beheizt, die silbernen Armaturen edel. Alles ist irgendwie geschmackvoll und stimmig. Seine Einschätzung war richtig. In der Tat passen alle, die von mir mitgebrachten Kosmetikartikel, an den für mich angedachten Platz. Eine eigene

Zahnbürste hatte ich schon des längeren in seiner Wohnung deponiert, aber das hier ist schon eine Ehre. Er erträgt den Anblick meiner Tampons, Schminksachen und diverser andere Damenaccessoires in seinem Badezimmer. Eine doppelte Haushaltsführung nennt man das wohl.

Danach kuschele ich mich in sein Riesenbett. Als Wochenendbonus hat er sogar neue Bettwäsche aufgezogen. Ein blumiger Geruch betäubt meine Nase. Tja, in vielen Angelegenheiten ist er sicherlich ein besserer Hausmann und viel ordentlicher, als ich es je sein werde. Keine Ahnung, ob das irgendwann einmal zu einem Streitthema zwischen uns werden wird. Zahnpasta Tuben mache ich auf jeden Fall immer ordentlich zu. Damit werde ich ihn nicht verärgern – hehe.

„Hey, schläfst du etwa schon?" Tobias zwängt sich mit unter meine Zudecke, stupst mich an. Ich war schon fast eingenickt, reibe mir verschlafen das Gesicht, muss ein aufkeimendes Gähnen unterdrücken. „Natürlich. Was denn sonst", sage ich träge. Seine Hand fährt unter mein Nachthemd. Seine Fingernägel ziehen kleine Kreise über meinen Bauch, kraulen mal hier, mal da. Das kitzelt!

„Es ist schon fast drei Uhr. Was hast du die ganze Zeit gemacht?", frage ich verwundert.

Er lacht. „Ich hatte einen Gedankenblitz. Warum auch immer. Die Lösung war so nah und doch so fern. Manchmal muss man einfach den Kopf freikriegen, dann lösen sich manche Probleme wie von alleine."

„Was für einen Gedankenblitz? Redest du von deiner Arbeit?"

„Ja, genau. Mit dem Thema bin ich aber jetzt durch." Zärtlich schiebt seine andere Hand die Spaghettiträger meines Kleidungsstücks zur Seite. Er beißt mir in die Schulter, liebkost anschließend meinen Hals. Wie auch schon keine vier Stunden zuvor, zeigt selbst die kleinste seiner Liebkosungen unmittelbar eine Wirkung. Es macht mich ganz verrückt. Sofort ziehen kleine verlockende Schauer durch meinen Unterleib. Bauchkribbeln pur. Das ist wirklich sehr angenehm.

„Gefällt Dir das?" Er flüstert die Worte in mein Ohr.

„Ja!", hauche ich, versuche ihn zu küssen.

Er dreht den Kopf weg, entzieht sich meinen Lippen.

„Wie schön, einige Sachen heute Abend haben mir weiniger gefallen!"

„Wie bitte? Du willst das jetzt diskutieren?", frage ich zweifelnd.

„Eigentlich nicht. Uneigentlich hast du mich heute zeitweise ziemlich verärgert. Das schätze ich nicht besonders. Alles hat seine Grenzen!"

„Bitte nicht jetzt. Keine Grundsatzdiskussionen! Nicht um diese Zeit, nicht zu dieser fortgeschrittenen Stunde", sage ich entnervt.

Sein Ausdruck ist finster. „Doch jetzt! Ich denke, dass es nicht zu viel verlangt ist, wenn meine Partnerin etwas Loyalität zeigt, und sich an gewisse Regeln hält!"

„Na super, mit Regeln meinst du wohl, dass ich immer kommentarlos nach deiner Pfeife tanzen soll. Das kannst du vergessen."

„Respekt. Das kann ich vergessen." Er verzieht genervt das Gesicht. „Was meinst du, wie ich mich deiner Meinung nach verhalten soll? Soll ich zu allem, was mir missfällt, ja und ahmen sagen?"

„Ja, genau. Wie wäre es, wenn du bei gewissen Themen, meiner Kleidung zum Beispiel, die rosarote Brille aufsetzt."

Er prustet los. „Die rosarote Brille? Die wirst du bei mir nicht finden. Die ist definitiv nicht im Angebot!"

„Nun gut. Ich nehme das zur Kenntnis. Wir streiten wegen Nichtigkeiten. Das ist dir bewusst, oder?"

Er grinst. Scheinbar war das jetzt und hier wieder eine Art von Machtkampf. Das kenne ich schon. Wie auch immer.

Mein entschlossener Gesichtsausdruck entgeht ihm nicht.

„Du wirst nicht klein beigeben, oder?"

„Für heute nicht. Heute wirst du keinen Blumentopf gewinnen. Das ist einfach so. Sofern du irgendwelche Details revuepassieren möchtest, dann frage mich morgen noch einmal!" sage ich ruhig.

„Morgen stelle ich mich dem gerne!"

„Meinst du morgen oder später?", fragt er, grinst.

„Du weißt, was ich meine. Lass es!", sage ich warnend.

„Nun gut. Also Waffenstillstand?"

„Einverstanden." Entspannt lege ich mich zurück.

„Du hast so viel an!" raunt er in mein Ohr.

„Bist du gar nicht müde?", frage ich.

„Nein, warum sollte ich müde sein?"

Ungeduldig macht er sich an meinem Slip zu schaffen.

„Hey, du bist grob", sage ich.

Bevor er meine Unterwäschen noch in zig Kleinteile zerlegt, ziehe ich mich lieber selbständig aus.

„Diese ganzen Klamotten sind so unnötig", sagt Tobias.

Nun bin ich nackt. Mein Herz schlägt erwartungsvoll, mein Puls rast. Er lächelt. Mit beiden Händen umfasst er mein Gesicht. Die Küsse, die jetzt folgen, sind intensiv. Immer wieder treffen seine weichen Lippen auf meine, sucht seine Zunge das Spiel mit dem Feuer. Sein Verlangen ist unverkennbar. Nun legt er sich auf mich. Puh. Nunmehr kocht mein Blut. Nichts und niemand kann mich so aus der Fassung bringen, wie dieser Kerl. Seine Männlichkeit dürstet es nach Einlass.

Ich will es auch. Und wie ich es will. Ich schlinge meine Beine um ihn, strecke mich ihm entgegen und lasse es zu.

Er beobachtet mich, wie so oft. Er nimmt mich langsam. Die süße Welle erfasst mich sofort. Genüsslich genießt er jede Sekunde, jeden Moment, an dem er meinen Körper erobert. Ich versuche ein Stöhnen zu unterdrücken, schließe meine Augen. Das Glücksgefühl ihn zu spüren ist unbeschreiblich. Langsam schiebt sich seine Männlichkeit immer tiefer in mich hinein.

Mein Körper erzittert, als er anschließend seiner Lust freien Lauf lässt, mich ungestüm liebt. Seine Liebkosungen nehmen mir die Luft zum Atmen, lassen mich aufstöhnen. Oh Gott, diese Gefühle kann eine Frau kaum aushalten. Der Bann ist gebrochen. Stürmisch liebt er mich, nimmt mich noch härter, treibt mich zum Höhepunkt, kommt dann auch.

Jetzt liegen wir ausgepowert nebeneinander. Ich muss erst einmal durchkommen. Meine Atmung geht immer noch schnell, mein Herz klopft immer noch wie verrückt. Ich muss mich erst daran gewöhnen, wusste nicht, dass ein Mann mir solche Lust und Hingabe schenken kann. Das ist alles so neu für mich. Neu und schrecklich verlockend!

Bei meinem Exfreund Tom war alles ganz anders. In dieser Form konnte er mich nie glücklich machen, was eventuell auch an den äußeren Umständen lag.

Erst Tobias hat mir meinen ersten Orgasmus überhaupt beschert. Gleich in unserer ersten Nacht. Was soll ich sagen? Es war magisch. Wer einmal solche Emotionen fühlen konnte, kann das nie wieder vergessen, wird immer eine Lücke fühlen. Das hat allerhöchstes Suchtpotential! Darauf will ich, wenn möglich, nie wieder verzichten.

Verliebt schaue ich ihn an. Er erwidert meinen Blick, scheint dasselbe zu fühlen.

„Du hast nächste Woche Geburtstag. Was wünscht du dir?", fragt er, streicht dabei zärtlich meinen Arm, sorgt dafür, dass sich die kleinen Härchen aufstellen, dass ich wieder eine Gänsehaut bekomme. Ich muss lachen, beruhige mich dann aber wieder, versuche meine Antwort todernst rüber zu bringen.

„Gut, dass du fragst. Ich habe eine ganze Liste voller Ideen. Leider kosten alle ein Vermögen, sind quasi mehr oder weniger unbezahlbar!"

Er wirkt etwas verunsichert. „Soso, das ist ja interessant. Unbezahlbar? Was ist es denn?"

Tja, nun muss ich wohl etwas äußern. Meine Aussage kam unbedarft und spontan. Das wird schwierig, denn eigentlich war das eine Lüge. Eigentlich bin ich wunschlos glücklich. Zumindest, wenn er bei mir ist!

„Also als erstes möchte ich dein Herz, und als zweites möchte ich Schokolade!", sage ich. Mehr ist mir in der kurzen Zeit nicht eingefallen. Als Gedankenblitz kann man das wohl eher nicht bezeichnen.

Er seufzt. „Mein Herz hast du schon. Schoki ist wie allgemein bekannt ungesund, und auch nicht wirklich eine

Herausforderung." Er stupst mich mit dem Finger unter mein Kinn. „Prinzessin, das ist jetzt die letzte Gelegenheit etwas zu äußern, sonst bekommst du irgendetwas."

Nun grinse ich breit. Ich habe eine Idee! „Gut, wie du meinst. Da du mich hier so grundlos unter Druck setzt, hätte ich gerne einen Gutschein über drei Wünsche."

Verwirrt schaut er mich an. „Wie jetzt - drei Wünsche? Wie soll das gehen? Warum drei?"

„Vertraust du mir?", frage ich.

Er nickt.

„Gut, dann ist es abgemacht" Ich muss unvermittelt grinsen.

Seine Stirn zieht sich in lauter kleine Falten. Er sieht sehr skeptisch aus. „Das ist eine Falle - oder?", fragt er.

„Vielleicht!" Ich versuche eine geheimnisvolle Aura zu verbreiten, zucke gleichgültig mit den Schultern. Damit ist das Thema vom Tisch.

Ich reite, ich fliege. Der Traum ist wieder da. Nichts ist real. Das Pferd ist zu groß, zu schön, zu schnell, die Umgebung irreal. Wir fliegen über die Steppe. Über eine trostlose, weite, unerträglich heiße Wüstenlandschaft. Wie lange wird es noch dauern, bis wir fallen? Wie lange wird es dauern, bis ich wieder diesen unerträglichen Schmerz fühlen werde? Ich wälze mich hin und her. Das Meer taucht am Horizont auf. Das stattliche Geschöpf beschleunigt das Tempo. Die lange Mähne des Rappen fliegt im Wind, die Enden schlagen mir ins Gesicht. Ich kenne das schon. Einzelne Details weichen ab, aber die Rahmenbedingung der Geschichte verläuft immer gleich. Ich weiß, dass es gleich passiert. Dann kommt auch schon das Unvermeidliche! Der Hengst scheut, stolpert, stürzt.

Dumpf knalle ich auf den heißen Wüstenboden. Wie durch Zauberhand bin ich bis auf einige Kratzer mehr oder weniger unversehrt. Dennoch ist es furchtbar. Das edle Tier springt auf, stolpert, strauchelt, fällt wieder hin, gibt ein verzweifeltes Wiehern von sich. Bei diesem Anblick laufen mir prompt die Tränen über das Gesicht. Der Hengst hat sich bei dem Sturz einen Beinbruch zugezogen. Das Bild zerreißt mich fast. Ich laufe zu ihm rüber, streichele seinen Hals, sein nassgeschwitztes, warmes Fell, kann die Situation kaum ertragen, ihn nicht beruhigen, fühle sein Leid, als wäre es mein eigenes.

Ich wache auf, endlich. Meine Atmung geht schnell, ich bin wie erstarrt. Diese Art von Albträumen verfolgt mich seit einiger Zeit. Meist, wenn ich gestresst bin. Diese Szenarien fühlen sich so echt an, dass es mich fast erschlägt. Durch einen Sturz mit meinem Pferd Melodie hatte ich dieses Jahr mein Baby verloren. Immer und immer wieder durchlebe ich ähnliche Geschichten. Es ist eine

Qual. Ich muss an etwas anderes denken, mich auf meine Atmung konzentrieren, mich beruhigen.

Es ist an der Zeit, mein Versagen endlich zu vergessen, mich damit schlussendlich abzufinden. Soweit die Theorie. Leider ist das nicht so einfach. Das ist leichter gedacht, als umgesetzt. Mein Inneres hat den Vorfall abgespeichert, will mir nicht vergeben, spult das Drama nach Belieben immer wieder hervor. Es ist zum Verzweifeln.

Ich schaue mich um, vernehme Geräusche aus dem Badezimmer. Offensichtlich steht Tobias unter der Dusche. Zum Glück hat er nichts mitbekommen. Das Thema wäre für ihn der nächste Runterbringer für dieses Wochenende geworden. Es war auch sein Kind, und es ist besser, nicht mit ihm darüber zu reden.

Ich stehe also auf. In der Küche warten bereits ein gefüllter Teller mit einem leckeren vegetarischen Sandwich und ein Milchkaffee auf mich. Alles ist nicht mehr ganz heiß. Ich hatte wohl länger geschlafen, als er erwartet hatte.

„Guten Morgen, mein Schöne." Tobias erscheint fröhlich in der Küche. Ich bekomme einen ganz lieben Kuss. Mein Herz macht einen kleinen Hüpfer, als ich ihn sehe. Er ist aber auch so verdammt attraktiv, ist der Mercedes unter den Männern, genau mein Typ. Ich strahle ihn an.

„Moin, danke für das Frühstück. Es ist sehr lecker."

Er grinst zufrieden. „Das freut mich. So nun schnell hopp hopp unter die Dusche. Wenn wir nicht verhungern wollen, müssen wir gleich noch einige Lebensmittel einkaufen. Ich habe schon eine Liste gemacht. Falls dir noch etwas einfällt, dann schreibe es einfach unter die anderen Positionen", sagt er und geht ins Wohnzimmer, wohl um noch etwas zu arbeiten.

Ich esse also wie befohlen auf, und begebe mich ins Bad. Scheinbar gibt es bei meinem Freund durchgehend sieben Tage die Woche einen festen Tagesablauf. Nun ja, in diesem Punkt unterscheiden wir uns ganz erheblich. Am Wochenende lasse ich in der Regel alle viere gerade sein. Im Gegensatz zu ihm bin ich planlos, lebe einfach in den Tag hinein. Das wird sich jetzt wohl ändern.

Kapitel 2 Altbekannte Protagonisten

„Holst du bitte den Einkaufswagen?" Tobias drückt mir eine Euro Münze in die Hand, zieht in der Zwischenzeit einige Tragetaschen aus dem Kofferraum.

„Ja klar, einen Moment."

Er wartet an der Eingangstür auf mich. Gemeinsam gehen wir rein. Die Uhr ist inzwischen auf elf vorgerückt. Wie ungünstig! Unübersehbar ist der Supermarkt samstags um diese Zeit gerammelt voll. Gestresste Mütter fühlen sich verpflichtet schnell noch etwas für das Mittagessen zu organisieren, schieben emsig hin und her, teils mit quengelnden Kindern im Schlepptau. Auf der anderen Seite schleichen einige Rentner im Schneckentempo an uns vorbei. Ein Kleinkind greift aus seinem Einkaufswagen heraus nach einem Joghurtbecher. Ungeschickt fällt dem Jungen der Artikel aus der Hand. Der Becher platzt beim Aufprall. Der weißliche Inhalt patscht auf den Boden. Ein Teil der Masse landet bei der Mutter auf dem Schuh.

„Du hast nichts aufgeschrieben. Hast du gar keinen Anspruch, was du essen möchtest? Ich meine außer dass es vegetarisch ist?", fragt er.

„Eigentlich nicht", sage ich unschlüssig, beobachte, wie sich die Mutter ein Taschentuch aus ihrer Handtasche zieht, und damit ihren Schuh reinigt. Schlussendlich schleicht sie sich heimlich davon. Sie wird wohl keiner Verkäuferin Bescheid geben.

„Wie du meinst." Er klingt nicht begeistert, und setzt sich in Bewegung, verbleibt relativ lange in der Gemüse und Obstabteilung. Unser Einkaufswagen füllt sich stetig. Als wir am Fleischerstand ankommen bin ich dann aber völlig überrascht. Hier bedient eine alte Bekannte. Völlig perplex starre ich sie in ihrem weißen Kittel an. Ihr Blick ist genauso blöd. Volle Verachtung strahlt mir entgegen.

„Mandy? Seit wann arbeitest du hier?"

Eine Antwort bleibt aus. Meinen Freund hingegen begrüßt sie übertrieben freundlich. „Na Tobias, was soll es denn sein? Eine taube Nuss hast du ja schon."

„Das übliche bitte – und bitte keinen Zicken Zoff – okay! Wir wollen uns doch nicht künstlich das Leben schwer machen", antwortet er bestimmt.

„Ach Schatzi, melde dich einfach, wenn Schluss ist. Nach meiner Einschätzung wird es nicht lange dauern, bis sie dich zutiefst langweilt!" Sie grinst überheblich in meine Richtung, verrichtet ihre Arbeit routiniert. „Bitte schön, mein Hase!", sagt sie mit einem Säuseln in der Stimme, streckt ihm die Ware zu.

Tobias verdreht genervt seine Augen, nimmt die Bestellung kommentarlos entgegen. Ich hingegen koche vor Wut.

„Mandy, was soll der Mist? Hase, taube Nuss?", frage ich enttäuscht. „Mehr fällt dir nicht ein?"

„Offensichtlich nicht. War das zu platt? Vielleicht habe ich das nächste Mal etwas Originelleres im Angebot. Nun müsst ihr mich aber entschuldigen. Im Vergleich zu den Herumstehenden muss ich arbeiten." Sie grinst blöd. „Gemerkt? Ein Wortspiel!" An den nächsten Kunden gewandt fragt sich relativ freundlich. „Was soll es denn sein?"

Wir schieben ab. Na toll Mandy war früher eine meiner besten Freundinnen. Sie war die dritte Person in unserem Geschäftsbund. Durch sie hatte ich Tobias kennen gelernt. Auch sie hatte schon etwas mit ihm. Nach seiner Aussage war es nur eine unbedeutende Bettgeschichte. Sie hingegen hatte sich offensichtlich deutlich mehr aus der Liaison erhofft. Nun hat sie ihren Sündenbock gefunden. Mich! Wir sind geschiedene Leute. Tja, betrachtet man das Gesamtbild, ist mein Freund alles im allen kein unbeschriebenes Blatt. So hatte er es selbst vor einiger Zeit diskret formuliert. Die Wahrheit ist, er hatte etliche Frauen, vergleichsweise sicherlich deutlich mehr Affären durchlebt, als andere Männer in seinem Alter. Sollte mir das zu denken geben? Möglicherweise! Objektiv gesehen, ist das keine gute Basis für eine ernsthafte Beziehung. Vielleicht hat er sich aber auch geändert. Womöglich sucht er jetzt etwas Ernstes. Ich bin auf jeden Fall die Richtige für ihn!

Später kochen wir gemeinsam. Das ist vertraut und schön. In diesem Punkt ergänzen wir uns perfekt. Ich schnippele das Gemüse penibel in kleine Streifen, Tobias übernimmt die administrativen Aufgaben, holt Teller und Töpfe, mixt und würzt die Zutaten. Heute hat er einen Kartoffelauflauf mit Brokkoli und Mais gezaubert. Für sich selbst hat er ein herzhaftes Schnitzel in die Pfanne gehauen. Das Mittagessen ist wirklich äußerst schmackhaft und lecker.

Nun habe ich es mir entspannt auf dem Sofa bequem gemacht. Im Fernsehen läuft eine romantische Komödie. Tobias sitzt neben mir, arbeitet irgendetwas an seinem Laptop. Die Versuchung ist zu groß. Ich kann es nicht lassen, ihn zu berühren, fahre mit meiner Hand unter sein Shirt, streiche über seine göttliche Haut, kneife ihn anschließend in die Brustwarze.
Er lacht auf. „Hey. dir geht es wohl zu gut."
„Könnte man so sehen. Vielleicht ist mir aber auch einfach nur stinklangweilig." Ich schlinge meine Arme um seinen Oberkörper, verhindere, dass er weiter die Tastatur bedient, fange an, sein Gesicht mit Küssen zu überdecken. „Anstelle von deiner Arbeit, könntest du dich mit mir beschäftigen", flüstere ich in sein Ohr. „Mir fallen ganz viele Sachen ein, die bestimmt spannender sind, als irgendwelche Schaltkreise!"
„Meine Güte. Du bist so schmusig, wie eine Katze", sagt er.

„Wie eine Katze? Magst du Katzen überhaupt?", frage ich skeptisch, stoppe in der Bewegung.
Gleichgültig zuckt mit den Schultern. „Keine Ahnung. Für mich wäre das nichts. Mir fehlt jegliche Zeit für ein Haustier. Dafür bin ich viel zu oft auf Reisen."
Unschlüssig ziehe ich meine Hand wieder zurück. Hatte er in unser Gespräch einen Hauch Zweideutigkeit eingestreut? Nerve ich ihn? Er lacht. Wie üblich durchschaut er mich sofort. Er küsst mich zart auf die Stirn. „Keine Sorge. Später habe ich ganz viel Zeit für dich. Aber das hier muss ich wirklich heute noch zu Ende bringen."

Als der Film zu Ende ist, hebt er seinen Kopf und lächelt mich entspannt an. „Gut. Schluss mit Lustig. Zumindest für den Moment. Na, was wollen wir jetzt machen? Hast du Lust joggen zu gehen?"
„Joggen? Oh Gott, nein. Ich hasse joggen." Angewidert schaue ich an. „Eigentlich hasse ich alle Ausdauersportarten. Das kann ich einfach nicht durchhalten, da fehlt mir wirklich jegliche Motivation."
„Ok, was dann? Wir wollen jetzt sicherlich nicht den ganzen Tag auf dem Sofa verbringen – oder?"
„Wenn es nach mir ginge schon. Im Vergleich zu dir bin ich kein Schreibtischtäter. Diese Woche hatte ich ziemlich viel Stress.

Gegen eine Erholungspause hätte ich wirklich nichts einzuwenden, aber das ist wohl keine Option, oder?"
Er lacht. „Ich bin also ein Schreibtischtäter. Interessant!"
„Wie würdest du das sonst bezeichnen? Dich treibt doch nur das Bedürfnis für einen Kaffee vom Arbeitsplatz, wenn ich mit nicht irre."
„Du irrst, aber egal. Wenn du nicht willst, musst du nicht. Ich kann auch schnell alleine eine Runde drehen." Somit steht er auf, zieht sich um. „Bis gleich", schallt es aus dem Flur. Kurze Zeit später fällt die Haustür ins Schloss. Ich bin alleine in der Wohnung.

Cool. Melanie alleine in seiner Behausung. Das ist jetzt wirklich die perfekte Gelegenheit, seine vier Wände näher unter die Lupe zu nehmen. Eine einmalige Chance, etwas herumzuschnüffeln. Ich weiß so wenig über ihn. Die nächste halbe Stunde gehören mir alle seine Geheimnisse ganz allein! Erstaunlich, wie hyperaktiv ich mit einem Mal bin. Als erstes nehme ich mir sein Schlafzimmer vor. Ich öffne jede Schublade, jede Schranktür. Wie zu erwarten ist alles total ordentlich bis pedantisch. Alle Hemden hängen sauber gebügelt an Kleiderbügeln, ebenso seine Hosen. Selbst seine Unterhosen sind glatt gestapelt.
In der untersten Schublade werde ich fündig. Alles andere hätte mich überrascht. Tobias hat ein ganzes Sammelsurium von Sexspielzeug. Einiges davon habe ich noch nie gesehen. Ratlos

drehe ich die Gebilde hin und her, betrachte sie aus jedem Augenwinkel. In diesem Metier bin ich naiv und unerfahren, also lege ich die Objekte wieder zurück, schließe die Schublade. Andere Dinge interessieren mich viel mehr. Ich bin auf der Suche nach Spuren seiner Ex-Freundinnen. Ob er ihnen wohl ähnlich glühend seine Liebe versichert hat? Werde ich eventuell Liebesbriefe finden?

Früher gab es ein Bild von seiner heißgeliebten Susanna auf der Anrichte. Werde ich weitere Fotos finden? Wie viele von den ganzen Frauen haben ihm wirklich etwas bedeutet?

Das Wohnzimmer gibt mehr her, aber eigentlich ist die Beute enttäuschend. Zwei Fotoalben geben Information über diverse Familienereignisse her. Leider sind die enthaltenen Bilder älteren Kalibers. Tobias mit seinen Eltern im Urlaub, als Kind, alleine, oder mit seinen Geschwistern, bei der Einschulung, Tobi als Baby, das wirklich schnuckelig und zum dahinschmelzen ist. Sonst gibt es nicht viel Erwähnenswertes. Die Eltern hatte ich ja schon kennen gelernt. Zumindest die Mutter ist sehr nett. Der Vater ist gewöhnungsbedürftig.

Nach zwanzig Minuten gebe ich meine Suchaktion enttäuscht auf, verwische akribisch alle Spuren. Die meisten Informationen befinden sich scheinbar auf seinem Handy oder seinem Rechner. Das Telefon hat er bei sich. Das Passwort für den PC kenne ich nicht. In diesem Punkt habe ich aber auch eine nicht zu verachtende Hemmschwelle. Solch eine Spionage würde ich mir nicht zutrauen. Wahrlich nicht!

Rechtzeitig bevor er wieder auftaucht, ist alles wieder an seinem angedachten Platz. Wie ein unschuldiges Lamm setze ich mich wieder auf das Sofa und tue, als wäre nichts gewesen.

„Du hast nichts verpasst. Das Wetter ist doch etwas bescheiden", sagt Tobias, als er die Wohnung betritt.

„Regnet es etwa?", frage ich überrascht. Unübersehbar sind seine Haare und Klamotten nass, total durchweicht. „Warte, ich hole dir ein Handtuch." Ich mache Anstalten, mich von meinem Platz zu erheben.

„Nicht nötig." Er grinst breit. „Du könntest etwas anderes für mich tun!" Nun kommt er näher. Er ist ausgepowert, verschwitzt, ohne Zweifel aber vollends verrückt nach mir. Alle Klamotten werden mir stürmisch von Leib gerissen. Mir bleibt die Luft weg, als seine Hände auf meine Haut treffen. „Himmel, bist du kalt." Ich bekomme sofort eine Gänsehaut, schüttele mich förmlich.

„Er lacht. „Das wird sich schnell ändern. Glaub mir!" Es fröstelt mich, als noch mehr seiner Haut auf meine trifft. Dennoch schaffen wir es nicht einmal mehr auf das Bett. Der Wohnzimmerteppich tut es auch. Unser Sex erfüllt die kühnsten Träume. Alles ist perfekt. Abends gesellt sich einer seiner Kumpels zu uns. Gemeinsam treibt es uns ins Kino. Das restliche

Wochenende wird viel gekuschelt, gekocht und sich geliebt. Alle meine Zweifel und Eifersüchteleien werden im Keim erstickt, erscheinen mir jetzt so ungerechtfertigt zu sein. Noch nie habe ich mich so frei und so glücklich gefühlt.

Am Montag wartete eine unangenehme Begebenheit auf mich. Krass! Mein Auto ist platt. Total platt – im wahrsten Sinne des Wortes. Irgendein Vollidiot hat meine Reifen zerstochen. Nicht nur einen, sondern alle vier! Wer macht denn so etwas? Umbringen könnte ich den Unhold.
Tobias hat den Schaden vor mir bemerkt, und auch gleich, ohne zu zögern, den Service angerufen. Er wollte die Rechnung übernehmen, was ich natürlich rigoros abgelehnt habe. Ich habe meinen Stolz! Ich lasse mich nicht von einem Mann aushalten! Somit habe ich nun leider dreihundert Euro weniger im Portemonnaie!
Im Laden holt mich der Alltag ein. Eine Kundin verlässt gerade unseren Verkaufsraum, lächelt freundlich, als sie mich erkennt. Ich grüße zurück. Menno, ist es tatsächlich schon drei Tage her, dass ich diese Räumlichkeiten abgeschlossen habe? Das Wochenende ist irgendwie mit Ultraschallgeschwindigkeit an mir vorbeigezogen. Genervt setze ich frischen Kaffee auf. Die Maschine gluckert eifrig vor sich hin, als Barbara sich zu mir gesellt. „Guten Morgen!"

Ich drehe mich zu ihr um. Absicht, oder nicht. In dem Moment, als ich ihr ins Gesicht schaue, fasst sie sich zart ans Ohrläppchen, spielt mit ihrem goldenen Ohrstecker. Der Verlobungsring funkelt an ihrem Finger, zieht förmlich die Aufmerksamkeit auf sich. Sie strahlt ganz unverhohlen.

„Moin.", antworte ich zurückhaltend.

„Was ist denn das für ein Ton? Gibt es ein Problem? Warum kommst du überhaupt so spät?", fragt sie verwundert.

„Sorry. Montag eben!"

Skeptisch schüttelt sie den Kopf. „Montag eben trifft es nicht wirklich. Du siehst aus wie zehn Tage Regenwetter, inklusive Blitz, Donner und ohne Unterstellmöglichkeit."

„Doch, trifft es. Wenn es nach mir ginge, würde ich die Uhr vordrehen. Auf exakt Samstag dreizehn Uhr. Wochenende!", sage ich ohne jegliche Euphorie.

„Warum so negativ. Es wartet eine wundervolle Woche auf uns. Sieh es als Herausforderung und Chance."

„Sicher. Was bin ich nur für ein Glückpilz!", sage ich übertrieben fröhlich. ziehe es somit ins Lächerliche.

„Willst du noch einmal nach Hause fahren? Scheinbar hast du deine freundlichen Charakterzüge dort leichtfertig vergessen. Du könntest sie holen und wir fangen wieder von vorne an", sagt sie pikiert.

„Sorry, es tut mir leid. Ich hätte es dir gleich am Anfang erzählen sollen. Ein Vandale hat sich ungehindert an meinem Auto ausgetobt. Er hat vier platte Reifen hinterlassen. Warum auch immer. Ehrlich, ich bin so sauer. Ich muss mich arg zusammenreißen, damit ich nicht das ganze Viertel zusammenschreie!"

Sie lacht. „Lieber nicht. Das könnte den einen oder anderen Kunden in die Verzweiflung treiben. Ich kenne dein Organ!"

„Zuhause ist übrigens das Stichwort. Was haben deine Eltern zu den Neuigkeiten gesagt?", frage ich nun doch neugierig, summe demonstrativ den Hochzeitsmarsch: dummdummdidumm….

Ihr Lächeln verschwindet schlagartig. Nun wird sie ernst.

„Hm, da triffst du meinen wunden Punkt. Ich habe es ihnen noch nicht erzählt."

Barbara kommt aus einem guten Hause. Die Erwartungen an ihren zukünftigen Gatten sind enorm hoch. Sie schaut mich flehentlich an, setzt ihren Dackelblick auf. „Kannst du mir bitte beistehen, wenn wir es ihnen sagen? Du kommst immer so gut mit meiner Mutter zurecht. Damit würdest Du mir einen riesen Gefallen tun."

Ich muss grinsen. „Warte, ich mache ein Kreuz im Kalender, damit ich mich immer an diesen Moment erinnern kann. Meine ach sonst so taffe Freundin hat Angst vor ihrer Mutter. Respekt!"

„Sehr witzig. Wirklich sehr witzig. Du weißt selbst, wie sie ist", sagt sie ernüchtert.

„War nur ein Scherz. Natürlich komme ich mit. Um nichts auf der Welt möchte ich ihren Gesichtsausdruck verpassen, wenn sie von der Hochzeit erfährt. Es spielen sich verschiedene Szenarien vor meinen Augen ab:

    a. Sie freut sich - ich denke uns ist aber beiden bewusst, dass es nur eine berechtigte Chance von vielleicht fünf Prozent gibt, dass sie so reagiert.

    b. Sie ist komplett perplex und schweigt, lässt uns dann unbeschadet abziehen - ist aber auch eher unwahrscheinlich

    c. Sie ist komplett empört und beschimpft uns, regt sich dann aber schnell wieder ab.

    d. Ist mein Favorit. Dieser Option gebe ich einundachtzig Prozent. Sie flippt komplett aus, enterbt dich, und wir kriegen allesamt Hausverbot."

„Warum hat es für mich nicht den Eindruck, dass du dich für uns freust? Und wieso einundachtzig Prozent? Was ist denn das für eine Zahl?!", fragt sie ernst.

„Ich freue mich ja, aber ich hätte ein besseres Gefühl, wenn ihr die Sache nicht so überstürzen würdet. Ihr kennt euch nicht einmal ein Jahr."

„In diesem Punkt habe ich dich nicht nach deiner Meinung gefragt! Kommst du jetzt mit, oder nicht?", fragt sie angesäuert.

Ich mache eine kleine Pause, lasse ihre Worte auf mich einwirken.

„Nun gut. Da dir diese Hochzeit so überaus am Herzen liegt, werde ich dich natürlich zu deiner Mutter begleiten und versuchen, ihr Urteil etwas abzumildern."

Nun lächelt sie erleichtert. „Ja, danke."

„Egal, was kommt. Wir stehen das Donnerwetter zusammen durch."

„So schlimm wird es schon nicht werden", sagt sie bestimmt. „Immerhin ist mein zukünftiger Gatte unverschämt gutaussehend und charmant. Er wird die Spießbürgergesellschaft schon von sich überzeugen können. Bei mir hat er das ja auch geschafft", fährt sie fort.

„Ja, in der Tat. Das hat er."

„Ich kann es kaum noch erwarten." Sie strahlt. „Ehrlich, ich bin so glücklich wie nie."

Nun muss ich auch lächeln. Das ist wirklich ansteckend. „Wann soll es denn so weit sein? Habt ihr schon einen Termin?"

„Nein, noch nicht. Wirst du wieder meine Trauzeugin sein? Ich meine, dieses Mal meine richtige Trauzeugin."

Ich muss lachen. Es gab schon einmal eine Hochzeit. Das ist eine lange Geschichte. Auf jeden Fall hat der Bräutigam einen Korb bekommen.

„Wo soll die Feier stattfinden? Habt ihr schon eine Idee?"

„Nein, wir müssen das Gespräch mit meiner Mutter abwarten, schauen, was meine Eltern beisteuern. Dann wird es eben festlich oder weniger festlich."

„Nun gut. Dann bin ich gespannt. Habt ihr einen besonderen Dresscode geplant? Soll auch irgendetwas über den Laden laufen?"

„Schauen wir mal. Bei einer Zeremonie im Celler Schloss, wäre ein Dresscode sicherlich angemessen.", sagt sie nachdenklich.

„Du zwingst mich aber nicht in Rosa, oder? Das wirst Du mir nicht antun!"

„Mandy würde sich sicherlich außerordentlich über Rosa freuen!", sagt sie, prustet los, beruhigt sich dann aber wieder. „Nein, natürlich nicht in Schweinchen Farbe, aber vielleicht Königsblau."

„Och nee, bitte nicht. Das ist doch so alltäglich. Was wäre mit Amarant. Die Farbe finde ich ziemlich verwegen."

„Ja, genau. Dutzende Gäste in verschiedenen Rottönen. Auf gar keinen Fall! Dann lieber Peach."

„Pfirsich? Bitte nicht."

„Guten Morgen die Damen." Die Arbeit ruft. Zwei uns gut bekannte Kundinnen grüßen und betreten den Laden. Mein Blick fällt auf Barbara, die sich unverzüglich erhebt. Oh Wunder. Freiwillige vor! Scheinbar müssen wir heute nicht ausdiskutieren, oder die Münze werfen, wer die Kundenberatung übernimmt.

Kundengespräche waren eine Passion von Mandy. Barbara und ich toben uns lieber kreativ an der Nähmaschine aus. Prompt streicht sie sich provokativ einige Haarsträhnen aus dem Gesicht. „Du meine Güte. Ist das etwa ein Verlobungsring, der dort ihren Finger ziert?", fragt eine der Damen.

Meine Erfahrung hat mich gelehrt, dass es drei verschiedene Arten von Kunden gibt:
Sorte A: Die Fokussierten. Sie haben ein festes Budget, einen konkreten Plan, oder Anlass. Wie unter Strom ziehen sie von Geschäft zu Geschäft und suchen das perfekte Stück, das ihrer Vorstellung entspricht.
Sorte B: Die Wohlsituierten. Sie haben zu viel Geld, Langeweile oder Frust und wollen sich die Zeit mit shoppen vertreiben. Sie sind nicht knauserig, tätigen spontan einen Kauf, aber es ist fraglich, ob sie die erworbenen Teile später auch tragen.
Sorte C: die Lebenszeitfresser. Das sind die Schlimmsten. Leute, deren Eigenkapital überschaubar ist, die nichts Besseres zu tun haben, als durch die Innenstadt zu schlendern, und in den Geschäften zu stöbern. Selten zucken sie ihr Portemonnaie. Und obwohl kein wirkliches Kaufinteresse besteht, hält sie das nicht davon ab, sich großzügig beraten zu lassen, eventuell einige Komplimente über ihre Figur, Frisur oder ihren ausgezeichneten Geschmack zu erhaschten. Oft geben sie beliebig tiefgründige

Informationen aus ihrem Privatleben preis. Nach einer relativ kurzen Zeit kennt man als Außenstehender alle Familienverhältnisse, die Vornamen der engsten Bezugspersonen und deren Krankheiten. Mir ist das ein Graus! Für Verkaufsgespräche dieser Art fehlt mir leider jegliche Zeit. Irgendwann fühlt es sich so an, als würde einem das Ohr bluten. Diese Damen gehören zur zweiten Kategorie. Sie sind bei Barbara gut aufgehoben. Sie hat viel zu erzählen. Langeweile wird nicht aufkommen. Sowieso hat es sich Barbara offensichtlich zum Ziel gesetzt, heute jeden, ob er will oder nicht, über die frohe Botschaft aufzuklären. Ich gönne ihr diesen Spaß.
Für einen Montag sind wir mit den Einnahmen mehr als zufrieden.

Unser kleiner Laden ist auf das Klientel der besserverdienenden Schicht ausgerichtet. Die Preisgestaltung befindet sich auf einem hohen Niveau. Nicht ungerechtfertigt. Wir ziehen keinen über den Tisch. Der angesetzte Preis entspricht der Qualität. Wir verkaufen keinen billigen Ramsch. Das sehen die Kunden offenbar genauso. Das Angebot hat eine rege Nachfrage mit sich gezogen. Unser Konzept hat sich in den letzten Monaten in Celle wirklich gut etabliert. Pünktlich um 18 Uhr machen wir Feierabend, und ich fahre nach Hause.

Wir haben Besuch, sofern man Martha als Besuch beschreiben kann. Unserer Nachbarin ist oft bei uns vertreten, sitzt auch heute mit uns am Abendbrottisch.

„Hallo Melanie, na, hast du endlich Feierabend?" fragt sie gleich.

„Ja", antworte ich artig.

„Wie geht es denn deinem Freund? Hast du das ganze Wochenende bei ihm verbracht?"

„Gut und ja", sage ich, sehe, wie ihr Lächeln schlagartig verschwindet. Ich würde meine Antwort als kurz und bündig beschreiben. Sie würde sie als ungenügend betiteln. Es ist so, wie es ist. Ungerne gebe ich Details aus meinem Privatleben weiter. Ich tauge nicht zum Lebenszeitfresser. Das ist einfach kein Charakterzug von mir. Mein Gefühlsleben halte ich verschlossen, wie eine Auster.

„Was habt ihr denn so schönes gemacht?" Penetrant fragt sie gleich weiter. Sie ist wirklich notorisch neugierig.

„Das ist eine ausgezeichnete Frage. Was haben wir gemacht?", sage ich gedehnt. „Was macht man, wenn man frisch verliebt ist?"

Unschuldig zuckt sie mit den Schultern, schaut mich immer noch fragend an. „Ja, und?"

„Natürlich haben wir den ganzen Tag vorm Fernseher gesessen und Katzenvideos angeschaut." Fast muss ich lachen. Ihr Gesicht ist urkomisch. Keine Ahnung was sie erwartet hat, wohl eher keine intimen Einzelheiten, oder?

„Melanie hatte einen langen Tag. Nun lass sie doch erst einmal zu Ruhe kommen", schreitet meine Mutter ein, erzeugt bei mir eine gewisse Dankbarkeit. Ich lächele sie an.

Mein Telefon klingelt. Tobias!

„Ihr entschuldigt mich kurz", sage ich, stehe auf, um das Gespräch im Nebenraum entgegen zu nehmen.

„Hey!"

„Na Kleine, wie geht es dir? Hast du das Wochenende gut überstanden?" Er klingt lieb. Bei genauem Hinhören, wirkt er aber etwas gehetzt.

„Ja, das war sehr schön", sage ich sanft. „Hast du heute Zeit?" Bei der Verstellung ihn zu sehen, bekomme ich sofort wieder Herzklopfen. Mein Körper reagiert wie ferngesteuert. Das ist seltsam, aber auch schön.

„Leider nein. Der Rest der Woche ist auch schlecht."

„Wie bitte? Heute ist Montag. Dessen bist du dir bewusst, oder?", sage ich überrascht. Damit habe ich jetzt nicht gerechnet.

„Ja, ich weiß. Lass uns mit offenen Karten spielen."

„Sicher", antworte ich prompt.

„Möglicherweise ist dir nicht bewusst, dass ich meine Arbeit am Wochenende nicht fertigstellen konnte."

„Doch, das ist mir bewusst", sage ich wahrheitsgemäß. „Das Wochenende ist zur Erholung gedacht. Irgendwann musst du ja mal abschalten", rede ich weiter.

„Interessant! Hast du in deiner jugendlichen Leichtigkeit, in deinen Wochenend- und Erholungstheorien auch bedacht, dass ich als Projektleiter gewisse Verpflichtungen habe? Ich ernte später die Lorbeeren, es könnte aber auch total in die Hose gehen. Du ahnst nicht, wie viel Herzblut ich schon in dieses Projekt gesteckt habe."

Puh, unser Gespräch läuft anders als erwartet. Ich schweige, fühle mich jetzt nur noch ernüchtert.

„Also, sei bitte nicht böse. Als Entschädigung habe ich dir heute ein tolles Geschenk besorgt. Am Samstag feiern wir dann ordentlich deinen Geburtstag. Kommst du mich im Anschluss an die Arbeit besuchen?"

„Sorry, das geht nicht."

„Bist Du jetzt sauer? Ehrlich, auf Stress dieser Art habe ich überhaupt keine Lust!", sagt er angriffslustig.

„Nein, das ist es nicht. An diesem Tag feiern wir immer eine Beachparty bei uns im Dorf. Das ist eine alte Tradition. Du kommst doch auch - oder? Die Party steigt um fünfzehn Uhr."

„Eine Beachparty? In Badesachen, mit Cocktails?" Er wirkt wenig begeistert.

„Ja, so ähnlich", antworte ich.

„Nun gut. Das sollte machbar sein. Ich rufe dich dazu noch einmal an. Lieb dich!"

„Ja, lieb dich auch, dann bis dann." Wir legen auf.

Samstag, das ist erst in einer gefühlten Ewigkeit, echt spät. Ich bin jetzt über alle Maßen enttäuscht.

Tobias bezeichnet sich selbst als Workaholic. Niemand, der ihn näher kennt, wird dem widersprechen wollen. Hatte ich dem engagierten Karrieremann also ernsthaft seine wertvolle Zeit für sein Projekt gestohlen? Als Retourkutsche bekomme ich nun also die unrühmliche Quittung. Ein Fehler, aus dem ich lernen sollte. Dennoch, am liebsten würde ich gleich heute bei ihm schlafen, oder gleich bei ihm einziehen. Es ist wie eine Sucht. Ich darf aber nicht klammern! Das wäre wohl mehr als abschreckend für jegliche Zuwendung seinerseits.

Mein Appetit ist mir vergangen. Ich kehre nicht in die Küche zurück.

Um mir die Zeit zu vertreiben gehe ich in den Stall. Heute wäre eine gute Gelegenheit, mit meinem kleinen Fohlen Ken Hufe geben zu üben. Falls sich jetzt jemand über den Namen wundert. Ken ist der Gegenpart zu Barbie, und Barbie ist mein alter Spitzname – ungeliebte Spitzname, aber leider nicht zu ändern. Wie auch immer. Der kleine, stattliche Hannoveraner Hengst ist erst einige Wochen alt. Neugierig wie immer, kommt das

Plüschmonster gleich übermütig zum Zaun getrabt, und schnuppert an meiner Hand. Altersgemäß ist er ziemlich frech. Ich öffne das Gatter, bin bemüht, damit er mir nicht ausbüxt, aber der kleine Mann bleibt ausnahmsweise artig stehen. Ohne großartig abzuwarten, ziehe ich ihm vorsichtig das Halfter über seinen hübschen Dickschädel. Das hatten wir vorher geübt. Das klappt einwandfrei. Als Belohnung wird er ausgiebig geklopft und gelobt - braves Fohlen. Er schnaubt, wohl um sich selbst zu bestätigen, was er für ein tapferes Kerlchen er ist.

Ich habe eine Bürste dabei. In gleichmäßigen Strichen bearbeite ich sein Fell. Ich bin vorsichtig. Die Behandlung gleicht einer Streicheleinheit. Entspannt lässt er den Kopf hängen, genießt den Moment. Nun ist sicherlich ein guter Zeitpunkt, einen Schritt weiter zu gehen. Meine Hand streicht nun vorsichtig das Bein hinab, dann versuche ich den Huf anzuheben. Der Versuch schlägt fehl.

Ken ist wenig kooperativ. Er legt das volle Gewicht auf das Objekt meiner Begierde. Der Revoluzzer in ihm hat nicht einmal ein bisschen Lust mit mir zusammen zu arbeiten. Sowieso hat sich seine Stimmung gewandelt. Seine Gelassenheit ist Geschichte! Ungeduldig legt er die Ohren an, zieht unruhig am Strick. Jetzt ist der Punkt, an dem er einfach nur noch weg will.

Ich gebe nicht auf, lehne mich etwas gegen seine Schulter, sorge dafür, dass er das Gewicht auf die anderen Hufe verteilt. Nun klappt es. Ich kann den Huf anheben, aber er hampelt herum. Das ist egal. Ich stelle den Huf wieder ab. Für das erste Mal war das okay. Er bekommt ganz viel Lob, noch mehr Streicheleinheiten und wird wieder freigelassen. Im gestreckten Jagdgalopp geht es zurück zu seiner Mama. Nach einer kurzen Zeit besinnt er sich, und kommt wieder zu mir zurück. Perfekt! Er hat das Grundvertrauen zu mir also nicht verloren. In diesem zarten Alter ist es unabdingbar, dass er keine schlechten Erfahrungen mit Menschen macht.

Das trainiere ich jetzt jeden Tag.

Die restliche Woche bin ich beschäftigt mit einkaufen, backen, kochen, und die Party vorzubereiten. Einige Freunde und Bekannte helfen auch mit.

Mein Zuhause liegt in einem kleinen idyllischen Dorf. Ich kenne die genauen Zahlen nicht, aber es sind wohl nicht mehr als einhundertfünfzig Einwohner. Sehr zu unserem Vorteil gibt es hier nicht nur frische Luft, Wälder, unendliche Weiten, sondern auch echte Freundschaften. Die Bewohner des Dorfes sind herrlich unkompliziert. Hier ticken die Uhren anders. Alle werden etwas zu essen und zu trinken mitbringen. Dafür fallen meine Geschenke halt kleiner aus. Seit meiner Kindheit wird dort so gefeiert, selbst bei Regen.

KAPITEL 3 ON THE BEACH

An meinem Geburtstag ist das Wetter wirklich herrlich. Petrus hat mir meinen größten Wunsch erfüllt, und mir einen wolkenfreien, sonnigen Tag mit dreißig Grad beschert. Eine leichte Brise rundet das Wetter ab. Die Party ist schon in vollen Gange, als Tobias auf der Bildfläche erscheint. Er geht leger in Shirt und Jeans, schaut sich verwundert um.

„Das ist also eure Beach Party? Gibt es keinen Sand?"

Ich muss lachen. Sowieso bin ich nicht mehr nüchtern. Die letzten drei Stunden hatten wir schon tief ins Glas geschaut.

„Nun ja, mit etwas Phantasie haut das doch hin - oder?"

Skeptisch fährt sein Blick in die Runde. Ja, wir sehen etwas verrückt aus. Natürlich gibt es hier keinen Strand. Wir feiern immer am Ententeich, der wohl eher als Tümpel durchgeht. Schwimmen will hier keiner. Unabhängig von der Figur tragen viele Badesachen, manche Hawaiihemden, Strohhüte, oder andere verrückte Gegenstände. Überall verteilt stehen Sonnenschirme und Liegestühle. Bunte Decken laden zum Verweilen ein. Aus einem Rekorder dröhnt Rockmusik. Ausnahmslos alle sind betrunken. Nun wandern seine Augen auf mich. Jemand hatte für einige aus alten Zeitungen einen Sonnenschutz für die Köpfe gebastelt.

„Gefällt Dir mein Sonnenhut? Möchtest Du auch so ein ausgefallenes Modell haben?", frage ich, muss lachen. „Sind alles Unikate und sogar recycelbar!"

„Nein, lass mal." Prüfend mustert er meinen heißen Bikini, dem genialen roten Designer Modell. Er verdreht die Augen. Ja, für seinen Geschmack ist der zu knapp, aber ich kann das tragen. Ich habe wirklich die perfekte Figur dafür!

Es gefällt ihm nicht. Alles gefällt ihm nicht, seine ganze Mimik lässt das erkennen. Davon lasse ich mich aber nicht einschüchtern. „Komm, ich stelle Dir meine Freunde vor." Fröhlich ziehe ich ihn mit mir zu Barbara und unseren engsten Freunden. Einige von ihnen kennt er schon. Sie kommen uns ausgelassen entgegen, klopfen Tobias auf die Schulter, oder er wird von den Mädels umarmt. Zwecklos! Trotz der überaus freundlichen Begrüßung, hat sich seine Laune keineswegs gebessert.

„Nun leg doch erst einmal etwas ab. Hier, ein Bier", sage ich lieb, reiche ihm eine Flasche.

Tobias lächelt gequält. „Nein warte, erst dein Geschenk." Er überreicht mir eine kleine Schachtel.

„Danke schön." Ich bin äußerst gespannt. Mein erstes offizielles Geschenk. Offensichtlich handelt es sich um Schmuck. Ich öffne die Verpackung. Der Inhalt leuchtet mir entgegen, ist wunderschön. Ich japse nach Luft, schaue Tobias sicherlich entgeistert an. „Mein Gott, die ist viel zu teuer. Das kannst du doch nicht machen!"

Meine Freude zaubert ein echtes Lächeln auf sein Gesicht. „Du wolltest mein Herz. Da hast du es!" Er nimmt die Kette aus der Verpackung, und legt sie mir an. Sie ist wirklich ein Traum.

Nun küsst er mich zärtlich. „Da ist noch mehr!"

Unter dem Einlegeboden finde ich drei kleine Zettel:

Wunsch 1, Wunsch 2, Wunsch 3.

Hilflos zuckt er mit den Schultern. „Ich bin echt gespannt, worauf das hinaus läuft!"

Ich drücke ihn so fest wie ich kann, schmiege meinen Kopf an seine Brust. „Erst einmal auf eine nette Party, mit ganz viel Spaß!"

Zusammen mit Bernd, Barbara und noch zwei anderen Paaren haben wir uns auf eine Decke gequetscht. Ich liebe das Teil. Eine Patchwork Decke, zusammengesetzt aus verschiedenen Stoffresten - in allen Farben. Ein Ostergeschenk. Meine Mutter hat diese vor einigen Jahren in emsiger Handarbeit selbst genäht. Entspannt kuschele ich mich an Tobias Schulter, genieße mein Bier und die Sonne, die mir auf den Bauch brennt. Eine blaue Libelle taucht vor meinen Augen auf, fixiert mich kurz, fliegt dann aber mit gefühlt Millionen Flügelschlägen hinfort. Ach, ich mag das hier!

„Hat eine Libelle eigentlich zwei oder vier Flügel?", frage ich.

„Wie bitte?", fragt Tobias, war mit seinen Gedanken scheinbar ganz woanders. Tja, was soll ich sagen. Er bemüht sich redlich, aber das hier ist wirklich nicht sein Ding. Vielleicht liegt es an unserem Altersunterschied von fast sieben Jahren. Das ist schon eine Menge. Für mich sieht das anders aus. AC/DC dröhnt derzeit aus dem Lautsprecher. Ich finde es toll!

„Hier geht es also darum, sich ordentlich zu betrinken?" Spöttisch schaut er mich an.

Ich nicke. „Ja, Love, Peace & Rock n'Roll. Hier ist alles erlaubt, mit einer Ausnahme. Ü30 hat keinen Zugang."

Er lacht auf. „Na dann habe ich ja noch einmal Glück gehabt."

Da er keinen dummen Spruch gemacht, drücke ich ihm einen Kuss auf den Mund, den er gleich erwidert, der gleich etwas leidenschaftlicher ausfällt, als von mir geplant. Als er mich dann noch enger an sich heran zieht, mir zart mit seinen Fingerkuppen über den Rücken streicht, ist es mit meiner Selbstbeherrschung fast vorbei. Seine Küsse sind heißer als eine Herdplatte, süßer als jede Torte.

Barbara stößt uns an, beendet diese Zärtlichkeit. „Ich gönne euch euer Glück, aber vielleicht solltet ihr das auf später verschieben!"

Tobi grinst breit. „Meine liebe Barbara. Wenn ich an euren Gefühlsausbruch nach dem Heiratsantrag denke, ist das hier wohl noch harmlos."

„Das war eine Ausnahmesituation", sagt sie trocken.

„Schon klar", sage ich gespielt entrüstet.

„Feierst du wirklich jeden Geburtstag hier auf der Wiese?", fragt er an mich gewandt.

Ich nicke. „Ja, normal zelten wir auch. Möchtest du zelten?"

Sein Gesicht verzieht sich zu einer Grimasse. „Eher nicht, es sei denn, es ist dein größter Wunsch. Dann mache ich das natürlich gerne." Seine Worte sind herzerwärmend. Scheinbar möchte er mir heute um jeden Preis einen schönen Tag bereiten. Ich widerstehe der Versuchung ihn wieder zu küssen, sehe schon den strafenden Blick von Barbara.

Einige haben angefangen Fußball zu spielen. Berndt und Tobias machen auch mit. Tobi hat sich zwischenzeitlich von einem Teil seiner Klamotten befreit, spielt jetzt mit freiem Oberkörper, nur in Shorts. Sein Body ist durchtrainiert. Er sieht wirklich Hammer aus. Dagegen wirken die anderen wie Milchbubis. Ich kann meinen Blick kaum von ihm abwenden.

„Dein Akademiker ist schon heiß", bemerkt Barbara anerkennend. Ich zucke nur mit den Schultern. „Ja, schon."

„Zeig mal!" Beeindruckt wirft sie einen Blick auf mein edles Geschenk. „Ist das von ihm?" Ich nicke. Anerkennend hebt sie die Augenbrauen. „Ein roter Rubin in Herzform, mit einer Goldkette. Das habe ich so in der Form noch nie gesehen. In der Größe und

Ausführung hat die sicherlich sündhaft viel Geld gekostet! Ich würde die mal auf drei- bis vierhundert Euro schätzen."

„Das wäre viel zu viel", sage ich geschockt.

Sie knufft mich in die Seite. „Ist doch egal. Du weißt doch, wenn ein Mann Schmuck verschenkt, dann meint er es ernst!"

„Vielleicht. Man muss aber bedenken, dass Geld bei Tobias nicht wirklich eine Rolle spielt."

„Schmuck! Mehr sage ich nicht!"

Ich muss grinsen. „Nach dem ganzen hin und her, wäre das ja zu schön, um wahr zu sein. Dennoch! Geld, solche teuren Geschenke sind nicht das A und O. Immerhin ist dein Berndt auch ohne Kohle nicht von schlechten Eltern, nicht wahr, Frau zukünftige Schrader!"

Sie lächelt selig, betrachtet nun verträumt ihren Ring. „Ja, in der Tat. Ich kann es kaum noch erwarten!"

„Hey, Melli, altes Haus."

Überrascht blicke ich auf. Tom gesellt sich zu uns auf die Decke. Völlig dreist nimmt mein Ex den für Tobias angedachten Platz in Beschlag. Auch er trägt nur Shorts, allerdings dem Motto angepasst mit Meeresmotiv. Weißer Strand, Plamen, strahlend blauer Himmel und karibikblaues Meer leuchten uns entgegen, bieten den perfekten Kontrast zu der braungebrannten Haut seines Oberkörpers. Seine dunklen Haare hatte er heute durch

Haar Gel gezähmt. Ja, auch er ist ein Schönling. Es ist ein Fluch! Bei dieser Sorte von Mann werde ich schwach.

Ein Kuss landet auf meiner Wange.

„Lange nicht gesehen", sagt er.

„Ja, ich glaube, es war auf Deiner Hochzeit", sage ich.

Auf dem Bolzplatz wird es laut. Offensichtlich hat Tobias ein Tor geschossen. Bernd klopft ihm anerkennend auf die Schulter. Tom folgt meinem Blick, und bleibt an Tobi hängen.

„Immer noch dieser Blender? Ich dachte, der ist Geschichte?", sagt er bissig.

Strafend schaue ich ihn an. „Warum sollte es? Er macht mich glücklich!"

Sein Ausdruck wird komisch. „Glück, was bedeutet das schon? Na dann, bis später." Mit einer dynamischen Bewegung springt er auf, begibt sich an den Getränkestand.

Ich bin froh. Sehr froh. Bei unserem letzten Treffen hatte ich ihm ein Geständnis gemacht, was ich zutiefst bereue. Manche Sachen sollte man ruhen lassen. Da gehört unsere alte Liebesgeschichte definitiv dazu.

Im Augenwinkel sehe ich, wie Toms Frau Annika in Begleitung ihres gemeinsamen Nachwuchses die Wiese betritt. Ähnlich wie Tobias hat sie sich nicht gemäß des Mottos gekleidet. Ihre Schwangerschaftspfunde halten sie hartnäckig, werden von einem weitausgeschnittenen, zartgeblümten Kleid verdeckt. Dazu trägt sie rote Badelatschen. Gegen meine Erwartung schlägt sie nicht die Richtung ihres Ehemannes ein, sondern umarmt stürmisch meinen Freund. Er wirkt überrascht, weicht aber nicht zurück. Sie ist so überschwänglich, fängt gleich an zu reden, strahlt. Nach sehr kurzer Zeit färbt das auf ihn über. Auch er lächelt, erzählt irgendetwas. Sie wirken vertraut. Tja, bitter aber wahr. Dieses innige Verhältnis ist mir schon auf der Hochzeitsfeier aufgefallen. Der Verdacht liegt schon nahe, dass sie mal etwas miteinander hatten. Nun sind sie offiziell nur noch alte Bekannte.

„Na, flirtet dein Schönling jetzt mit meiner Frau? Ich sage doch, dass er ein Blender ist." Tom ist wieder bei mir aufgeschlagen. Dieses Mal mit einem Bier in der Hand.

„Dann sei doch mal ein echter Kerl, und hol sie dir wieder! Deine ach so tolle Ehefrau!", sage ich genervt. Aber warum? Shit, das ist mir so rausgerutscht. Ich sehe etwas in seinen Augen aufflackern. Verdammt, ich hatte ganz vergessen, wie gerne er sich prügelt. Ungünstig, das läuft jetzt echt ungünstig.

„Gute Idee! Warum bin ich nicht selbst drauf gekommen?!" Er macht Anstalten sich in die Richtung der beiden zu bewegen.

„Halt! Nein, warte!", rufe ich hinterher. „Wir schreiten erst ein, wenn sie gemeinsam in den Büschen verschwinden", sage ich trocken.

Er lacht spontan. „Einverstanden. Wir warten! Wenn er sie anfasst, mache ich ihn platt."

„Das wäre berechtigt, ist aber unwahrscheinlich.", sage ich, lasse vorsichtshalber meine Flasche gegen seine scheppern und nehme auch gleich selbst einen Schluck.

„Ja, warum sollte er?", sagt er ernüchtert, schaut mich an. „Er hat alles, was geht. Du bist heute das hübscheste Mädchen weit und breit."

„He, was ist mit mir?", fragt Barbara beleidigt.

„Ich stehe nicht auf brünett", sagt Tom.

„Sehr witzig. Setz mal eine Brille auf. Deine Frau ist auch brünett", kontert Barbara pikiert. Spontan muss ich laut auflachen. Die beiden waren schon früher wie Katz und Maus. In der Regel schenken sie sich nichts.

„Unser letztes Gespräch geht mir nicht mehr aus dem Kopf", sagt er.

„Das sollte es, und das weißt du auch", sage ich ernst.

„Ich habe mich verändert. Ich bin nicht mehr der, der ich mal war."

„Richtig. Jetzt bist Du ein verantwortungsvoller Familienvater, der seine Frau über alles liebt."

„Denkst Du noch manchmal an uns?" Er schaut mir direkt in die Augen. Ich schüttele den Kopf, weiche seinem Blick aus.

„Nein, niemals!"

Sicherlich hätte ich diplomatischer sein können, aber ich stehe ruckartig auf, und lasse ihn stehen. Ich brauche Abstand. Er ist

verheiratet, und hat ein Kind. Solch eine Frage ist unter den gegebenen Umständen total überflüssig und lächerlich. Wieso zum Geier ist er so unglücklich in seiner Partnerschaft. Annika scheint nett zu sein. Bei der Zeremonie wirkten sie so glücklich. Das ist kein halbes Jahr her!
Ich drehe mich um. Annika und Tobias unterhalten sich immer noch. Er wirkt belustigt. Genervt wende ich meinen Blick ab, rufe mich aber unverzüglich wieder zur Vernunft. Annika ist Schnee von gestern. Er kennt einfach viele Leute, und das sollte für mich akzeptabel sein. Ich kann mir seiner Liebe sicher sein. Mein Geburtstagsgeschenk ist auf jeden Fall ein echter Liebesbeweis.

Unschlüssig bin ich durch die Gegend spaziert. Inzwischen bin ich am Teich angelangt, lasse meinen Blick über den Horizont wandern. Es ist spät, kühlt sich etwas ab. Die Sonne geht jetzt langsam unter, spiegelt sich unvermittelt in allen Farben auf dem Wasser. Das sieht so wunderschön aus. Eine der Enten taucht gerade ab, hinterlässt seichte Wellen, die kreisförmig auf dem trüben Wasser auf mich zurollen. Das Schilfgras wackelt leicht in der sanften Brise. Das echte Meer könnte auch nicht mehr bieten. Der Moment wird zerstört. Tom ist wieder hinter mir. „Na Melli, brauchst Du eine Abkühlung?" Ohne Vorwarnung wird mein Körper gepackt und im hohen Bogen ins Wasser geworfen. Tom verliert den Halt auf dem glitschigen Untergrund und fällt gleich mit rein.

„Du Idiot!", schreie ich ihn ungehalten an. Auf dieses unfreiwillige Bad war ich nicht vorbereitet. Die Brühe stinkt, der Untergrund ist so schleimig unter meinen Füßen. Nach dem ersten Schock verlasse ich im Laufschritt das warme Nass, erreiche im Nu das Ufer, klettere irgendwie hinaus.

Es ist so ekelig. Über und über ist meine Haut mit Entengrütze und Schlamm bedeckt. Meine Füße stinken nach altem Morast. Hinter mir höre ich Tom gehässig lachen. Oh Gott, wie ich den Kerl jetzt hasse. Zum Glück ist er in einem ähnlichen schlechten Zustand, hat aber auch schon wieder Gras unter den Füßen.

„Ich weiß nicht, ob ich jetzt lachen oder weinen soll. Die Party hast Du mir jetzt so richtig komplett versaut. Du bist so ein Arsch!", wettere ich.

„Bleib mal locker. Das ist nicht dein erstes Mal. Sowieso hat es mich ähnlich schlimm erwischt. Man könnte sagen, dass mich die gerechte Strafe schon ereilt hat." Weiter kommt er nicht. Es gibt jemanden, der wirklich aufgebracht ist! Tobias ist plötzlich an meiner Seite, sieht mich erst besorgt an, dann fällt er über Tom her. Noch nie habe ich ihn so derartig erbost erlebt. Niemals hätte ich erwartet, dass er handgreiflich werden würde. Er wütet wie ein Sturm. Tom geht zu Boden, fasst sich an die Schulter. Ist er verletzt? Scheiße! Endlich löse ich mich aus meinem Schockzustand.

„Tobias! Hör auf!" Schützend stelle ich mich vor Tom. Das hier muss sofort ein Ende finden.

„Melanie, geh zur Seite", faucht Tobias mich an. Sein hübsches Gesicht sieht jetzt echt fies aus.

„Bitte lass gut sein", sage ich aufgebracht.

„Nein, warum? Lass ihn doch!", sagt Tom. Es ist zum Verzweifeln. Tom rafft sich wieder hoch. Er liebt Raufereien sowieso. „Der Überraschungsmoment war auf seiner Seite. Klären wir das unter normalen Bedingungen!" Tom ballt die Fäuste. Wie ein Profiboxer bezieht er Position. Provokativ nickt er Tobias zu, deutet an, dass er zu allem bereit ist. Zweifellos dürstet es ihn nach Rache.

Tobias grinst breit. Die Show seines Gegenübers beeindruckt ihn keineswegs. „Bereit, wenn du es bist!"

Mein Herz bleibt mir stehen. Das wird jetzt übel enden. Tom ist in diesem Zustand unberechenbar. Solche unschönen Momente kenne ich aus der Vergangenheit schon zur Genüge. „Tobi, bitte nicht. Es ist mein Geburtstag. Wunsch eins. Ich löse ihn verbindlich ein! Bitte schlag dich nicht mit ihm", flehe ich.

Er schaut mich verblüfft an. „Du willst einen Gutschein einlösen für das hier? Dein ernst?"

Ich nicke eifrig, will auf jeden Fall weitere Handgreiflichkeiten vermeiden. Tobias ist sichtlich perplex, seine Haltung entspannt sich wieder etwas. „Wirklich?"

„Ja. Wirklich und tatsächlich. Tom, nun liegt es an dir", sage ich ernst.

„Niemals!" Unwillig schüttelt er den Kopf. Sein Stolz wurde verletzt.

„Tom! Schluss jetzt. Es reicht!" Annika hat uns inzwischen erreicht, zerrt ihren Mann wütend zu sich herum. „Was soll denn der Scheiß? Muss das jetzt wieder sein?"

„Meine Güte, jetzt kommst du auch noch." Er lässt seine Fäuste sinken, wirkt aber immer noch bedrohlich. Ich nutze die Gunst der Minute, und ziehe Tobias am Arm in eine sichere Entfernung von dem Streithahn. Auch er ist immer noch äußerst geladen.

„Er hätte Prügel verdient!"

Ich schüttele den Kopf. „Er hat schon oft welche bezogen. Glaub mir, das nützt nichts."

Ungläubig schaut er mich an. „Dafür opferst du einen Wunsch? Damit ich mich nicht mit dem Hirni prügele?"

„Ich will nicht, dass du verletzt wirst."

Schallend lacht er los. „Das wäre nicht passiert. Glaub mir. Das ist gar nicht möglich!"

Ich sammele meine sieben Sachen ein, und gehe nach Hause. Tobias fährt mit seinem Auto hinterher. In meinem nassen Zustand hätte ich mich nicht in den Wagen setzen können. Einige Meter hinter mir verlassen auch Annika und Tom die Party.
Nach wenigen Minuten rückt mein Elternhaus in Sichtweite. Tobias zieht mit seinem Gefährt an mir vorbei und parkt vor dem Haus, wartet dann an der Eingangstür auf mich. „Müssen wir noch irgendetwas holen?"
„Ich glaube nicht!" Ich hauche ihm einen Kuss zu, stinke immer noch ganz fürchterlich. „Ich gehe duschen. Meine Eltern sind nicht zu Hause. Willst du heute bei mir schlafen?" Er nickt.
„Sicher!" Nun grinst er breit. Seinem Ausdruck zu Folge, kann es heute noch lustig werden. Scheinbar ist er in Stimmung.

Es ist schon nach einundzwanzig Uhr, als ich aus der Dusche komme. Wie versprochen lege ich mich nackt in mein Bett, trage nur meine wunderschöne neue Kette. Diese Lektion hatte ich gelernt. Diesen Tag würde ich gerne friedlich ausklingen lassen.
Nach einigen Minuten kommt er ins Bett, grinst breit. „So, das war also meine erste waschechte Beachparty! Dein Leben ist ganz schön spannend."
„Sonst hat es immer Spaß gemacht!", sage ich mehr oder weniger kleinlaut.

„Habt ihr auf dem Dorfe noch weitere solch interessante Attraktionen auf Lager?"

„Du musst mich nicht ärgern! Ich denke, für heute habe ich genug eingesteckt!"

Er lacht. „Ehrlich, dieser Gestank aus dem Tümpel war echt heftig."

Genervt rücke ich von ihm ab. „Dein Gespött ist nicht angebracht. Ich hatte das auch anders geplant. Ganz anders!"

„Hey, nun schmoll nicht!" Er vollzieht einen Sinneswandel, kuschelt sich an mich, legt seinen Arm um mich, gibt mir mit seiner körperlichen Anwesenheit ein wohliges Gefühl. Seine nackte Haut an meiner lässt meinen Puls nach oben schnellen. Mein Ärger verpufft. Ein angenehmes Kribbeln macht sich in meinem Bauch breit.

„Ich liebe dich in allen Lebenslagen. Auch als kleines Modermonster!", flüstert er in mein Ohr. Zärtlich krault er meine Schulter. „Deine Haut ist so verdammt weich. Du ahnst nicht, wie oft du in meinem Kopf herumgeisterst, wie oft ich mir wünsche, dich zu spüren, deinen Körper zum Beben zu bringen."

Seine Worte sind sinnlich, seine Stänkereien geraten in den Hintergrund. Er ist mir jetzt so unfassbar nah. „Dir ist bewusst, dass du das öfter haben könntest", sage ich ernst. „Du hast ja nie Zeit!"

„Ja, mein Terminkalender ist voll. Vielleicht nutzen wir jetzt die Gelegenheit dafür", säuselt er rauchig in mein Ohr. Zu gerne will ich mit ihm schlafen, drehe mich um, schmiege mich an seinen stattlichen Körper, fühle auch prompt seine Erektion.

„Ich liebe dich", sage ich leise. „Du machst mich sehr glücklich! Zumindest meistens."

Nun lächelt er zufrieden. „Na dann sollte ich dich heute an deinem Geburtstag mal so richtig glücklich machen." Spielerisch fängt er sogleich an, meine ganze Haut überall mit Küssen zu bedecken, jeden Zentimeter zu liebkosen. Manchmal spüre ich seine Lippen, manchmal seine Zunge, oder Zähne, die mich leicht necken. Augenblicklich wird mir heiß. Jede seiner Liebkosung brennt wie Feuer. Sowieso ist Tobias in intimen Dingen ziemlich verspielt, unkonventionell. Vorsichtig umkreist seine Zunge meine Nippel, leckt und saugt daran. Seine Hände wandern tiefer, berühren mich überall. Hammer ist das verführerisch, total angenehm. Ich schließe meine Augen, gebe mich dem Gefühl ganz hin.

Er nimmt sich viel Zeit, wartet, verwöhnt mich, bis ich mich unter ihm winde, möchte, dass er mit mir schläft, mich aus meiner Qual erlöst. Das tut er aber nicht, sondern drückt meine Beine weiter auseinander. „Vertraust du mir?" Ich nicke. halte die Luft an, frage mich, was jetzt kommt. Eines seiner vielzähligen Sexspielzeuge vielleicht? Er rutscht von mir weg, kurze Zeit später spüre ich seinen heißen Atem an meine Intimzone. Seine Zunge liebkost, leckt, verwöhnt jeden Millimeter.

Vor langer Zeit hatte er diesen Liebesdienst schon einmal an mir ausprobiert – und ist gescheitert. In dieser Nacht konnte ich nicht richtig abschalten. Im Gegenteil, ich hatte so ein ungeheures Schamgefühl. Ich konnte das überhaupt nicht genießen. Dieses Mal ist es schön, das Gefühl total atemberaubend. Vielleicht liegt es jetzt an unseren gemeinsamen Erfahrungen, daran, dass er mir vertrauter geworden ist, oder daran, dass ich nicht ganz nüchtern und frisch geduscht bin. Es ist erotisch, episch! Auch für ihn. Es wird immer heftiger, je intensiver er mich verwöhnt. Er ist so unglaublich gefühlvoll. Es dauert nicht lange, und ich komme. Ich explodiere, stöhne vor Lust. Mir bleibt förmlich die Luft weg.

Tobi lacht, küsst mich völlig befreit am ganzen Körper. Es endet mit einem Stirnkuss. Seine nächsten Worte werden eher flüsternd in mein Ohr gehaucht. „Das war gut. Ehrlich, mit deinen Hemmungen hätte ich mich schlecht abfinden können." Ohne Vorwarnung schiebt sich seine harte Männlichkeit in meine Höhle. Er nimmt meinen Körper gleich wieder in Beschlag.

„Hilfe, Tobias, lass mir etwas Zeit." Ich bin noch total aufgewühlt, mein Herz schlägt immer noch zu schnell.

Aber er lacht nur. „Nein, keine Chance. Ich will, dass du dich mir öffnest. Ich will, dass du mir alles schenkst!" Er küsst mich. „Ich liebe dich. Vertrau mir!" Er schläft mit mir, liebt mich vorerst langsam, erfühlt was mich antörnt, womit er meine Lust noch steigern kann, nimmt mich dann nach und nach härter, tiefer, sorgt dafür, dass ich den Boden unter den Füßen verliere und alles vergesse, mich in seinen Armen verliere und komme. Der Orgasmus überrennt mich, beraubt mich meiner Sinne. Es fühlt sich einfach nur verdammt schön an. Nachdem er auch gekommen ist, streichelt er noch ein wenig mein Gesicht.

Ich muss lachen. „Irgendwann werde ich dabei ohnmächtig. Irgendwann musst du den Krankenwagen rufen." Ich ziehe ihn noch näher an mich heran, genieße seine Nähe, will nicht, dass er jetzt aufsteht, um uns etwas zu trinken zu holen.

„Ich liebe dich so unendlich", sage ich zart.

Keine Reaktion! Verblüfft schaue ich auf, schaue in sein Gesicht. Er lächelt nicht, hat mir vielleicht gar nicht zugehört. Mit einem Mal wirkt er abwesend, schweigt, wo er mir doch sonst nach dem Sex irgendwelche Liebeserklärungen macht. Hilfe? Was ist los. Er wirkt so ernst. Gerade eben war ich glückselig, verliebt und erfüllt, nun aber verunsichert er mich zutiefst. Seinen Stimmungswandel kann ich nicht wirklich nachvollziehen. Der Tag hatte sich doch so schön entwickelt, eigentlich müsste er jetzt glücklich sein, aber er wirkt nachdenklich. Hundert Euro würde ich für seine Gedanken geben, aber ich traue mich nicht, ihn zu fragen. Sicherlich würde er sich wieder über mich lustig machen. Das kenne ich aus der Vergangenheit schon zur Genüge, leider.

Er bemerkt meinen skeptischen Blick, mustert mich kurz, kann wohl meine Gedanken erraten. „Na Kleines, was ist?"

„Ja, das habe ich mich auch gefragt. Woran denkst du gerade?"

Er lacht. „Tja, das möchtest du wohl wissen."

„Ja, in der Tat."

„Ich muss noch einmal telefonieren."

„Telefonieren? Mit wem? Um diese Zeit?"

Er zwinkert mir schelmisch zu, sieht dabei wieder so niedlich aus. „Prinzessin, mach dir keinen Kopf. Ist nichts Wichtiges. Ich komme gleich wieder."

Verdammt, offensichtlich ist er sich seiner Anziehungskraft so überaus bewusst. Seine neckische Art reicht, um sich aus der Affäre zu ziehen. „Bis gleich!" Seine Lippen streifen noch einmal meinen Mund, dann erlöst er mich von seinem Gewicht, greift zu seinem Telefon, steht auf, tippt irgendetwas ein, verlässt den Raum.

Für den Moment bin ich also abgeschrieben und ernüchtert, verdammt ernüchtert. Was zum Geier ist denn los? Ich ziehe mir mein T-Shirt über und erhebe meinen erhitzten Körper gleichfalls aus dem Bett. Im Badezimmer putze ich akribisch meine Zähne, creme mich großflächig mit meiner Lieblings Body Lotion ein. Vanille! Ich liebe Vanille. Als ich nach einiger Zeit wieder in den Raum komme, schläft Tobias schon. Ich lege mich dazu. Er umarmt mich im Halbschlaf, zieht mich auf seine Seite, deckt mich zu und hält mich ganz fest. Das macht er immer, wirklich immer! Wenn wir zusammen sind, dann für einhundert Prozent, mit allem Drum und Dran. Es sollte mich also glücklich machen, aber das Gegenteil ist der Fall. Ich bin zutiefst verunsichert!

Die Menschen stolpern nicht über Berge, sondern über Maulwurfshügel, sagt Konfuzius. Heute hat mein Freund mich wieder an meine Grenzen gebracht, überschreitet diese ständig. Die letzten Treffen hatten mehr als nur ein Experiment für mich parat. Unser Sex ist unfassbar intensiv. Inzwischen hatte ich ihm alles geschenkt, mich total geöffnet und jedes mir vorstellbare Tabu gebrochen. Tatsächlich hatte ich mich auf Dinge eingelassen, die für mich moralisch grenzwertig sind.
Kann ich dieses Tempo auf Dauer durchhalten? Und überhaupt, was hatte er damit gemeint, dass er sich mit meinen Hemmungen schlecht hätte abfinden können? Wäre das auch ein Trennungsgrund? Ist das schon ein Maulwurfshügel? Welchen Stellungswert hat unser Liebesspiel in unserer Beziehung?
Diese Unsicherheit macht mich noch ganz verrückt. Wie tief sind seine Gefühle für mich wirklich?
Wir sind uns jetzt so nah, aber es gibt diese Momente, zum Beispiel, wenn sein mir verfluchter Jähzorn ausbricht. Da ist er so unerreichbar und kalt, so distanziert, so weit weg, als ob wir uns

nicht einmal im selben Universum befinden. Ist das der Umstand, der mich so abhängig von ihm macht?

Ein knappes Gut ist immer erstrebenswert. Verdammt! Warum verlieben wir Frauen uns immer nur in die schwierigen Männer, in die Kerle, die uns nur Unglück und Kummer bringen?

Ich versuche diese negativen Gedanken zu vertreiben und durch positive Erinnerungen zu ersetzen, umschließe mit meiner Hand meine wunderschöne Kette. Der Schlaf übermannt mich. Ich schlafe durch und habe keinen Albtraum. Eigentlich geht es mir gut. Das kann wirklich für immer so weiter gehen. Ich wünschte es könnte für immer so weiter laufen, aber das tat es nicht.

KAPITEL 4 SUSANNA

Alles lief seinen Lauf. Wochen verstreichen wie Tage, Tage wie Minuten, Minuten wie Sekunden. Wie angekündigt hat Tobias unglaublich viel gearbeitet. Er war nicht oft verfügbar. Bei unseren seltenen Treffen war es aber immer traumhaft schön. Ich habe mich den Gegebenheiten angepasst. Freiwillig, ohne eine weitere Debatte. Für Streitigkeiten, Machtkämpfe und Diskussionen ist mir unsere knappe Zeit zu kostbar. Wenn ich ihn nicht reize, provoziere, oder mich übermäßig aufreizend kleide, fallen jeglicher Zwist und Maßregelungen aus. Für meinen Seelenfrieden ist das sehr wichtig. Man darf das Fass einfach nicht zum Überlaufen bringen. Als Konsequenz ist er mehr als liebevoll, tut alles für mich, verwöhnt mich so sehr, dass es sich anfühlt, als müsste ich sterben vor Glück.

Ich muss mich verbessern. Die Zeitform ändern: *war* er mehr als liebevoll. Und ich *war* so glücklich. Und es *hat* sich angefühlt, als müsste ich sterben vor Glück.

Das war der Stand von vor einer Woche. Dann bekam Tobias am Wochenende plötzlich einen Anruf. Es war recht spät. Seine Ex Freundin Susanna wollte ihn dringend sprechen. Er ging aus dem Raum. Der Gesprächsinhalt entging mir komplett, hatte es aber wohl in sich. Nach dem Telefonat war er irgendwie aufgewühlt, abweisend und in sich gekehrt. Trotz wiederholter Nachfrage bekam ich keinerlei Hintergrundinformationen. Für mich stellt sein Verhalten ein großes Rätsel dar. Nie hatte es den Eindruck gemacht, als ob sie ihm in irgendeiner Form noch etwas bedeutet, oder eine wichtige Rolle spielen könnte. Jetzt ist seit dem Gespräch ein gewisser Zeitraum verstrichen, und er hat nach diesem besagten Tag nichts von sich hören lassen. Absolut nichts! Keine Anrufe, keine Dates! Ohne ersichtlichen Grund hat er meinen Orbit mit Lichtgeschwindigkeit verlassen. Augenscheinlich befindet er sich jetzt auf einem anderen Stern. Keine Ahnung, was er treibt. Das ist für mich wirklich befremdlich und frustrierend, lässt mich schier ins Bodenlose fallen. Ich muss dringend herausfinden, was passiert ist, sonst werde ich noch wahnsinnig. Aber nicht heute! Ich bin ein Feigling, ich weiß. Heute Abend fahre ich alternativ zu Barbara. Noch weitere Stunden mit mir alleine auf dem Sofa könnte ich nicht ertragen.

Es dauert nicht mehr lange, dann drehe ich komplett durch und führe Selbstgespräche. Es ist ungesund, sich zu isolieren, immer auf dem Zimmer abzuhängen. Ich brauche jetzt dringend eine Freundin. Meine beste Freundin! Wir haben uns ewig nicht mehr außerhalb der Arbeit getroffen. Irgendwie war ich nur noch auf Tobias fokussiert. Das war sicherlich ein Fehler. Ein knappes Gut geht anders. Ganz anders! Er musste nur mit dem Finger schnippen, und ich war verfügbar. Wie eine Idiotin habe ich alles stehen und liegen gelassen, und bin zu meinem Liebsten geeilt.

Ich liebe ihn. Er liebt mich. Warum hätte ich Spielchen spielen sollen? Eine billige Posse aufführen? Tja, jetzt stellt sich die Frage: was ist nötig, um jemand wie Tobias zu halten? Sein Interesse nicht zu verlieren? Keine Ahnung!

Mein Besuch kommt spontan. Barbara ist zum Glück zu Hause. Ihr Wagen steht vor der Tür, der schrottige Lieferwagen von Bernd natürlich auch. Egal, ich klingele trotzdem. Nach einer gewissen Zeit öffnet Bernd die Tür. Überrascht weiche ich zwei Schritte zurück. Nicht, dass ich ihn noch nicht schon so gesehen habe, aber es verwirrt mich. Er trägt lediglich Shorts, kein Oberteil, keine Socken. Er ist quasi fast nackt.
„Hey Melanie, Du hättest anrufen können."
Peinlich, sehr peinlich. Es ist wohl offensichtlich, womit die beiden gerade beschäftigt waren.
„Ja, richtig. Das habe ich versäumt. Ich bin dann mal wieder weg."
Er lacht. „Nein warte, jetzt ist die Luft sowieso raus. Komm rein."
„Nein, ich hau wieder ab. Viel Spaß."
„Keine Widerrede!" Er schnappt meinen Arm, zieht mich freundschaftlich, aber bestimmt mit sich in die Wohnung.
„Barbara! Besuch ist da!", ruft er wohl als Vorwarnung.
„Ja, kein Problem." Barbara kommt aus dem Schlafzimmer. Offensichtlich hat sie sich hastig etwas übergeworfen. Nun trägt sie ein graues, schlichtes, aber gemütliches Baumwollkleid.

„Tut mir leid", sage ich immer noch beschämt. „Soll ich wieder gehen? Das macht mir nichts aus."

„Ach Quatsch. Jetzt bist du doch schon da. Kommt Tobias auch?"

„Welcher Tobias?", frage ich, verdrehe die Augen.

„Was soll das? Habt ihr Stress?", fragt sie verwundert.

„Ich weiß nicht, ob man das als Stress bezeichnen kann", antworte ich.

„Wein?", fragt Bernd.

„Ja, sicher", sage ich. Er verschwindet in der Küche.

„Hattet ihr Streit?", fragt sie erneut.

„Nein, das ist es nicht."

„Was dann?"

„Wenn ich das wüsste. Es ist, als wäre ich für ihn gestorben. Kein Besuch, kein Anruf. Einfach nichts."

„Hast Du ihn angerufen?"

„Ja, aber nur ein Mal. Er war nicht erreichbar. Somit ist er wohl am Zug."

„So läuft das bei euch? Beeindruckend!"

Betreten schaue ich zu Boden. Ihre Ironie ist angebracht. Leider entsprach meine Aussage nur der halben Wahrheit. Es hatte anders begonnen. Es hatte nicht nur den Anruf gegeben, sondern auch ein Bildchen. Manchmal schicke ich ihm kleine Anreize aus dem Laden. Ich muss ständig Sachen probetragen, mich umziehen, schauen, ob noch etwas abgeändert werden muss.

Gewohnheitsmäßig bekommt er dann und wann kleine erotische Selfies von mir. Ich zeige Haut, verhülle aber die wesentlichen Körperteile. Es soll ihm Lust auf mehr machen. Normalerweise kommt unverzüglich eine Reaktion. Seiner Kreativität sind keine Grenzen gesetzt. Es war schon alles dabei: ein Smiley, ein Bild von sich – lächelnd, sein Auge in Großaufnahme (mein Lieblingsbild. Ich liebe seine Augen), ein Spruch, ein Liebesgeständnis. Dieses Mal kam nichts. Gar nichts, obwohl er die Nachricht gelesen hat.
„Ja, er hätte zurückrufen müssen. Er hat sich seit Ewigkeiten nicht mehr gemeldet. Ich weiß gar nicht, was er treibt", sage ich leise. Sie schaut verdutzt. „Ehrlich nicht? Ich schon."
„Wie jetzt?"
„Eine Bekannte von ihm zieht von München nach Celle. Er hilft ihr beim Umzug. Bernd war auch zeitweise mit von der Partie. Schränke tragen war angesagt."
„München`", frage ich erstaunt. „Susanna?"
„Ja, ich glaube, so heißt sie."
Das trifft mich wie ein Hammerschlag. Seine Ex zieht wieder nach Celle? Seit Tagen ist er mit Susanna zusammen, und verliert darüber kein Wort. Puh! Ich muss meine Tränen unterdrücken.
„Barbara, das ist keine Bekannte, das ist seine Ex-Freundin."
„Bernd, wo bleibt der Wein?!", ruft sie laut. Ihre Reaktion ist anders als erwartet. Es wird wohl keine tröstenden Worte

ihrerseits regnen. Mein Schicksal interessiert sie einfach nicht. Sie bemerkt meinen Blick.

„Du erwartet jetzt aber kein Mitleid, oder? Das war doch abzusehen. Tobias von Rauheim ist ein notorischer Frauenheld. Er kann gar nicht treu sein. Ich habe dich im Vorfeld gewarnt. Das ist gar nicht so lange her."

„Na danke", sage ich beleidigt.

„Nun gut. Du willst meine Meinung. Du kriegst meine Meinung. In meinen Augen bleiben dir jetzt drei Möglichkeiten:

A. Du bemitleidest dich.

B. Du rufst ihn an, und klärst das unverzüglich auf.

C. Du vertagst das Gespräch auf morgen, und wir machen uns einen schönen Abend. C ist übrigens mein persönlicher Favorit."

Damit endet ihre Ansprache.

„Du bist ganz schön hart zu mir", sage ich ernüchtert. „Einige seelische Streicheleinheiten wären nett gewesen."

„Dito, das habe ich mir neulich im Laden auch gedacht!"

„Aber mal ernsthaft. Warum verschweigt er mir das? Von Anfang an hat er mir den Eindruck vermittelt, dass er mich liebt. Er hat nicht locker gelassen. Wie konnte ich mich nur so irren?"

„Den Eindruck hatte ich ehrlich gesagt auch. Wenn ich an deinen Geburtstag denke, an das wertvolle Geschenk", sagt sie nachdenklich.

„Ach, wertvoll hin oder her. Geld interessiert ihn nicht. Da steckt er doch voll.

„Welch unbeschwertes Dasein."

„Ein Zustand, der dir nur zu gut bekannt ist", sage ich genervt.

„War. Vergangenheit. Reiches Elternhaus hin oder her. Wie Dir bewusst ich, habe ich Schulden - genauso wie wir alle."

„Ja, richtig." Das ist natürlich der nächste Runterbringer. Durch die laufenden Kredite für den Laden sind wir alle in einem gewissen Rahmen verschuldet.

„So, und nun Kopf hoch. Du solltest den Typen abhaken. Kommen wir zu den wichtigen Themen. Du wolltest doch mit uns zu meinen Eltern kommen?"

„Verdammt, das habe ich total vergessen. Wann ist euer Termin?"

„11.11."

„Karnevalsanfang! Scherzkeks. Seid ihr wirklich sicher, dass ihr im Winter feiern wollt? Vielleicht haben wir dann schon Schnee!"

Sie strahlt. „Das wäre dann wie Weihnachten und Ostern an einem Tag. Es gibt nichts, was ich mir mehr wünsche. Es soll auf jeden Fall ganz anders werden als die Hochzeit XY. Du weißt schon."

Ich nicke. „Okay, möglicherweise hat das Potential. Winterromantik. Heiße Küsse bei frostigen Klima. Mantel, Schal und Handschuhe statt Kostümchen. Bibbern statt Schwitzen."

„Aber vergiss nicht, dass du dieses Mal ja sagen musst!", ruft Berndt fröhlich dazwischen, betritt dann den Raum.

„Hier, der Wein."

Ich schüttele den Kopf. „Zu spät. Das hat zu lange gedauert. Ich bin raus aus der Nummer."

„Du kannst hier schlafen." Ohne meine Antwort abzuwarten, befüllt Bernd ein Glas für mich. „Pizza Bring Dienst?"

„Ja. Definitiv!", antwortet Barbara ihrem Schatz. „Melanie schläft heute hier!"

Dem Qualitätswein sei Dank habe ich am nächsten Morgen keinen Kater. Aus einer Flasche sind gleich zwei geworden. Barbara hat sich zurückgehalten, aber Bernd war voll mit dabei.

Wir stehen zeitig auf, frühstücken in Ruhe und fahren dann zusammen zur Arbeit.

„Mandy?", fragt Barbara verwundert. Warum auch immer lungert unsere alte Geschäftspartnerin vor dem Laden herum. Offensichtlich ist sie auf dem Absprung zu ihrem Supermarkt Job. Sie trägt einen unscheinbaren weißen Kittel. Unwillkürlich schüttele ich den Kopf. Wie kann sie sich nur mit diesem Job abgeben. Fleisch gruselt mich sowieso. Die Vorstellung im Angesicht dieses ganzen Todes zu arbeiten wäre unerträglich. Bäh, totes Tier in Tüten.

„Guten Morgen, ihr beiden Unternehmerinnen! Na alles gut?", sagt Mandy.

„Moin", sage ich kurz angebunden.

„Hey, guten Morgen!" Barbara freut sich ganz aufrichtig. Im Gegensatz zu mir ist sie mit Mandy noch gut befreundet. Sie umarmt sie gleich ganz überschwänglich. Ich hingegen gehe wortlos an ihr vorüber, schließe schon einmal die Ladentür auf, betrete den Verkaufsraum.

„Melanie, die Frage hat auch dir gegolten!", ruft Mandy mir hinterher.

„Wie bitte?" Genervt drehe ich mich zu ihr um. „Wollen wir nach deinem letzten Auftritt ernsthaft freundschaftliche Gefühle heucheln. Du bist wirklich die Königin der blöden Sprüche!"

„Kleines, seit wann bist du so empfindlich. Das ist doch Schnee von gestern. Sowieso bin ich nicht grundlos hier. Ich habe mich gefragt, wie es dir so geht. Jetzt wo Tobias wieder mit Susanna liiert ist!"

„Was faselst du da?", fragt Barbara erstaunt, tritt in Mandys Blickfeld.

„Nichts für deine Ohren. Ich rede mit Melanie", antwortet Mandy trocken.

„Mandy, woher weißt du davon?", frage ich verunsichert.

Ihr Blick ist überheblich. Natürlich ist er das. „Ich habe sie zusammen gesehen. Ihre neue Wohnung liegt unweit von meiner."

Was für ein Schock. Ich merke, wie ich blass werde. Ich denke nicht, dass ich meine Mimik auch nur ansatzweise unter Kontrolle habe. Sicherlich ist mein Gesichtsausdruck mehr als verstört.

„Was heißt zusammen gesehen? Haben sie sich geküsst oder Händchen gehalten?", fragt Barbara.

„Nein, nichts dergleichen, aber wenn du mich fragst, ist das nur eine Frage der Zeit."

„Mandy, das sind doch alles nur Mutmaßungen deinerseits. Wenn dem so wäre, wüsste ich davon. Bernd hätte mir das erzählt. Tobias und Melanie sind noch nicht getrennt."

„Noch nicht!", sagt sie, hat schon wieder diesen triumphierenden Ausdruck. Dieses Miststück. Bilder flackern auf. Das ist nicht das erste Mal, dass sie mir ein virtuelles Messer in den Rücken rammt.

„Guten Morgen", meine Mutter betritt den Raum. Ihr Ton ist nicht sehr freundlich. „Du lebst also noch!", sagt sie an mich gewandt.

Mist. Mein Herz bleibt mir stehen. Ich kann mir schon denken, was jetzt kommt.

„Dein Vater wollte gestern Abend schon die Polizei rufen. Mit ach und krach habe ich ihn davon abgehalten. Was denkst du dir dabei? Du hättest Bescheid geben müssen, wenn du nicht nach Hause kommst. Das sind unsichere Zeiten!"

„Fang jetzt nicht wieder mit der Sandra Geschichte an!", sagt ich drohend.

„Warum denn nicht? Sie wurde trotz aller Bemühungen immer noch nicht gefunden. Für mich steht außer Frage, dass sie bereits nicht mehr unter den Lebenden weilt. Denk doch mal nach. Himmel noch einmal. Du passt genau in sein Profil!"

Ja, verdammt. Dieser Scheißserientriebtäter treibt in der Gegend immer noch sein Unwesen. Frauen sind verschwunden, wurden gefoltert, später ermordet aufgefunden. Nach Opfern aus Hannover und Hildesheim, ist auch eine alte Schulkameradin von mir verschwunden. Natürlich sind es, was Sandra betrifft, nur Mutmaßungen. Sie sieht mir ähnlich. Die gleiche Frisur, eine ähnliche Statur und Größe. Sie und ich passen ins Profil. Wir könnten Schwestern sein. Wie auch immer. Niemand glaubt auch nur im Ansatz, dass wir sie noch einmal lebend wiedersehen. Wir beide waren nicht mehr befreundet, aber die Vorstellung, dass sie leiden muss, bricht mir das Herz.

„Lassen wir das", sage ich kleinlaut. „Zukünftig melde ich mich ab, wenn ich nicht nach Hause komme. Versprochen! Zumindest so lange, wie ich noch in meinem alten Zimmer wohne!"

„Ich habe mich vor einiger Zeit vorsichtshalber mit Pfefferspray und Warnsignal ausgerüstet", sagt Mandy.

„Ja, das ist vernünftig. Vielleicht sollten wir dir das gleichtun. Ich werde noch heute eine Bestellung aufgeben. Vielleicht gleich für uns alle? Für deine Mutter auch?", fragt Barbara an mich gewandt.

„Ich muss los, sonst komme ich zu spät zur Arbeit. Ich werde euch bezüglich der anstehenden Romanze auf dem Laufenden halten!", sagt Mandy und verschwindet.

„So, anderes Thema. Die Pflicht ruft. Wir rufen zurück. Was sagst Du zu Fransen? Ich liebe Fransen."

„Was?"

„Fransen, wollen wir etwas mit Fransen machen?", wiederholt Barbara ihren Vorschlag

„Ähm, sorry. Gedanklich war ich noch beim Pfefferspray stehen geblieben. Was kostet das denn?"

Sie prustet los. „Mach dir keinen Kopf. Das wird bezahlbar sein. Sowieso kann man Sicherheit nicht mit Geld aufwiegen!"

„Wie man es nimmt. Dann bestell. Business Outfits oder Kleider?"

„Bist du jetzt wieder bei den Fransen?"

Ich nicke.

„Business mit Fransen ist doch mal eine Herausforderung!", sage ich, muss grinsen. Schnell habe ich einige Ideen.

„Jupp, dann mal los." Beide setzen wir uns an unsere gewohnten Plätze. Ich spanne bei meiner Maschine das passende Garn ein.

„Selbstständig zu sein, setzt mich mehr unter Druck, als erwartet", sage ich. „Dein Spruch von gestern hat die Sache auf den Punkt gebracht. Es ist komisch, verschuldet zu sein."

„Ja, in der Tat. Vielleicht waren wir zu naiv, was die Kostenkalkulation betrifft. Mir war nicht einmal im Ansatz bewusst, dass uns unsere Fixkosten so derartig auffressen würden."

„Grundsätzlich wäre unser derzeitiges Einkommen passabel, wenn wir nicht die Raten tilgen müssten", antworte ich.

„Nicht wenn man die geleisteten Stunden dagegen rechnet. Dann ist das Ergebnis nicht wirklich zufriedenstellend. Ich bin mir nicht sicher, ob wir überhaupt auf mehr als fünf Euro Stundenlohn kommen."

„Tja, diese Aufrechnung kann man machen, muss man aber nicht. Ich sehe den Laden eher als unser Baby, unser Herzblutprojekt. Eventuell sind das nur die Startschwierigkeiten. Irgendwann in naher Zukunft können wir sicherlich unsere Eigenleistung etwas kürzen. Vielleicht haben wir dann einiges schon abbezahlt."

„Du bist und bleibst eine Optimistin. Aber ja, das wäre schön", sagt sie, lächelt mir aufmunternd an.

Mach ich es, oder mache ich es nicht? Großes Fragezeichen. Soll ich nun Barbaras Ratschlag befolgen, und bei Tobias vorbeischauen, oder nicht? Kaum fällt die Ladentür hinter mir zu, überkommen mich wieder diverse Zweifel. Wie lange soll ich noch warten, um mir Klarheit über meine Beziehung, oder nicht Beziehung zu verschaffen? Wie lange will ich mir noch selbst etwas vormachen? Mandys Auftritt heute gibt mir schon sehr zu denken. Sagt man nicht: lieber ein Ende mit Schrecken, als ein Schrecken ohne Ende? Theoretisch habe ich nichts zu verlieren. Ich kann nur etwas gewinnen: nämlich Klarheit. Ich setze mich also in mein Auto und fahre ohne Umweg zu seiner Wohnung.

Die gute Nachricht – es gibt zwei Parkplätze direkt vor dem Haus. Die schlechte Nachricht ist – einer davon ist seiner. Natürlich ist er nicht da. Alles liegt verlassen vor meiner Nase. Verdammt. Ist er womöglich wieder mit ihr auf Achse? Soll ich ihn nun anrufen, oder was? Ja, nein, vielleicht? Keine Ahnung.
Diese schwierige Entscheidung erübrigt sich von alleine. Just in diesem Moment rollt Tobias Wagen in Schrittgeschwindigkeit auf den Parkplatz.
Etwas zögerlich gehe ich dem Fahrzeug entgegen, das gerade rückwärts einschert. Während ich den Vorgang beobachte, rutscht mir mein Herz in die Hose. Zu meinem Unglück befinden sich zwei Personen in der Karre. Es bedarf nicht viel Phantasie, um sich auszumalen, um wen es sich bei der Begleitperson handelt. Wie auch immer. Tobias steigt als erstes aus. Natürlich hat er mich gesehen. Er mustert mich. Begeistert wirkt er nicht. Womöglich denkt er, dass ich hier seit Stunden herumlungere, hier in meiner Verzweiflung auf ihn warte – ihn stalke! Ehrlich, am liebsten würde ich wegrennen! Die Beifahrertür öffnet sich. Die

andere Person steigt aus, entpuppt sich als Frau, als eine hübsche Brünette! Susanna! Wer denn sonst. Ich erkenne sie sofort. Auch sie setzt sich jetzt in Bewegung. Beide kommen in meine Richtung.

Tobi hat mich zwischenzeitlich erreicht. „Hey", sagt er, „waren wir verabredet? Habe ich etwas verpasst?" Zurückhaltend küsst er mich auf die Stirn.

„Wie man es nimmt", sage ich ernst. Die Tante gesellt sich wie selbstverständlich zu uns. Sein Blick heftet sich auf sie. Sofort wird sein Ausdruck weich, seine Augen strahlen eine gewisse Wärme aus.

„Das ist Susanna", sagt er, bemüht sich neutral zu klingen.

„Hi, Melanie, nicht wahr?", sagt sie. Zuvorkommend streckt sie mir ihre Hand entgegen, redet zeitgleich weiter. „Nun treffen wir uns endlich einmal persönlich. Ich habe schon viel von dir gehört."

Ich nehme ihre Hand, drücke sie zart.

Tja, was soll ich sagen. Ihre Haut ist weich, wie eingecremt. Ein Hauch eines süßlichen Parfüms nebelt mich ein, ist aber nicht unangenehm. Ihre Stimme ist sehr weiblich. Passt zu ihr. Deprimierend. Von nahem sieht sie noch besser aus, *viel* besser als auf der Fotographie, die ich einst gesehen habe. Die Perfektion wird nur durch eine kleine Narbe gestört, die quer über die Stirn verläuft.

„Ja wirklich? Was denn? Was hat er denn über mich erzählt?"
Meine Tonart ist ungezähmt, fällt vergleichsweise schroff aus.
Innerlich bin ich zerfressen vor Eifersucht.

Gibt es auch etwas Positives an der Situation? Ich glaube ja. Ja, tatsächlich. Immerhin kennt sie meinen Namen. Es ist überraschend, dass er mich überhaupt erwähnt hat, da ich ja scheinbar schon komplett abgeschrieben bin!

Tobias Gesicht spricht Bände. Genervt zieht mich am Arm etwas zur Seite. Auf Zicken Terror hat er natürlich keine Lust, also übernimmt er jetzt wieder die Initiative. „Hör mal Melanie, es ist nicht so, wie Du denkst. Ich helfe ihr beim Umzug. Sie wohnt jetzt wieder in Celle Wir holen gerade etwas Werkzeug aus meiner Wohnung. Wir müssen gleich wieder los. Ich rufe dich später an."

„Was bist du nur für ein Gentleman! So hilfsbereit und führsorglich. Warst du früher bei den Pfandfindern? Ich bin tief beeindruckt! Bekommen alle deine Verflossenen eine derartig aufopferungsreiche Unterstützung?"

Bei meinen Worten werden seine Augen zu Schlitzen. Egal, ich rede gleich weiter. „Und wann bitteschön ist später? Wann bitteschön kann ich denn mit deinem erlauchten Anruf rechnen?", fauche ich ihn an. „Dauert das jetzt wieder an die zehn Tage, oder was?"

„Melanie! Auf solch einen Scheiß habe ich jetzt nicht einmal ansatzweise Lust!" Ohne weitere Worte oder Erklärungen lässt er mich stehen, begibt sich unmittelbar in Richtung Haus.

Susanna hatte diese Szene aus einiger Entfernung mitverfolgt. Ein gewinnendes Lächeln umspielt ihre Lippen. „Also dann", sagt sie, und folgt ihm in seine Wohnung.

Wutschnaubend setze ich mich in mein Auto, und starte den Motor. Der Verkehr lässt es nicht zu, dass ich das Gelände zügig verlasse. Ein Auto nach dem nächsten rauscht vorbei. Es kostet mich arge Überwindung nicht den Rückwärtsgang einzulegen, und sein Auto zu Klump zu fahren! Platzen könnte ich. Ich zittere förmlich vor Wut. Mann, bin ich verärgert. Was für ein Auftritt. Wie erniedrigend! Was fällt ihm ein, mich einfach stehen zu lassen? Puh, das muss mein Ego erst einmal wegstecken.

Tja, das war es wohl. Sie hat meinen Freund (bzw. Exfreund) spielend um den kleinen Finger gewickelt. Objektiv gesehen muss ich Mandy zustimmen. Susanna ist ein anderes Kaliber als ich. Da er sich nun so offensichtlich für sie entschieden hat, gibt es nichts, aber auch gar nichts, was ich dagegensetzen könnte. Sie hat die Aura von einem Engel, wirkt total unschuldig, weckt sicherlich alle Männerphantasien. Dagegen bin ich einfach nur blond und gewöhnlich.

Ich kann mich jetzt also

A - den ganzen Tag ärgern, oder

B - mich betrinken, oder

C - arbeiten, bis ich mich abgeregt habe.

Ich entscheide mich für die letzte Variante, und gehe zu Hause angekommen direkt in den Stall. Alkohol hatte ich in letzter Zeit wirklich mehr als genug. Die Pferde sind jetzt meine Ersatzschmuseobjekte, werden gekuschelt, gedrückt, geputzt und versorgt. Da müssen sie jetzt durch, ob sie wollen oder nicht. Der kleine Hengst bemerkt meinen Kummer. Heute will er keine Grenzen testen. Er ist ganz lieb, reibt seinen Kopf an meiner Schulter, lässt sich die Nase und sein plüschiges Fell streicheln, streckt mir sogar noch seinen Huf entgegen. Ein Friedensangebot. Der kleine Kerl ist so unfassbar süß, dass er sofort mein Herz erwärmt. Scheiß auf Tobias.

Dann raffe ich mich auf. Misten als Mittel für Aggressionsabbau! Eisern klotze ich richtig rein, arbeite wie eine Besessene, arbeite mir einen Teil des Beziehungsfrusts von der Seele.

"Sieht das fett aus?"

„Ja".

„Wie bitte? Steht mir das, oder nicht?"

„Nein. Leider nein!". Zwei Kundinnen verlassen völlig verärgert das Geschäft. Diese Nacht hatte ich zwar durchgeschlafen - ja, aber gute Laune geht anders. Meine Unzufriedenheit ist dem Hass gewichen. Hass auf Tobias. Hass auf mich selbst. Ich bin so dermaßen aggressiv, dass ich am liebsten jemanden umbringen würde. Das färbt sich auf meinen Fahrstil, und leider auch auf meinen Umgang mit der Kundschaft ab. Es ist mir unmöglich, zu schmeicheln, schlecht sitzende Teile schön zu reden, oder wirklich offensichtliche Fettpölsterchen zu verleugnen. Werde ich nach meiner Meinung gefragt, hagelt es ehrliche Antworten, ohne Rücksicht auf Verluste.

„Inhaltlich korrekt, solltest du dennoch deine schlechte Laune nicht an den Kunden auslassen", sagt Barbara gefasst.

„Warum? Spätestens zu Hause hätten sie von ihrem Spiegelbild den gleichen Kommentar erhalten. Die Teile wären dann im Schrank versauert. Sie hätten sie eh nicht getragen. Ich habe ihnen also nur einen Gefallen getan!"

„Welche Laus ist dir denn über die Leber gelaufen? Immer noch Beziehungspause?", fragt sie.

„Reden wir nicht darüber", sage ich. „Vielleicht übernimmst du lieber den Verkauf, bevor ich noch die letzten Stammkunden vergraule."

„Dem stimme ich zu. Ohne Einschränkung", ist ihr knapper Kommentar. So machen wir das. Ich verbanne mich selbst in den Nebenraum. Heute versuche ich gar nicht erst, neue Stücke zu entwerfen, sondern arbeite auf Masse. Heute wird der Verkaufsraum mit bereits ausverkauften Größen wieder aufgefüllt. Diese Arbeit ist Routine und geht schnell.

„Besuch für Dich. Ich habe die Kasse schon abgeschlossen. Schönen Feierabend", sagt Barbara, zwinkert mir zu, grinst breit, zieht dann die Tür wieder hinter sich zu. Ich schaue auf meine Armbanduhr. Tatsächlich es ist Feierabend. In meinem Wutrausch ist die Zeit wie ein Flügelschlag vergangen. Nun gut. Es gibt schlimmere Sachen.

Es klopft kurz an der Tür. Tobias betritt den Raum, kommt gleich zu mir herüber. „Hey", sagt er, küsst mich auf die Stirn. Bei meinem Anblick grinst er, wirkt sichtlich amüsiert.

„Was ist so lustig?", frage ich grantig.

„Nun ja, dein Ausdruck lässt keinen Zweifel, dass du just in diesem Moment zu einigen Gräueltaten fähig wärst."

„Ja, das trifft es wohl", sage ich ernst.

„Ich wollte dich zum Essen einladen. Hast du Lust auf eine Pizza?", fragt er, wirkt sehr gelassen.

„Waren wir verabredet? Habe ich etwas verpasst?", frage ich, sicherlich nicht ohne giftigen Unterton, beginne dann einen Sinneswandel. Spontan stehe ich auf, drehe das Licht im gesamten Raum aus. Ich will keine Unterredung. Ich will, dass er verschwindet, oder stirbt!

„Kommst du bitte. Es ist Feierabend", sage ich.

„Also, was ist nun", fragt er. „Kommst du mit?"

„Nein!"

„Nein, das ist alles?", fragt er empört.

„Nein, ich habe keine Lust. Nein ist nein. Willst du es schriftlich?"
Den Laden hatte ich zwischenzeitlich verriegelt. Ohne seine Antwort abzuwarten, marschiere ich einfach los. Ich komme nicht weit. Tobias hält mich am Arm zurück.

„Hey, wir sind noch nicht fertig. Ich will nicht streiten", sagt er.

„Und ich will keinen Freund, der sich tagelang nicht meldet, und stattdessen mit seiner Ex um die Häuser zieht." Böse funkele ich ihn an. „Was ist? Hat Susanna heute keine Zeit für dich?"

„Ich wollte gestern anrufen, aber wir waren erst gegen Mitternacht fertig. Ich wollte dich nicht wecken. Dafür mache ich es heute wieder gut." Sein Gesicht kommt näher. Es hat den Anschein, als ob er mich küssen will. Seine weichen Lippen sind mir verdammt nah. Im Reflex weiche ich zurück. Sein Annäherungsversuch endet in der Leere.

„Ich frage mich, was das für eine Beziehung ist. Das soll Liebe sein?", frage ich erhitzt.

Irritiert bis unschuldig zuckt er mit den Schultern. Ich rede einfach weiter. „Du rufst nicht zurück, du schreibst nicht. Als Krönung kann ich mir auch noch so blöde Sprüche von dir anhören. Ganz offensichtlich kannst du es ja problemlos einige Wochen ohne mich aushalten, wo ich dich schon nach einigen Stunden vermisse." Mist, das ist mir jetzt so rausgerutscht. Er lacht schallend auf. Verdammt. Ich könnte mich selbst ohrfeigen. Natürlich wollte ich ihm _nicht_ schmeicheln. Zu spät.

„Du bist eifersüchtig. Dafür gibt es keinen Grund, ehrlich nicht." Er zieht mich in seine starken Arme. Aus dieser Umklammerung gibt es kein Entrinnen. Seine Lippen pressen sich auf meine, seine Zunge erobert meinen Mund, Finger schieben sich unter meine Jacke, streichen über meine Taille.
Der Überfall kommt unerwartet. Bei seinem Hautkontakt durchzuckt es mich, wie bei einem Stromschlag - aber nicht lebensbedrohlich, sondern zuckersüß und äußerst verlockend. Ich lasse es zu. Ich lasse alles zu.

Er ist also wieder bei mir gelandet. Nun sitzen wir in seinem Lieblingsrestaurant. In diesem exklusiven Schuppen war ich noch nie. Ehrlich gesagt wollte ich das aber auch nie. Gefühlt hockt hier die Spießgesellschaft ab 60+ +, oder nicht?
„Bitte dann die vegetarische Auswahl", sagt Tobias gerade.
„Sehr wohl", sagt der Oper höflich, verschwindet wieder in der Versenkung.
„Ist alles ok?", fragt Tobias.
„Nein, für mich ist das Ambiente hier eher nobel als gemütlich."
Wohl beruhigend streicht seine Hand über meine.
„Lass uns nicht streiten. Susanna brauchte meine Hilfe, also habe ich eben geholfen. Das hat überhaupt nichts mit uns zu tun."
„Das Ganze ist ein Reizthema für mich."

Er grinst. „Soso, ein Reizthema." Er wirkt nicht reumütig, kein bisschen. Etwas hitzig fahre ich fort. „Ich meine, was denkst du dir dabei? Was ist denn das für eine Beziehung, bei der man das nicht bespricht? Bei der man sich einfach tagelang nicht meldet?" Meine Kritik prallt an ihm ab. Ich bin sicher, dass er das nächste Mal wieder so handeln wird. Ich bin mir nicht einmal sicher, ob er mir wirklich zuhört.

„Ich gelobe Besserung. Ich verspreche es!", sagt er lapidar. „Du kennst meine begrenzten Kapazitäten. Zum Glück ist das leidige Thema Umzug jetzt vom Tisch. Nun gibt es nur noch dich und mich."

Hm ja, ihn und mich, seine Arbeit, seinen Sport, seine zahlreichen Kumpels, Fußball. Als einsamen Wolf kann man ihn nicht gerade bezeichnen. Ein dummer Spruch liegt mir auf der Zunge, aber ich schlucke die Worte unausgesprochen herunter.

„Kommst du gleich noch mit zu mir?", fragt er, vielleicht einen Hauch zu unschuldig. „Ich habe dich vermisst!" Seine Stimme hat jetzt einen rauchigen Unterton. Übersetzt heiß das wohl, dass er mal wieder Lust auf Sex hat. Fast muss ich lachen. Zuerst vor dem Laden hatte er vielleicht den Ansatz einer Chance. Inzwischen bin ich wieder auf dem Boden der Tatsachen angelangt. Tobias macht es sich echt zu einfach. Für heute bekommt er seinen wohlverdienten Korb. Prinz Charming kann es sich mal schön alleine besorgen.

„Ich kann nicht, sorry. Ich habe meinen Eltern Unterstützung zugesagt. Sie verlassen sich darauf."

„Bist Du sicher?", fragt er.

„Ja. Und überhaupt. Wenn wir schon bei Geheimnissen sind. Habe ich dir erzählt, dass mein Vater Krebs hat?"

Tobi sieht bestürzt aus. „Nein. Ehrlich, seit wann?"

„Erst seit einigen Monaten."

„Warum erzählst du mir das jetzt?"

„Ich denke, dass das eine wichtige Information für meinen Freund ist, sofern wir wirklich eine ernsthafte Beziehung haben wollen."

Seinen Gesichtsausdruck kann ich jetzt nicht deuten. Ich denke, er ist bestürzt. „Du wolltest mal wissen, warum ich oft so traurig war. Das war auch ein Punkt."

„Das tut mir leid", sagt er, drückt meine Hand.

„Entschuldigung!" Überrascht drehe ich mich um. Der Kellner steht an unserem Tisch. „Darf ich Ihnen noch etwas zu trinken bringen?"

Nach diesem überaus üppigen Mahl, kann ich den Erfolg dieses Lokals nachvollziehen. Hammer hat das lecker geschmeckt. Anti Pasti vom feinsten. Hatte ich jemals etwas Besseres probiert? Keine Ahnung. Dazu hatte Tobias den passenden Wein gewählt. Dieses Lokal lässt keine Wünsche offen. Tobias begleicht unsere Rechnung per Kreditkarte, hilft mir anschließend galant in meine Jacke. Tja, dieser respektvolle Umgang mit der Damenwelt ist einer der Punkte, die ihn so ungemein anziehend machen. Sowieso hat mich das Mahl milde gestimmt. Ich bin träge. Mir ist jetzt nicht mehr wirklich zum Streiten zumute. War das Berechnung seinerseits?

„Ich komme mit zu dir, wenn es dir recht ist."

„Wie bitte?"

„Ich werde dir bei deiner Stallarbeit oder was auch immer helfen. In einigen Bereichen bin ich wohl etwas ordentlicher als du, oder?", sagt er, grinst leicht.

„Nein! Bist du gar nicht!"

„Sehr wohl!"

Beleidigt kneife ich ihn in den Arm. Er kneift zurück, lacht dann aber. „Na dann los, trainieren wir uns die Kalorien wieder ab. Ist das ok für dich?"

„Meinetwegen", sage ich mit wenig Begeisterung. „Für ein Stündchen. Du musst aber bei dir schlafen. Meine Eltern sind wieder zu Hause. Sie finden es nicht schicklich, wenn ich Herrenbesuch habe."

„Sicher", sagt er, zuckt einfach nur mit den Schultern.

„Also, das trockene Stroh wird zur Seite geschoben. Die Pferdeäpfel und die nassen Stellen gehören auf den Misthaufen. Weißt du wo der ist?" Taktisch klug habe ich Tobias gar nicht erst mit ins Haus genommen. Er will helfen? Kann er haben. Ganz viel

Arbeit. Gnadenlos habe ich ihn zum Stallausmisten verdonnert. Im Oberlehrerton bekommt er noch eine weitere Einweisung. Ich bin gespannt auf seine Reaktion, aber gegen meine Erwartung fügt er sich, arbeitet sich durch die stinkenden Berge. Nie, aber auch niemals hätte ich ihm in diesen Punkt ein gewisses Durchhaltevermögen zugetraut. Prinzipiell sieht er nicht so aus, als ob er jemals mit viel Dreck in Berührung gekommen ist.

Mit den Tieren hat er überhaupt keine Berührungsängste. Entspannt, krault er zwischendurch Melodie am Hals, schiebt sie eisern zur Seite, wenn sie zu aufdringlich wird. Mit wenig Erfolg. Nach einigen Sekunden wird er wieder notorisch belästigt und verfolgt. Hier hat er einen echten Fan gefunden. „So fertig!"

„Was? Alles fertig?", frage ich erstaunt.

„Ja, schau dich um."

„Wie?" Wie kann er so schnell fertig sein?

Er lacht. „Keine Ahnung, war kein Thema. Stallarbeit fällt mir leicht von der Hand. Ist schon in Ordnung, beansprucht sicherlich einige Muskelgruppen. Aber an den Gestank muss ich mich noch gewöhnen. Kann ich gleich Eure Dusche benutzen?"

„Meine Dusche?", frage ich unsicher.

„Ja, klar. Es wäre sicher befremdlich, jetzt verschwitzt und stinkend nach Hause fahren zu müssen! Immerhin ist mein Auto neuwertig", sagt er.

„Ähm, ja", stottere ich.

„Na, dann los!" Er schiebt mich in Richtung unseres Hauses. Verdammt, was für eine ungünstige Wendung. Mein ursprünglich gutgedachter Schachzug entwickelt sich zu einer Sackgasse. Objektiv kann ich seiner Bitte kaum widersprechen. Das wäre gewiss eine Zumutung, ihn in diesem Zustand in die Stadt zurückfahren zu lassen. Die Königin ist geschlagen. Der letzte Zug führt zum Schachmatt! Jeder Depp kann sich vorstellen, wohin das führt, wenn wir erst einmal ungestört sind.

Wir gehen also hoch in mein Zimmer, in mein Bad.

„Hier, bitte schön, ein Handtuch." Ich lasse ihn schleunigst alleine, ziehe die Tür hinter mir zu.

Zwanzig Minuten später erscheint er auf der Bildfläche. Seine Haare sind noch nass. Locker hat er sich das spärliche Handtuch um die Hüften gebunden. Sonst trägt er nichts. Sein Weg führt ihn direkt zu meiner Zimmertür. Ohne weitere Worte oder Erklärungen dreht er den Schlüssel zweimal um. Ungebetene Besucher, z.B. meine Eltern, sind also nicht willkommen!

Puh, mir wird ganz flau im Magen. Hatte ich mir vorhin doch fest vorgenommen, mich ihm nicht hinzugeben, stehen meine Chancen dafür jetzt denkbar schlecht. Warum zu Geier habe ich ihn auch mit zu mir nach Hause genommen? Wie ein erstarrtes Kaninchen erwarte ich die Ankunft des Jägers, der mir alles nimmt. Ja, und er kommt auch schon, geht in die Offensive, zieht mir meine Klamotten aus, bedeckt meine Haut mit unzähligen heißen Küssen. „Verdammt, wie habe ich das vermisst. Du bist so schön", flüstert er. Kurz darauf ist er in mir. Es ist wie ein Einmarsch. „Das fühlt sich so gut mit uns an!", raunt er in mein Ohr. „Ich liebe dich."

Die Minuten danach. Wie so oft stehe ich noch etwas neben mir. Seine Küsse, seine Lippen, seine Leidenschaft und Kraft, lassen mich alles vergessen. Wie so oft hatte ich mich ihm anstandslos hingegeben. Wie so oft habe ich ihn das Tempo und die Intensität bestimmen lassen, und wurde reich belohnt. Seine Zärtlichkeiten, sein Wesen, diese Magie lassen mein Blut kochen, lassen mich fast besinnungslos werden. Ungnädig kneift er mich in den Po. „Hey! Was soll das?" Erschrocken öffne ich die Augen, schaue direkt in seine.
„Mir fehlen die Worte!", sagt er.
„Dein ernst? Ist das nicht Mädchenkrams`", frage ich genervt.
„Ja. Tödlicher Ernst!", sagt er. „Ich will es hören!"
Genervt rolle ich die Augen, erfülle ihm den Wunsch.
„Ja, ich liebe dich auch. Du bist der Einzige für mich! Hast du noch mehr Bedarf an sentimentalen Bekundungen?" Skeptisch schaue ich ihn an. Gegen meine Erwartung kommt kein entnervter Kommentar. Stattdessen grinst er frech.

„Meine Ironie war wohl unverkennbar. Ernte ich für meine unverschämte Art und Weise gar keine Rache?", frage ich verwirrt.

Er lacht auf. „Nein. Eher nicht. Eigentlich war mein Anliegen überflüssig. Weißt du, ich fühle, wie dein Körper auf mich reagiert."

Himmel, was kommt jetzt? Egal, was es ist. Es wird sicherlich peinlich. Ich rücke etwas von ihm ab, aber er zieht mich noch näher an sich heran, streicht zärtlich über meine Haut, lässt seine Hand dann verwahrend auf meinen Brustkorb liegen.

„Was willst Du?", frage ich.

„Dein Herz schlägt schneller, wenn ich dich berühre. Das ist wirklich der Hammer." Als Beweis senken sich seine Lippen auf meine, aber nicht wie erwartet stürmisch, sondern gelassen, völlig gefühlvoll. Seine Zunge berührt meine, aber nur kurz. Unbewusst beiße ich mir auf die Lippe. Ich mag seine Küsse. Hätte ich die Wahl zwischen Schokolade und seinen Küssen, würde ich mich immer für ihn entscheiden. Das ist einfach zu verführerisch.

Er zögert. Ich frage mich, was gleich passiert, welche Torheit er wieder ausheckt, welches pikante Spielchen in seinem Kopf herumgeistert, aber nichts passiert. Bis auf vielleicht sein Gesichtsausdruck. Hier ergibt sich eine Veränderung. Sein Grinsen wird mehr als breit.

Nun gut, ich brauche einige Sekunden, dann fällt es mir selbst auf. Es ist so idiotisch und peinlich, aber tatsächlich hat dieser kurze Liebesbeweis gereicht, mein Herz schneller schlagen zu lassen. Mein Puls rast förmlich. Meine Atmung geht erwartungsvoll, bis stockend. Alle Anzeichen sind so eindeutig. Puh!

Mit einem Ruck löst er mich von mir. Er lacht. „Jupp, Du bist mein Mädchen!"

Doppel Puh. Er hat mich voll auflaufen lassen. Verdammt! Völlig mit sich zufrieden steht er auf, und zieht er sich seine Hose über.

„Fährst Du jetzt nach Hause?", frage ich zweifelnd.

„Nein, ich hole uns eine Cola. Ihr habt doch Cola, oder?"

„Nein, Himmel noch mal." Erschrocken setze ich mich auf. „Meine Eltern sitzen unten. Du kannst hier nicht halb angezogen durch unser Haus stiefeln!" Diese dreiste Selbstverständlichkeit ist so typisch für ihn.

„Du darfst keinen Männerbesuch haben?", fragt er erstaunt. „Hat Tom nie bei Dir übernachtet?"

Genervt atme ich aus. „Nein, hat er nicht. Und ja, wir haben Cola. Lass mich bitte gehen!", sage ich jetzt etwas ruhiger.

Als ich wieder zurück im Zimmer bin, hat er schon den Fernseher angeschaltet. Wie ein Pascha streckt er die Hand nach dem Glas aus, grinst dabei belustigt. Ich schaue ihn an, diesen Scheißtypen, der mich manipuliert, kommt und geht, wann er will, dem ich so absolut nichts entgegensetzen kann. Er hat gewonnen - ich bin in der Hölle. Es ist so offensichtlich, dass er mir früher oder später das Herz brechen wird. Das geht nie gut. Niemals werde ich gut genug für ihn sein. Irgendwann wird das für mich die härteste Bruchlandung aller Zeiten!

Als mein Wecker klingelt, ist er schon weg. Seinen Abgang habe ich verschlafen. Ich schlafe sowieso immer wie ein Stein. Sicherlich könnte ein Einbrecher das ganze Haus leerräumen, ohne dass ich etwas merken würde. Etwas übermüdet schleiche ich die Treppen herunter. Das ist gestern wieder viel zu spät geworden. Natürlich ist er die ganze Nacht geblieben, und natürlich hat er mich später noch ein zweites Mal verführt. Als Konsequenz sind wir natürlich nicht vor Eins zur Ruhe gekommen. Heute wird ein verdammt langer Tag werden. Schlafmangel ist da nicht sehr hilfreich.
„Sag mal Melanie, hattest du gestern Nacht Besuch?"
Na toll. Meine Mutter wartet schon in der Küche auf mich.
„Ja", sage ich etwas kurz angebunden, besinne mich dann aber.
„Tobias war bei mir", sage ich eher leise.
„Wer bitte?", fragt meine Mutter.
„Wie dir sicher bekannt ist, ist Tobias von Rauheim seit geraumer Zeit mein fester Freund. Gestern hat er bei mir übernachtet", sage

ich jetzt etwas lauter, zwinge mich, mehr Informationen als üblich preiszugeben.

„Ist das der Mann, der dich damals geschwängert hat?", fragt sie. Ihr Ton ist sehr unterkühlt.

„Bitte nicht!", sage ich. „Tu mir das jetzt nicht an!"

„Wann lerne ich ihn denn mal kennen? Ich meine, ich finde das schon ziemlich befremdlich, dass ihr seit Monaten zusammen seid, er hier neuerdings schläft, mir aber nie offiziell vorgestellt wird."

Himmel! In solchen Momenten wünsche ich mir meine eigene Wohnung zurück, mal wieder. Verdammt, auf solche Gespräche habe ich jetzt wirklich keine Lust. Warum soll ich ihn ihr vorstellen, wenn sowieso bald Schluss ist? Unsere Beziehung ist wohl alles anderes als ein romantisches, zartes Band.

„Machen wir es kurz! Sofern er noch einmal gedenkt, hier zu übernachten, erwarte ich, dass er mir vorgestellt wird. Wenigstens das!", sagt sie mit fester Stimme.

„Meinetwegen. Das wird sich schon noch ergeben. Es tut mir leid."

Es gelingt mir, sie zu vertrösten. Zurzeit macht es wirklich keinen Sinn, sich Pläne oder Gedanken über die Zukunft zu machen. Er hat jetzt seine Befriedigung erhalten. Sicherlich wird er frühestens am Wochenende wieder Zeit und Lust auf mich haben.

Spontan nehme ich sie in den Arm, drücke sie herzlich, aber sie bleibt ernst. „Früher war das ganz anders. Dein Vater hat sich in mich verliebt. Er hat die Verantwortung übernommen. Gemeinsam sind wir durch Dick und Dünn gegangen. Früher hat man sich für den Richtigen aufgehoben." Abschätzend schaut sie mich an. „Dein jetziger Lebensstil wird Deinem Vater nicht gefallen."

„Moment. Es ist ja nicht so, als ob ich jede Woche einen anderen Kerl anschleppe. Das ist erst mein zweiter Freund. Im Vergleich zu anderen ist das weit unter Durchschnitt. Überhaupt wird mit zweierlei Maß gemessen. Wie viele Frauen hat Tom denn schon mit nach Hause genommen? Etliche! Ihn hast du noch nie verurteilt!"

Sie winkt ab. „Was dich betrifft hatte er ernste Absichten. Er hätte dich zur Frau genommen."

„Er ist fremdgegangen. Er ist der Betrüger, nicht ich!"

„Und das tut ihm leid. Aber egal. Das ist alles nur Theorie. Jetzt ist er unter der Haube."

„Und das ist gut so!", sage ich bockig.

„Es ist dein Leben. Ich mische mich nicht ein. Möchtest du Kaffee?"

Zum Glück beenden wir das Thema, bevor mein Vater dazu kommt. „Ja, gerne."

„Brötchen?" Sie stellt mir mein Frühstück vor die Nase. „Ich komme heute später in den Laden", sagt sie tonlos.

„Kein Problem. Also fahren wir getrennt?", frage ich.

„Ja, heute und auch den Rest der Woche. Ich habe diese Tage mehrere Termine zu erledigen."

Was denn für Termine?"

„Warum fragst du? Möchtest du jetzt mit unqualifizierten Fachwissen aus dem Internet glänzen?"

„Nein, natürlich nicht."

Ich möchte mein Leben immer aus einer positiven Warte betrachten. Es ist also ein Glück, dass es ab acht Uhr dreißig erkennbar weniger Berufsverkehr gibt, und ich immer nach einer relativ kurzen Zeit die Innenstadt von Celle erreiche. Schlecht ist leider, dass um diese Zeit durch die Bank weg alle attraktiven Parkplätze belegt sind. Ich stehe also immer am Ende vom Nirgendwo, und muss dann eine weite Strecke laufen. Weiterhin versuche ich mir auf dem Fußweg immer einzureden, dass mir die frische Luft so gut tut, und ich dann wenigstens komplett wach werde. Bei Regen habe ich eben einen Schirm - theoretisch. Es gibt kein schlechtes Wetter, sondern nur schlechte Kleidung. Ich bin so talentiert im Tatsachen verdrehen. Gerade bricht ein Schauer über mir herab. Der Schirm liegt im Laden. Hier und heute fehlt mir jeglicher Schutz vor der Witterung. Mein Jäckchen ist schon nach kurzer Zeit vollständig durchgeweicht. Unaufhörlich klatschen dicke Tropfen auf mein Haupt. Meine Haare hängen schon in nassen Strähnen herunter. Das ist so widerlich, dass ich kotzen könnte.

Als ich den Laden erreiche, ist das Wetter wieder schön. Das ist die Ironie des Schicksals. Ich ziehe mich um und bin alleine. Barbara hat heute frei. Etwas zu spät schließe ich den Laden auf und stelle einige Ständer in die Fußgängerzone. Das ist neu, hat sich aber gut bewährt. Wir nennen das Lockvogelangebote. Man muss die Kunden nur erst einmal in das Geschäft bekommen, dann kaufen sie fast immer etwas.

Mein Blick fällt auf unsere Fassade. Durch die aufkeimende Sonne ist die Außenwand schon wieder getrocknet. Eigentlich erstaunlich. Das Haus ist alt. Sehr alt! Erbaut wurde es bereits anno 1748. Diese und andere Informationen befinden sich verschnörkelt, in altdeutscher Schrift außen auf dem Fachwerk. Innen sind alle Wände schief und krumm, da sich das Holz durch die Vielzahl der Jahre verzogen hat. Für Außenstehende wirkt das ganze Gebäude total urig, Ich finde es zauberhaft. Bei dem Objekt war es quasi Liebe auf den ersten Blick.

Später zu Hause erwartet mich eine Überraschung. Tobias Auto steht vor der Tür. Damit habe ich jetzt überhaupt nicht gerechnet. Anstelle von meinem Zimmer, finde ich ihn nach einer kurzen Suche im Stall.

„Hey, was machst du denn hier?"

„Ich hätte vorher anrufen sollen. Hast du Überstunden gemacht?"

„Ja, wie fast immer in letzter Zeit. Es ist ein Albtraum."

„In der Tat. Zumindest hier habe ich dir etwas Arbeit abgenommen."

„Ohne Hintergedanken?", frage ich, muss spontan lächeln.

Er lacht laut auf. „Nun ja, eine Dusche ist wohl das Mindeste, aber Hauptsache wir haben etwas Zeit für uns."

„Ja, klingt gut", sage ich erfreut.

„Ich bin eigentlich auch schon durch. Es muss nur noch eingestreut werden."

Ich muss lachen. „Wie professionell!"

„Nun ja, sehr anspruchsvoll ist der Job hier ja nicht, aber ich habe unerwartet zwei neue Freunde gefunden." Lachend zeigt er auf den Kater, der unaufhörlich um seine Beine streicht, und Ken, der gerade einen Zipfel seines Hemds zwischen die Zähne nimmt, und genüsslich darauf herumkaut.

„Ehrlich gesagt bin ich am Verhungern. Wie steht es mit dir?", frage ich, versuche analog dem Fohlen das Kleidungsstück zu entlocken.

„Vielleicht nur eine Kleinigkeit", kommt zurückhaltend.

„Wir können ja mal schauen, was der Kühlschrank so hergibt."

„Sicher, dann los." Tobias räumt noch schnell die Mistgabel zur Seite, der alte Ordnungsfanatiker, dann marschieren wir in Richtung Haus.

„Sag mal", meine Stimme ist etwas verhalten.

Neugierig zieht er seine Augenbraue hoch. „Na, was kommt jetzt?"

Zögerlich rede ich weiter. „Ich habe noch zwei meiner Wünsche!"

Nun wird er skeptisch. „Möchtest du, dass ich dich zum Essen einlade?"

Beleidigt schubse ich ihn. „Herrgott nein. Ich habe doch gesagt, dass ich nichts Materielles will!"

Nun wird er doch neugierig, greift mein Handgelenk, zwingt mich in seine Augen zu sehen. „Egal was es ist, du kriegst es. Ich habe es versprochen! Nun sag schon!"

Ich senke meinen Blick, das ist echt peinlich. „Meine Mutter möchte dich gerne kennen lernen. Sie findet es unangemessen, wenn du bei mir übernachtest, ohne dich bei ihr vorzustellen."

Schallend lacht er los, findet das total lustig. „Muss ich jetzt um deine Hand anhalten, jetzt wo wir so ausgiebig gesündigt haben?"

„Ja, schon klar." Enttäuscht schiebe ich ihn von mir weg. Ich finde seine Antwort absolut unpassend. Er hingegen ringt um Fassung. „Hey, sei nicht sauer. Das ist kein Problem für mich. Dein Wunsch ist mir Befehl!"

Etwas verunsichert schaue ich ihn an. „Mir ist das ja selber unangenehm. Meine Eltern sind halt noch vom alten Schlag."
Nun spricht er ganz lieb. „Ich lache dich nicht aus, es tut mir leid." Verlegen fährt er sich durch die Haare. „Ich hatte nur mit ganz anderen Wünschen gerechnet. Ich hatte mir schon einen Kopf gemacht, was du verlangen könntest." Er zieht mich an sich, drückt mir einen Kuss auf die Haare. „Ich weiß, dass deine Eltern konservativ sind. Ich werde mich als den nettesten, potentiellen Schwiegersohn ausgeben, den sie erwarten können. Versprochen!"
Es ist peinlich. Er hat Recht. Natürlich hoffen meine Eltern immer auf eine Hochzeit. Sie wollen ihre einzige Tochter unter der Haube wissen. Das ist in heutiger Sicht totaler Quatsch.
„Na dann los. Bringen wir es hinter uns." Tobias nimmt meine Hand. Gemeinsam gehen wir ins Haus. Ich bin ein wenig angespannt, als wir die Küche betreten. Meine Eltern lauern schon. Der Wunsch meiner Mutter wird also eher erfüllt, als erwartet.

KAPITEL 5 GEBURTSTAG DES GRAUENS

„Hi, darf ich vorstellen: das ist mein Freund Tobias", sage ich. „Guten Abend!" Tobias stellt sich höflich vor, reicht beiden aufgeschlossen die Hand. Offenbar hat er mit der Situation keinerlei Problem, wirkt total ungezwungen.

„Wir hatten ja schon das Vergnügen", stellt mein Vater trocken fest. Er nickt kurz, widmet sich dann wieder demonstrativ seiner Tageszeitung. Seine Begrüßung kann man getrost als unterkühlt bezeichnen, war wohl das höchste der Gefühle, was er meinem Freund entgegen bringen konnte. Die beiden waren sich schon einmal begegnet, in einer sehr ungünstigen Situation. Die schlechte Zeit meiner Fehlgeburt möchte ich am liebsten vergessen. Ehrlich gesagt habe ich wenig Verständnis, dass mein Vater ausgerechnet jetzt darauf herumreitet. An Tobi hingegen prallt der unhöfliche Ton komplett ab. Er ignoriert dieses unrühmliche Verhalten. An meine Mutter gewendet meint er höflich: „Ihre Blumen vor dem Haus sind ein Traum. Benutzen Sie dafür einen speziellen Dünger?"

Damit hatte er sie sofort gewonnen. Sein Kompliment zaubert ein Lächeln auf ihr Gesicht. Sie liebt ihre Blumenpracht über alles.

„Nein eigentlich bekommen unser Pflanzen nur den alten Kaffeesatz. Das ist preiswert und funktioniert einwandfrei."

Tobi lacht ungezwungen. „Guter Tipp, das werde ich auch mal probieren. Gilt das für alle Pflanzen?"

Sie unterhalten sich. Ich fange an, den Tisch zu decken. Da muss er jetzt einfach durch. Wenn das Eis erst einmal gebrochen ist, wird alles gut werden. Meine Eltern sind sehr gastfreundlich. Eigentlich gibt es kaum jemanden, der sie nicht gerne hat.

Nach einigen Minuten gibt mein Vater seinen Argwohn auf. Tobias Manieren sind vorbildlich. Er präsentiert sich durchweg höflich. Als Resultat wird das Essen nett. Im Moment unterhalten sich die Männer über Landwirtschaft und technische Hilfsmittel. Tobi verkauft sich gut. Fast hat es den Anschein, als ob ihn die Thematik tatsächlich interessiert. Mein Vater ist nun in seinem Element. Nichts kann seinen Redeschwall stoppen. Meine Mutter hängt mit ihren Blicken an Tobias Lippen, und beobachtet ihn die ganze Zeit. Unbegreiflich, scheinbar geht seine Aura auch an Ü-55 nicht unbeeindruckt vorbei. Die beiden hat er auf jeden Fall in der Tasche.

Nach einer gefühlten Ewigkeit werden wir offiziell entlassen. Mit meiner Eltern Segen, darf Tobias jetzt also ab heute offiziell jederzeit bei uns übernachten. Soweit so gut. Es ist also der nächste Stepp getan.

„Endlich. Deine Eltern sind zwar ganz nett, aber wir haben ganz schön viel Zeit verschenkt." Kaum aus der Dusche zurück, beginnt er, mich auszuziehen, schmeißt meine Klamotten einfach auf den Fußboden.

„Respekt. Mal wieder hast du mich schwer beeindruckt. Wirklich! Du lügst ohne rot zu werden." Ich muss lachen. „Als ob du dich in irgendeiner Form für Pflanzen und Blumen interessieren würdest. Woher wusstest du, dass meine Mutter so in ihre Blumen vernarrt ist?"

„Das war keine Herausforderung. Schau dir doch euren Eingangsbereich an. Aber egal. Schon diesen ganzen verdammten, langen Tag habe ich mich auf diesen Moment gefreut!" Tobias ist ungestüm.

„Die Stallarbeit hat dich ganz offensichtlich nicht ausgelastet."
Er lacht. „Nein, nicht wirklich!" Er dirigiert mich zum Bett, schubst mich spielerisch auf die Matratze, schließt die Tür ab, zieht das Rollo herunter, dreht das Licht voll auf. Wirklich alle Lampen! Heller geht es nicht.

„Du bist zu Scherzen aufgelegt, was?", frage ich skeptisch. „Das ist hier erleuchtet, wie auf einem OP Tisch!" Er grinst, ich rede gleich weiter. „Nein, falls jetzt ein dummer Spruch kommt. Ich bin nicht prüde. Und ja, ich habe mich daran gewöhnt, dass du mich von Zeit zu Zeit beim Sex beobachtest. Ich habe kein Problem mit meinem Körper. Aber das?", sage ich.

„Anderes Thema! Melanie! Das ist doch nicht dein Ernst? Ich kann es echt nicht glauben!" Verwundet blickt er sich im Zimmer um.
„Eins, Zwei, Drei Spinnen hast du in deinem Zimmer?"
„Öhm, keine Ahnung?", sage ich zurückhaltend.

„Wie keine Ahnung, stört dich das gar nicht?"

„Nein, eigentlich nicht. Ich mag Tiere. Das hier sind ja nur kleine Vertreter ihrer Art. Ich bilde mir immer ein, dass sie mir nachts die Mücken abnehmen."

„Nicht wirklich!", sagt er gespielt entsetzt.

„Doch, das sind meine kleinen Beschützer."

Er lacht schallend los. „Ok, aber das wird sich ändern, definitiv."

Nun wendet er sich wieder mir zu, betrachtet meine Statur. Sein Ausdruck lässt erahnen, dass der Anblick seinen Erwartungen entspricht.

„Du bist schön!", sagt er.

„Dito", sage ich.

„Heute machen wir mal etwas anderes." Er setzt sich auf das Bett.

„Interessant! Was denn?", frage ich neugierig. Mein Lächeln verschwindet schlagartig. Erst jetzt realisiere sein Handy. Das Objektiv zeigt in meine Richtung, ist auf meine Körperrundungen gerichtet. „Komm zeig Dich mir. Das wird super."

Seine Hand streicht über meinen Oberschenkel. Dann macht er den Ansatz, meine Beine auseinander drücken. Die Kamera hält voll drauf. Scheiße! Viel zu lange hatte ich gezögert. Erst jetzt komme ich in Wallung. „Sag mal, spinnst du! Filmst du mich etwas? Oder machst du Bilder?"

Ich versuche ihm die Kamera aus der Hand zu schlagen. „Das machen wir ja wohl auf gar keinen Fall. Leg das Scheißding weg!

Oder besser gib her!!!" Jetzt bin ich nur noch hysterisch, will ihn schlagen, mich bedecken, alles zeitgleich.

„Hey, ganz ruhig!" Tobi hält mein Handgelenk fest, bringt mich zur Raison. Demonstrativ legt er das Gerät weg. Beruhigend spricht er auf mich ein. „Alles kein Problem, ganz ruhig. Dann filmen wir eben mit deinem Handy."

„Was? Nein!", sage ich erschüttert.

Ungerührt steht er auf. Keine zwei Sekunden später hat er mein Gerät in der Hand. Verdammt!

„Das wird ein Experiment. Wenn dir der Film nicht gefällt, löschst du ihn einfach. Ich will den gar nicht haben."

„Och nee, bitte nicht." Ich versuche ihn mit meinem Dackelblick umzustimmen. „Keine Ahnung, aber das will ich wirklich nicht."

„Hör zu, ich bin dir mit deinen Eltern entgegen gekommen. Jetzt könntest du mir auch einen Gefallen tun!" Er setzt sich wieder neben mich. „Wo ist denn das Risiko? Deine Kamera. Dein Film. Du bist wunderschön. Nun sei nicht so verklemmt!"

Leider habe ich keinen Pin auf dem Ding. Er aktiviert die Kamera, extra noch mit Blitzlicht.

Augenblicklich werde ich geblendet. Genervt lasse ich mich rückwärts auf das Bett fallen. Na toll, es läuft wieder komplett anders als erwartet. Tobias Experimentierwut nimmt scheinbar nie ein Ende. Normaler Sex wäre für mich auf jeden Fall ausreichend gewesen. Bei ihm gibt es aber sowieso keinen

Widerspruch. Wie so oft setzt er seinen Willen hundertprozentig durch.

Die Kamera wandert über jeden Zentimeter meiner Haut. Ich liege wie erstarrt auf meiner Matratze. Aus Protest hatte ich mir alle meine Haare quer über das Gesicht gezogen, somit mein Antlitz verdeckt. Damit kann ich ihm wenigstens die Großaufnahme versauen. Wenigstens das kann ich machen.

Er lacht mich aber nur aus. „Du könntest mir ruhig etwas mehr geben!" Seine Stimme wird spöttisch. „Vielleicht möchtest du alternativ den letzten Gutschein einlösen?" Erwartungsvoll blickt er mich an, aber ich verneine, schüttele meinen Kopf.

„Keine Chance, den hebe ich mir für einen besonderen Moment auf!"

Sein Gesichtsausdruck verrät alles. Auf diese Antwort hatte er gehofft. „Na dann", sagt er erfreut. Ich schließe meine Augen, und lasse ihn gewähren. Er drückt meine Beine weit auseinander. Ich gebe den Blick auf alles frei, bin mir voll bewusst, dass er ungeniert jeden Zentimeter filmt.

Die Situation ist seltsam. Ich bin nervös, fühle mich hilflos und ausgeliefert. Er hat mich als prüde bezeichnet. Vielleicht bin ich das. Insgeheim wünsche ich mich an einen anderen Ort, wünsche, dass dieses Experiment schnell ein Ende findet. Gutschein, oder nicht Gutschein, das ist hier die Frage! Instinktiv halte ich die Luft an, als sein Finger über meine erogene Zone fährt. Vorsichtig beginnt er mich zu streicheln. Mein Körper reagiert auf diese Liebkosung. Schnell zeigt seine Zärtlichkeit die ersten Früchte. Ich spüre, dass ich feucht werde. Ich beginne mich zu entspannen, meine Atmung wird stockend, mein Widerstand bröckelt. Langsam schiebt er nun einen Finger in meine Vagina. Alles wird genau aufgezeichnet. Rhythmisch bewegt er den Finger vor und zurück, drückt streichelt und wiederholt den Vorgang. Er weiß, wie er mich stimulieren kann, was mir gefällt. Nach kurzer Zeit bin ich heftig erregt, vergesse nach und nach die Kamera. Instinktiv strecke ich mich ihm entgegen. Zwei Finger werden eingeführt, dieses Mal etwas dynamischer. Puh, das Gefühl ist unglaublich. Ich kann das jetzt kaum noch aushalten. Ungnädig macht er immer weiter, bearbeitet mich, fühlt genau was ich brauche. Die Hitze nimmt Überhand. Ich spüre es kommen, kenne das Gefühl inzwischen ganz genau. Kurze Zeit später durchziehen heftige Wellen meine Körper. Ich bin total frei und schwebe förmlich. Es ist unbeschreiblich – irgendwie magisch. Tobias lacht, fährt mit der Bewegung langsam und zärtlich fort, lässt mich wieder auf dem Boden landen, legt die Kamera weg.

„Habt ihr Bier im Haus?"

„Ich glaube nicht. Nein sorry."

„Na dann eben Wasser." Er verschwindet im Nebenraum und kommt mit etwas zu trinken in meinem Zahnputzbecher wieder. „Hier, bitte schön." Grinsend fährt er mit seinen Blicken meinen

Körper hoch und runter. „Ich liebe Dich." Er lacht wieder, wirkt total entspannt. „Du bist so impulsiv. Ich mag es, wie du auf mich reagierst. Ich denke nicht, dass ich davon jemals genug bekomme. Ehrlich nicht." Das sagt er mit voller Überzeugung, und er hat Recht. Jede Berührung löst in mir Glückshormone aus. Schmetterlinge fliegen in meinem Bauch. Ich bin die ganze Zeit total euphorisch, glücklich und verliebt.

„Dreh dich um."

„Ich soll mich umdrehen?", frage ich zweifelnd.

„Ja, jetzt! Und jetzt kommt bitte kein „Tobias, bitte nicht!"

„Meinetwegen." Sein Wunsch war eindeutig, seine Skepsis nicht ungerechtfertigt. Tatsächlich lagen mir exakt diese Worte schon auf den Lippen. Etwas verloren befolge ich seine Anweisung, drehe mich also um, knie völlig entblößt auf dem Bett. Tobias schnappt sich wieder die Kamera. Ich sehe ihn nicht, aber er ist unmittelbar hinter mir. Mir entspringt ein leises Stöhnen, als sich sein riesiger Schwanz sehr langsam in mein Lustzentrum schiebt. Wie in Zeitlupe füllt er den Hohlraum aus. Das Gefühl ist so intensiv und höchst erotisch. Ihm geht es ähnlich. Das hier törnt ihn übermäßig an. Ich überlasse ihm die Regie und das Drehbuch. Ohne dass ich das will, stöhne ich erneut auf. Alles was danach kommt ist eine Explosion meiner Gefühle, schlecht zu kontrollieren. Tobias macht Experimente, filmt den Akt die ganze Zeit. Die Kamera gibt unserem Liebesspiel einen zusätzlichen Kick, ist wirklich ungemein aufregend. Der Orgasmus überkommt mich, nimmt mir den Atem, überschwemmt meinen Körper, und lässt mich komplett wegtreten. Er lacht kurz auf. Ja, er hatte seinen Spaß. Ich lasse mich auf das Bett fallen. Warum auch immer war das ziemlich anstrengend. Tobias legt sich neben mich, küsst meinen Hals.

„Das war ziemlich scharf!", flüstert in mein Ohr.

„Lass mich erst einmal wieder durchkommen", sage ich leise.

„Der Film bekommt sicherlich einen Oskar", sagt er, grinst breit.

„Ja, oder er wandert bei der erstbesten Gelegenheit in die Mülltonne."

„Ach nö", mault er.

Forsch sehe ich ihn an. „Mein Film. Das war abgemacht!"

„Ja, ja, meine kleine anständige Freundin. Natürlich ist es dein Film. Mach damit, was du möchtest." Er krault mir den Rücken, grinst die ganze Zeit. „Habt Ihr wenigstens Wein im Haus? Ein Königreich für ein Glas Wein!"

„Ja, im Keller. Ich werde lieb sein und dir eins holen." Also stehe ich auf, und ziehe mich wieder an. Noch immer bin ich total aufgewühlt. Den Raum zu verlassen, wird mir gut tun. Hammer, war das intensiv. Wie hat er das nur wieder geschafft? Wie konnte er mich nur zu etwas überreden, was ich nie und nimmer mit meinem Gewissen vereinbaren kann. Schon wieder hat er ein Tabu gebrochen. Filme sind einfach nicht drin. Tobias bringt mich wirklich an den Rand des Wahnsinns. Irgendwie schafft er es, sich immer mehr in meinem Kopf einzunisten. Irgendwie übernimmt er mehr und mehr die Kontrolle über mich und meine Entscheidungen. Ich darf auf jeden Fall nicht vergessen, den Film zu löschen. Das ist das Allerwichtigste!

Leider ist mein Vater noch wach. „Was zum Geier macht ihr da oben eigentlich die ganze Zeit?" Natürlich gefällt es ihm nicht, einen Kerl in meinem Bett zu wissen. Scheinbar waren wir auch zu laut gewesen. Egal, passiert ist passiert.

„Nichts, was du wissen möchtest!" sage ich platt, gebe ihm aber einen Kuss auf die Stirn. „Hab dich lieb, Papa. Schlaf gut."

„Du auch, dann bis morgen."

Ich hole das gewünschte Gesöff und nehme zwei Gläser mit hoch. Für mich auch gleich eins. Die Flasche ist angenehm kühl. Wir chillen ein wenig, sprechen nicht, sondern genießen einfach den Wein. Irgendwann unterbricht er die Stille. „Ist alles ok?" Er rückt näher an mich heran, und zieht mich in seinen Arm.

„Ja, sicher."

„Das klingt nicht überzeugend. War das ok für Dich?"

Ich drehe mich um, sehe in seine strahlend blauen Augen, bin mir jetzt nicht sicher, was ich sagen soll, also fährt er fort.

„Prinzessin, ich werde nächstes Jahr dreißig! Blümchensex ist zwar ganz nett, aber ich habe sicherlich andere Ansprüche, als dein zwanzigjähriger Exfreund!"

Sein forscher Blick ist schwer zu ertragen. Ich weiche ihm aus. Er hebt mit seinem Finger mein Kinn, zwingt mich ihn wieder anzusehen. „Du solltest dich auf mich einlassen, es zulassen, mir vertrauen." Er küsst mich zart. „Ich werde dafür sorgen, dass es dir gefällt. Es wird immer zu deinem Vergnügen sein! Versprochen!"

Das hatte er jetzt so rauchig ausgesprochen, dass ein Schauer durch meinen Körper fährt, der mich förmlich zum Beben bringt. Tobias ist ein echter Kerl und das gefällt mir. Spontan küsse ich ihn, schiebe mich noch näher an ihn ran. Er lacht. „Na also, du bist mein Mädchen."

Ich muss grinsen. „Dein Mädchen? Mit allem Drum und Dran?"

„Sicher!", sagt er, küsst mich.

„Dann ist das hier vielleicht eine günstige Gelegenheit für einige Offenbarungen deinerseits. Gefühlt gibt es etliche ungeklärte Punkte zwischen uns."

„Worauf willst du hinaus", fragt er skeptisch.

„Deine Mutter hat erwähnt, dass du vor nicht allzu langer Zeit eine schlechte Phase hattest. Was hat dich damals so bedrückt?"

Sein Gesichtsausdruck sagt alles. Was für ein Fehler. Bei meinen Worten zuckt er förmlich zusammen, weicht von mir zurück.

„Bitte nicht. Ehrlich, darüber will ich nicht sprechen, sorry." Ohne Vorwarnung steht er auf. Ohne weitere Erklärungen begibt er sich ins Bad.

„Lass uns jetzt schlafen, es ist spät geworden", sagt er nach seiner Rückkehr. Trotz seines nicht zu übersehenden Unmutes kuschelt er sich zärtlich an mich heran. „Schlaf schön, ich liebe Dich."

„Ich dich auch, sage ich. „Erzählst du mir wenigstens etwas über dein Tattoo?" frage ich nach einer kleinen Pause. „Ich meine, das ist ja kein Allerweltswort, kein Klassiker, wie zum Beispiel ein Hirschgeweih. *Remember* hat doch eine besondere Bedeutung, oder?"

„Nicht heute. Ein anderes Mal." Dann kommt von seiner Seite nichts mehr. Nach kurzer Zeit wird sein Atmen tief und entspannt. Er ist definitiv eingeschlafen. Na toll, er hat mich wieder abblitzen lassen. Er weiß alles über mich, kennt meine tiefsten Abgründe. Im Gegenzug gibt er nichts, aber auch gar nichts über sich preis. Wir haben den gleichen Level wie vor Monaten – guter Sex, der Rest ist eher oberflächlich. Keine Ahnung, ob das auf Dauer ausreichend ist. Ich hätte nicht fragen sollen. So ist meine gute Laune auf jeden Fall verflogen. Ich lausche noch ein wenig seinen ruhigen Atemzügen und schlafe dann auch ein.

Am nächsten Morgen ist es das gleiche Spiel. Tobias ist schon weg, dieses Mal hat er mein Schlafzimmer aber noch aufgeräumt. Meine Klamotten liegen ordentlich auf dem Stuhl, mein Telefon wieder auf der Kommode. Na ja, wenn es ihm Spaß macht, soll er doch. Meinetwegen kann er hier auch noch Fenster putzen, staubwischen und staubsaugen. Das wäre absolut kein Problem für mich – LOL.

Übermorgen hat er Geburtstag. Warum auch immer habe ich noch kein Geschenk. Die Zeit rennt! Vom Sternzeichen ist er Waage. Es sollte schon etwas persönliches sein. Und das Wichtigste: es darf nicht viel kosten!

Etwas unentschlossen surfe ich durch das Geschenkehoroskop. Gegen meine ursprüngliche Idee kaufe ich dann aber doch nichts, beschließe ihm ein Hemd zu nähen. Das sollte sich für mich einfach umzusetzen sein. Ich nähe sowieso den ganzen lieben Tag. Warum sollte ich zur Abwechslung nicht einfach mal ein Herren Hemd zaubern?

Später bei der Arbeit suche ich mir den passenden Schnitt in der richtigen Größe aus. Als Material kommt nur ein dunkler Stoff in Frage. Es soll edel aussehen.

Mein Telefon klingelt, es ist Tobias.

„Hey", sage ich.

„Kleine, gut geschlafen?"

„Hm, ja. Von dem Rest, was von der Nacht übrig geblieben ist, habe ich gut geschlafen."

Er lacht.

„Was ist?", frage ich weiter. „Musst du wieder weg? Eine Auslandsreise? New York?"

„Nein, das ist es nicht. Ich wollte mich nur kurz melden. Ich folge meiner Gesinnung, mich zu bessern. Zukünftig werden wie ein anständiges Pärchen jeden Tag miteinander telefonieren, oder zumindest irgendwelche belanglosen Texte austauschen."

„Du musst dich zu nichts zwingen", sage ich.

Er lacht. „Mache ich nicht. Dafür wäre ich gar nicht der Typ. Ganz anders. Es liegt mir am Herzen, dir zu verdeutlichen, dass die letzten beiden Tage mit dir ausgesprochen schön waren."

„Dann kommt jetzt sicher das „aber". Diese Einleitung schreit förmlich nach einem „aber", sage ich.

Er lacht. „Ja, in der Tat. Die Zeit mit dir war schön. Etwas ganz Besonderes. Nun aber muss ich einen Teil der versäumten Arbeit nachholen. Am Freitag ist der Abgabetermin für mein Projekt. Das ist wirklich sehr wichtig für mich."

„Was ist mit Donnerstag? Deinem Geburtstag? Werden wir uns nicht sehen?", frage ich enttäuscht.

„Ich denke nicht. Sorry. Ich hole dich am Samstag ab, dann machen wir irgendetwas Schönes. Kino, Restaurant, Theater, Disko, was immer Du willst."

„Samstag?", frage ich irritiert. Das ist ja noch Ewigkeiten hin.

„Ja, Samstag. Nach der Präsentation ist noch ein Umtrunk mit den Kollegen geplant. Es kann als Art von Team Building Event gewertet werden. Dann und wann ist das fällig. Macht es dir etwas aus, wenn wir Samstagnachmittag kurz bei meinen Eltern anhalten? Es ist eine alte Tradition, dass wir uns zeitnah an den Geburtstagen sehen."

Hilfe! Samstag – und dann auch noch zu seinen Eltern. Na toll! Zum Glück kann er meinen Gesichtsausdruck nicht sehen. Ich kann mir wirklich etwas Schöneres vorstellen. „Da habe ich ja Glück, dass du das vorher ankündigst", sage ich ausweichend.

Er lacht. „Ja, ich denke, ich habe meine Lektion gelernt."

Es entsteht eine kurze schweigsame Pause.

„Melanie?"

„Hm ja", sage ich.

„Das ist das Paket, das zurzeit im Angebot ist. Mehr kann ich dir nicht geben. Mehr ist zurzeit einfach nicht drin."

„Ja, ich weiß", sage ich zurückhaltend.

„Ich liebe dich", sagt er.

„Ich dich auch", sage ich.

„Dann bis Samstag. Wir telefonieren!" Er legt auf. Ich lege auf.

Wochenende also. Was hatte ich erwartet? Wieso sollte sich etwas verändern? Wie üblich hat er alles bekommen, was sein Herz begehrt. Womöglich mehr als das. Nun bin ich für die nächsten Tage abgeschrieben. In diesem Punkt gibt es so einen himmelweiten Unterschied zu der Beziehung mit Tom. Tom konnte nie genug von mir bekommen. Er wollte mich uneingeschränkt jeden Tag sehen, selbst mit Schnief Nase und dicker Erkältung. Bei Tobias läuft das nun absolut gegenteilig.

Offensichtlich liebt er seine Arbeit mehr als mich, aber immerhin belege ich den zweiten Platz, oder?

„Na, ist wieder zehn Tage Regenwetter angesagt, oder warum ziehst du so ein Gesicht?" Barbara kommt aus dem Verkaufsraum. Kritisch mustert sie mich. „Nein sag nichts! Das ist wieder dieses klassische: Tobias ist ein Scheißtyp Gesicht. Warum überrascht mich das nicht?", sagt sie trocken. „Du könntest ihn in den Wind schießen."

„Barbara, hör bitte auf zu stänkern. Es ist alles gut."

„Dein Gesicht spricht eine andere Sprache."

„Ja, vielleicht."

„Du hast dich verändert."

„Was? Nein, habe ich nicht! Was soll das?"

„Doch, hast du."

„Worauf willst du hinaus?"

„Ich erinnere mich noch gut an den Tag, an dem Bernd mir den Heiratsantrag gemacht hat. An diesem Tag hast du Tobias die Stirn geboten. Es ging nur um eine Kleinigkeit. Trotzdem hast du dich nicht kleinkriegen lassen. Wie sieht es jetzt aus? Würdest du dich ihm zuliebe umziehen? Würdest du dich seinem Willen fügen?"

„Was soll die Frage?"

„Merkst du das gar nicht? Die Fronten zwischen euch haben sich verschoben. Irgendwie hat er dich gefügig gemacht. Du bist gar nicht mehr du selbst."

Sie hat ja keine Ahnung, wie sehr das auf mich zutrifft. Wenn ich an gestern Nacht denke, überkommt mich ein Schauer.

„Ich habe mir von dir mehr erhofft, als das", redet sie weiter. „Überlass ihm nicht die Kontrolle über dein Leben. Es gibt nichts, was Männer auf Dauer mehr langweilt, als ein Heimchen am Herd. Denk an meine Worte!", vollendet sie ihren Vortrag.

Nun stehe ich vor seiner Haustür. Nein, es ist nicht Samstag, sondern Donnerstag. Die letzten Tage sind öde bis ereignislos verlaufen. Immerhin haben wir den Besuch mit der Ankündigung der Hochzeit bei Barbaras Mutter hinter uns gebracht. Das Gespräch war kurz und informativ. Wer, wo, wann, was, wieso. Es regnete keine Glückwünsche, oder übertriebene Freudenäußerungen. Der zukünftige Schwiegersohn erfüllt die an Barbara gestellten Erwartungen nicht. Warum sollte Sophia in irgendeiner Form Euphorie heucheln. In aller Form hatte er nun um die Hand der Tochter gebeten, und ein höfliches Nicken eingeheimst. Immerhin hatte sie sich in seiner Anwesenheit jeglichen giftigen Kommentar verkniffen. Jeder von uns kann sich aber vorstellen, dass der Kelch nicht an Barbara vorbeigehen wird. Früher oder später wird es zu einem ernsten Gespräch unter vier Augen kommen.

Barbaras Mahnpredigt diese Tage habe ich mir zu Herzen genommen. Ich werde versuchen, mich zu bessern. Ich darf meine eigenständige Persönlichkeit nicht aufgeben.

Heute an seinem Geburtstag handele ich gegen seinen Wunsch. Ich möchte ihn wenigstens kurz sehen. Sofern er gestresst ist, fahre ich eben wieder nach Hause. Nun stehe ich vor seiner Tür. Nach dem ersten Klingeln musste ich übermäßig lange warten, aber der Summer geht, gewährt mir Einlass in sein Reich. Ich drücke die Tür auf, stiefele mit meinem Geschenk bewaffnet die Stufen hinauf. Oben an seiner Wohnungstür wartet Tobias mit verschränkten Armen. Sein Gesichtsausdruck ist kritisch. Freude sieht definitiv anders aus.

„Hi, waren wir nicht für übermorgen verabredet?", sagt er, drückt mir trotz seiner Verärgerung einen Kuss auf den Mund.

„Alles Gute zum Geburtstag", sage ich, ziehe ihn noch näher an mich heran. Unvermittelt muss ich lächeln. Er riecht nicht nach After Shave, nicht nach Deo, sondern nach Waschmittel. Das T-Shirt riecht wie frisch von der Wäscheleine, nach Frühling und Sommer.

„Danke", sagt er, schiebt mich etwas von sich weg, geht voran in seine Wohnung.

Auf dem Esstisch sieht es schlimm aus. Papiere, Dokumente, sein Laptop, diverse benutze Becher stehen wild durcheinander gewürfelt herum. „Das sieht nicht gut aus", sage ich wahrheitsgemäß.

„Nein, es ist alle Mist. Vielleicht muss ich den Abgabetermin verschieben. Es entspricht ganz und gar nicht meinen Vorstellungen."

Sein Telefon klingelt. Er zieht das Ding aus seiner Hosentasche, wirft prüfend einen Blick auf das Display. Sein nächster Blick gilt mir. „Einen Moment", sagt er und verlässt den Raum.

„Hallo?" Kleine Pause. „Ja, danke."

Noch mehr Glückwünsche also. Oder nicht? „Ja, das kann ich verstehen, aber kann das nicht bis morgen warten?" Wieder lauscht er den Worten seines Gesprächspartners, redet dann weiter. „Das ist jetzt echt ungünstig." Ich höre, wie er unruhig den Flur hoch und runter marschiert. Er steht echt unter Strom. „Mein Gott, einen Tag kann das doch nicht so schlimm sein – oder? Es passt mir heute so gar nicht." Wieder eine Pause. „Ok, wenn es denn sein muss, dann komme ich eben jetzt vorbei. Bis gleich."

Völlig genervt betritt er wieder das Esszimmer.

„Das war Susanna. Ihre Heizung läuft nicht. Irgendeine technische Störung. Es gibt kein warmes Wasser."

„Susanna?", frage ich skeptisch.

„Muss ich mich jetzt wiederholen?", fragt er gereizt.

„Du fährst jetzt ernsthaft zu Susanna?", frage ich verstört. "Kennst du dich überhaupt mit Heizungen aus?"

„Ja, schon. An der alten Therme ist nicht viel Technik dran. Das Ding ist anspruchslos. Zweimal im Jahr muss minimal Wasser aufgefüllt werden, dann läuft sie wieder."

„Woher weißt du das?"

„Erfahrungswerte. Mein Vater hat ihr eine unserer Wohnungen vermittelt."

„Dein Vater hat ihr die Wohnung vermietet?" Verwirrt schüttele ich den Kopf.

„Ich will das jetzt nicht diskutieren. Ich fahre jetzt los. Ich habe es versprochen. Wir sehen uns Samstag – okay?"

„Nein, nicht ok", sage ich grantig. Nie hast du Zeit für mich. Nicht einmal heute! Für mich läuft das nicht zufriedenstellend. Ganz und gar nicht!"

„Was willst du?", fragt er genervt.

„Mehr als das! Ich fühle mich bei dir wie auf einem Abstellgleis! Nein, warte, das trifft es nicht. Eher wie ein Lückenbüßer, oder wie Weihnachtsgebäck! Dominosteine, die man nur einmal im Jahr ertragen kann, weil sie irgendwie zu süß sind."

Er atmet schwer aus. Ein Hauch von Mitleid beschleicht mich. Ich weiß, dass ich diese Grundsatzdiskussion zu einem denkbar ungünstigen Zeitpunkt starte.

„Melanie, ich liebe dich. Dennoch, ich hatte versucht, es dir im Vorfeld zu erklären. Mehr geht einfach nicht. Schau dich um. Hat das für dich in irgendeiner Form den Anschein, dass ich gerade alles unter Kontrolle habe?"

„Nein, nicht wirklich", sage ich.

„Gut, dann haben wir den gleichen Nenner." Er geht zu seinem Rechner, fährt ihn herunter, redet dabei weiter. „Es sind doch nur noch wenige Tage, danach ist Wochenende." Nun kramt er nach seinem Schlüssel, zieht sich anschließend seine Schuhe an. „Von mir aus können wir den Besuch bei meinen Eltern streichen, und stattdessen ans Meer fahren. Oder etwas anderes. Ganz wie du willst. Für heute und die nächsten Tage muss ich dich aber vertrösten. Ich fahre jetzt los. Ich rufe dich an." Ein Kuss landet auf meiner Stirn. Keine zehn Sekunden später ist er aus der Wohnung entschwunden, geht entschlossen die Treppe hinunter. Er hätte auf mich warten können, aber jetzt hat er es einfach nur noch eilig. Offensichtlich will er die Sache mit Susanna so schnell wie möglich hinter sich bringen, um sich wieder seiner Arbeit widmen zu können.

Sicherlich hatte er eine gewisse Erwartungshaltung, dass ich es ihm gleich tue, seine Wohnung ebenfalls verlasse. Ich denke aber gar nicht daran. Ich werde seine Rückkehr abwarten.

Ich will ihm wenigstens noch einige Minuten klauen. Das ist nicht zu viel verlangt. Ich will wenigsten noch mitansehen, wie er sein grandioses Geschenk auspackt. Ja, mein Geschenk ist umwerfend, ist in mühsamer Kleinarbeit entstanden. Über Stunden habe ich nach Feierabend an dem Ergebnis gefeilt. Das Resultat kann sich sehen lassen. Auf der Rückenfront habe ich zusätzlich eine Reihe mit Nieten gesetzt, und dazu passend in Schwarz ein Nietenarmband angefertigt. Im Vergleich zu seinen anderen Klamotten sind die Stücke extravagant, aber es wird ihm bestimmt stehen, hoffe ich!

Naturgemäß bin ich romantisch veranlagt. Aus gegebenen Anlass schmücke ich den Tisch, stelle kleine Teelichter auf, die das Geschenk in Herzform umrahmen. Duftkerzen. Ich habe ein Faible für Duftkerzen. Ein dezentes Vanillearoma macht sich im Raum breit. Natürlich habe ich auch Sekt, ein selbstgebackenes Geburtstagsküchlein und Knabbereien dabei. Jetzt ist es richtig gemütlich.

Bomm! Erschrocken schrecke ich hoch. Was war das? Mann, bin ich müde. Ich muss wohl eingeschlafen sein. War das die Haustür? Der Knall hat mich aus einer totalen Tiefschlafphase gerissen. Wovon habe ich gerade geträumt?

Tobi betritt den Raum. „Was machst du denn noch hier?"

Was für ein Albtraum. Er ist sauer.

„Hey", sage ich lieb, bin wie in Trance. Total übermüdet reibe ich mir die Augen, versuche angestrengt durchzukommen. Mist, habe ich mir jetzt meinen Kajalstift verschmiert? Etwas skeptisch betrachte ich die schwarzen Schlieren auf meinem Fingerrücken.

„Ich wollte zur Feier des Tages mit dir anstoßen. Nur kurz. Nur ein schnelles Glas Sekt und Geschenkauspacken. Danach verschwinde ich sofort", rede ich weiter.

„Das geht nicht. Warum hörst du denn nicht auf mich? Du siehst doch, was hier los ist!", wettert er.

Mann, ist er ungehalten. Ich setze mich auf. „Gott ich bin so müde. Wie spät ist es eigentlich?"

Tobias antwortet nicht, starrt auf den Tisch, starrt das Geschenk an. Mein Blick fällt folgt seinem, fällt auf die Kerzen, die inzwischen allesamt runtergerbrannt sind. Die erste geht just in diesem Moment aus. Eine letzte verzweifelte Rauchsäule steigt auf. Unmittelbar danach steigt mir ein verbrannter Geruch in meine Nase.

Wieso zum Geier sind die Kerzen so schnell runtergebrannt? Ich habe sie doch gerade erst angezündet, oder? Verstört drehe ich mich um. Die Wanduhr zeigt auf ein Uhr dreißig. Es ist mitten in der Nacht!

Meine Gehirnzellen arbeiten langsam, aber sie arbeiten. Warum hat das so lange gedauert? So etwas dauert doch in der Regel nur einige Minuten, plus Fahrtzeit.

Schlagartig kommt Licht ins Dunkle. Die Antwort, die Erkenntnis ist so offensichtlich, trifft mich hart, ist wie ein Schlag ins Gesicht.

Tobias sieht aus, als ob er gerade aus dem Bett kommt. Seine Haare sind zerzaust, seine sonst so geschniegelten Klamotten sind zerknittert. Das ist kein gutes Zeichen.

Er realisiert meinen kritischen Blick, fühlt sich ertappt. Mit einem Mal dreht er sich um, um den Raum zu verlassen. Nun bin ich wach. Hellwach, mehr als wach. „Sag mal, willst du mich verarschen? Du kommst um diese Zeit von Susanna zurück? Spinnst du?", brülle ich ihn ungehalten an. Mit einem Satz springe ich vom Sofa, halte ihn am Arm fest. Mit einem Ruck reißt er sich von meinem Griff los, und geht schnurstracks ins Schlafzimmer, hinterlässt beim Weggehen einen Duft von Damenparfüm.
„Wie billig ist das denn? Für mich hast du keine Zeit, und gehst dafür mit Susanna in die Kiste?" Es kommt kein Widerspruch. Verdammt! Das gleicht einem Eingeständnis. Die Beweislage ist sowieso mehr als eindeutig und klar. Tränen schießen mir in die Augen. Zum zweiten Mal in meinem jungen Leben wurde ich zutiefst enttäuscht und hintergangen. Unverkennbar ist das jetzt wirklich der absolute Tiefpunkt in unserer Beziehung, vielleicht sogar in meinem gesamten Dasein. Zwei Kerle, beide gehen fremd!
Er hat die letzte Minute genutzt, um sein Oberteil zu tauschen. Gerade knöpft er die letzten Knopflöcher seines Hemdes zu, steht jetzt wieder neben mir. „Lass uns reden!", sagt er ernst.

„Du bist so ein Arschloch, wirklich das Letzte!"

Sein Blick ist hilflos. „Melanie, mach jetzt bitte keinen Blödsinn!"

„Noch einen größeren Blödsinn, als das hier?" Mich fröstele es jetzt. Mein Körper fängt an zu zittern. Dieser Betrug ist so ungeheuerlich, reißt mir schier den Boden unter den Füßen weg. „Was war ich nur für eine Idiotin! Ehrlich, das hier ist unterste Schublade. Das mit uns war ein Fehler!" Ich lasse ihn stehen, rausche in den Nebenraum, schnappe mir meine Handtasche. Fluchtartig verlasse ich seine Wohnung. Tobias wirkt wie erstarrt, macht keinerlei Anstalten mich aufzuhalten.

Egal, nie wieder will ich diesen Kerl sehen, nie wieder werde ich mich so hintergehen lassen. Alle habe es vorausgesehen, die Spatzen habe es von den Dächern gepfiffen, und ich wollte es nicht glauben. Ich hielt mich für etwas Besseres, welch ein Fehler. Glück ist wahrlich nur der kurzfristige Zeitraum zwischen zwei Katastrophen. Ich hatte hier wirklich meine Zeit verschwendet.

Im Auto geht es mir besser. Jeder Kilometer, der mich von ihm entfernt, lässt mein Herz etwas leichter werden. Zwischenzeitlich sind meine Tränen getrocknet. Der Schmerz ist heftig, aber das hatte ich jetzt schon öfter durchgemacht. Ich kann mich nicht selbst zerstören. Ich darf nicht die Kontrolle verlieren! Ich darf einfach nie wieder mit ihm zusammen kommen.

Liebe macht ja bekanntlich blind. Wie konnte ich nur der Meinung sein, dass er sich für mich ändert, dass bei mir alles anders sein würde. Ich war wirklich saudumm. Dümmer als dumm!

KAPITEL 6 BEZIEHUNGSSTATUS: SINGLE

Ich hatte das alles schon einmal. Wer zu nah an die Sonne fliegt, verbrennt sich die Flügel. Es tut weh, fühlt sich an, als könnte ich nie wieder fliegen, aber es wirft mich nicht aus der Bahn. Fliegen wird überbewertet. Das Ende ist auch immer ein Anfang. Ich kann auch am Boden überleben. Rot ist weit entfernt.

Tobi hat die letzten vierundzwanzig Stunden zig Mal angerufen, aber ich gehe nicht ran. Auch seine Nachrichten bleiben unbeantwortet. Es bricht mir das Herz, aber ich halte mich an meinen Vorsatz. Nach zwei Tagen gibt er auf. Es ist Funkstille.

Ich bin frei. Ich nehme mein Leben wieder in die Hand. Keinesfalls lasse ich mir meinen Kummer anmerken. Alle sind ahnungslos. Alle halten mich für glücklich. Ich bin eine gute Schauspielerin.

„Nächsten Samstag feiert Berndt seinen Geburtstag. Du kommst doch auch – oder?"

Ich bin in letzter Zeit immer so in Gedanken, es dauert einen Moment, bis ich merke, dass Barbara mit mir spricht.

„Ja, sicher. Was kann ich denn schenken?"

„Keine Ahnung, ich habe auch noch nichts. Komm doch später vorbei. Vielleicht finden wir etwas Passendes im Internet."

„Meinetwegen. Ich muss aber vorher kurz nach Hause. Acht. Ist das noch okay?"

„Ja, na klar." Barbara und ich treffen uns ab und zu. Sie kennt meinen aktuellen Beziehungsstatus, fragt aber nicht wieder nach. Ich bin mir sicher, dass sie froh ist!

„Ich bin schwanger."
„Was?"
„Ich bin von Bernd schwanger. Es war geplant. Wir wollten einfach etwas Gemeinsames schaffen, unsere Liebe vertiefen."
„Oh mein Gott, ich freue mich für dich", oder versuche es jedenfalls.
„Was sagen deine Eltern dazu?", fragt Mandy trocken, sie wirkt keineswegs begeistert.
„Sie wissen es noch nicht. Sie werden es bei der Hochzeit erfahren."
Ich pruste los. „Das wird heftig für Sie werden. Sicher, dass ihr das so durchziehen wollt?"
„Ich denke, sie haben nichts anderes verdient. Du weißt ja, wie sie sind."
„Nun gut. Unvernünftig, aber deine Entscheidung. Welcher Monat", frage ich.
„Dritter!" Sie strahlt, leuchtet förmlich. „Oh Mädels, ich bin so glücklich. Alles wird perfekt. Bald sind wir eine kleine Familie."
„Ja, perfekt", sage ich, versuche überzeugend zu klingen, lächele tapfer.

Netter Versuch, leider durchschaut sie mich sofort.

„Alles gut? Denkst du an dein Baby?"

„Mach dir keinen Kopf. Wehmut ist nicht angebracht. Das sollte so sein. Sieh doch, wie es zwischen uns gelaufen ist. Tobias wollte das Kind ursprünglich nicht. Wie hätte das gehen sollen? Finanziell eingeschränkt, als alleinerziehende Mutter. Bei Euch liegt die Sachlage ganz anderes."

„Sprach die Vernunft. Mit dieser laschen Nummer hättest Du nicht einmal deine Großmutter überzeugt", sagt sie, nimmt mich in den Arm. „Sei nicht traurig. Ich möchte, dass du die Patentante wirst. Das ist natürlich nicht einmal annähernd ein Trost. Mir und Bernd würde es aber sehr viel bedeuten."

„Ich soll die Patentante werden?", frage ich erstaunt.

„Ja, natürlich . Wer denn sonst."

Sie grinst breit, mir wird schlecht. Das erwischt mich nasskalt. Ich glaube nicht, dass ich dem jetzt auch nur ansatzweise gewachsen bin.

„Nun denn, dann ist es so. Du bist meine beste Freundin. Natürlich werde ich dir diesen Wunsch nicht abschlagen", sage ich, vielleicht etwas zu zurückhaltend, sehe im Hintergrund, wie Mandy ihre Augen verdreht. Sie wirkt eifersüchtig. Mist! Womöglich hätte Barbara das mit mir lieber unter vier Augen besprechen sollen.

„Melanie, ab dem siebten Monat werde ich nicht mehr arbeiten. Du musst das verstehen. Ich bin in diesem Punkt klassisch erzogen. Du weißt schon: Mutter, Vater und Kind. Ich bleibe dann zu Hause."

„Was?", frage ich verwirrt.

„Du hast mich schon verstanden.

„Ähm ja. Das kommt nur so plötzlich. Warum auch immer habe ich nicht erwartet, dass Du so früh eine Mutterschaft in Erwägung ziehen würdest."

„Was soll ich jetzt sagen?", fragt sie unsicher.

„Nichts. Ist schon gut. Wir überbrücken die Zeit. Vielleicht fällt dir gleich nach der Geburt die Decke auf den Kopf. Womöglich hast du nach einigen Wochen wieder vermehrt Lust auf den Laden. Ich würde vorschlagen, dass wir unsere Geschäftsbeziehung vorerst auf dem aktuellen Status belassen, oder?"

Barbara zuckt desinteressiert mit den Schultern und steht auf.

„Ich hole uns noch eine Flasche Wasser. Sie geht nach nebenan.

„Und, wie läuft das Geschäft? Die gleichen Kunden wie immer? Giraffen, Elefanten und Mäuse geben sich die Klinke in die Hand?"

„Mandy. Du bist und bleibst einfach unbeschreiblich", sage ich genervt. „Steht das jetzt für groß, dick und klein? Ist das mal wieder eine Diskriminierung von Randgruppen?"

„Und wenn dem so wäre? Brauchst du dann ein Taschentuch?"

„Ich finde das nicht einmal ein bisschen lustig. Deine „Giraffenfrau" ist halt etwas größer als der Durchschnitt. Dennoch ist diese Frau hochgebildet und total nett. Netter als du!"

„Netter als ich. Heul! Flenn!", stänkert sie.

„Wie wäre es, wenn du zur Abwechslung mal über Leute lästerst, die es verdient haben. Barbaras Familie zum Beispiel!"

„Meine Familie? Sag mal Melanie, spinnst du?", kommt es aus dem Nebenraum. Mandy lacht auf.

Tja, ich habe mich wieder in die Nesseln gesetzt! Verdammt, warum hat sie das gehört?

„Das war nur eine Hypothese", sage ich entschuldigend. „Mir ist gerade kein besserer Name eingefallen."

„Ja, schon klar!", sagt Barbara genervt.

Es wird spät und lustig. Nachdem Mandy und ich uns ausgezickt hatten, gab es wieder etwas zu lachen. Ganz ohne Alkohol. Das geht auch.

Dennoch bin ich auf dem Nachhauseweg sehr nachdenklich. Barbaras Schwangerschaft reißt mir nun endgültig den Boden unter den Füßen weg. Seit Ewigkeiten schiebe ich unzählige Überstunden. Wie soll ich das ungeheure Arbeitsaufkommen während Barbaras Mutterschutzes managen? Werden meine Mutter und ich den Laden alleine schmeißen können? Das wird eine immense Herausforderung. Zum Glück bin ich jetzt ja Single und habe ganz viel Zeit – na toll.

Heute ist die Party bei Bernd. Mir bleibt keine Wahl. Ich werde der Einladung folgen, auch wenn sich meine Motivation in Grenzen hält. Ich liebe meine Freunde, das ist es nicht. Die äußeren Umstände sind einfach ungünstig. Tobias ist der Grund für meinen Unmut. Die Chance ihn dort bei der Party anzutreffen liegt wohl bei neunundneunzigkommaneun Prozent. Bernd ist einer seiner besten Kumpels. Ein Wiedersehen mit meiner verflossenen Liebe erscheint mir wenig erstrebenswert! Trotz seines Seitensprungs, trotz unserer Trennung sind de facto noch ein ganzes Sammelsurium an Gefühlen vorhanden. So einfach kann ich das nicht einfach abstellen, oder verleugnen.
So lange ich ihn nicht gesehen habe, war alles halbwegs erträglich. Sowieso war ich viel zu beschäftigt, guten Zeiten nachzutrauern. Für heute muss ich definitiv versuchen, nicht die Kontrolle zu verlieren. Die beste Option wäre auf jeden Fall, nicht mit ihm zu sprechen, ihn links liegen zu lassen. Jupp, der Plan ist gut.
Mein Outfit diesen Abend ist natürlich aus unserer Kollektion. Ein kurzes Kleid aus einem samtigen, dunkelblauen Stoff umschmeichelt meinen Körper. Nun ja, eigentlich entspricht es nicht mehr der Originalversion. Es ist kürzer als kurz. Ich habe

zusätzlich noch einige Zentimeter abgetragen. Eine raffiniert gemusterte Strumpfhose und hohe schwarze High Heels unterstreichen meine perfekte Figur. Das hat nichts mit einem Wohlfühloutfit gemein, ist auch nichts in dem man lange stehen kann - aber auf jeden Fall Eindruck schindet!

Männerblicke verfolgen mich, als ich die Wohnung betrete. Bernd pfeift durch die Zähne, lässt anerkennend den Blick hoch und runter schweifen.
„Alles Gute zum Geburtstag!", sage ich, drücke ihm einen Kuss auf die Wange.
„Hey, danke." Sein Blick ruht in meinem Ausschnitt. „Du siehst toll aus. Wenn ich nicht schon vergeben wäre."
Er bekommt meinen Ellenbogen in die Rippen. „Das ist nicht lustig. Hier bitte."
Er nimmt sein Geschenk entgegen, schüttelt es leicht.
„Stopp, nicht öffnen. Lass uns auf Barbara und Mandy warten. Es ist von uns dreien zusammen."
„Mädels!", ich rufe, da sie sich in unmittelbarer Nähe befinden.
„Was ist es denn?", fragt er neugierig.
„Die Klassiker. Socken und Krawatte", sage ich.
Seine Stirn legt sich in Falten. Ich muss lachen.
„Mach es einfach auf.", sagt Barbara.

Das Papier wird in kleine Stücke gerissen, bzw. zerfetzt. Hammer, ist er ungeduldig. Unzählige Schnipsel landen auf dem Fußboden. Barbara beobachtet ihren Freund, verfolgt jede seiner Bewegungen. Ich weiß genau, was in ihr vorgeht. In diesem Punkt gibt es einen himmelweiten Unterschied zwischen den beiden. Im Gegensatz zu ihm, hasst sie Unordnung über alles. Sie wünscht ihn gerade zum Mond. Hervor kommt ein Gutschein und Süßigkeiten.

„Eine Ballonfahrt für zwei?", fragt er überrascht.

„Gut, oder nicht gut?", fragt Barbara skeptisch.

„Gut, sofern du an meiner Seite bist."

Natürlich bin ich das", sagt sie zurückhaltend. Ein Strahlen breitet sich auf seinem Gesicht aus. Spontan hebt er sie hoch, richtig hoch, dann küsst er sie stürmisch. Sofort sind die Schnipsel vergessen. Sie erwidert die Liebkosung. Jemand klatscht. Plötzlich klatschen viele. Die beiden lassen sich davon nicht stören, drehen sich nicht einmal zum Geräuschpegel um. Sie sind in ihrer eigenen kleinen, heilen Welt versunken.

Dann sehe ich Tobias. Er klatscht nicht. Natürlich nicht. So etwas Triviales wäre unter seinem Niveau. Entgeistert lasse ich meinen Blick über seine Statur fahren. Sein Benehmen ist unfassbar. Er hat tatsächlich die Dreistigkeit erwiesen, und mein selbstgenähtes Geburtstagsgeschenk angezogen. Ich hatte einen guten Job gemacht. Das Teil sitzt wie angegossen. Wie geplant sieht er damit männlich, sportlich und sexy aus. Ich bin wirklich taltentiert, bereue das jetzt aber. Warum habe ich mir damit nur so viel Mühle gegeben? Zum Geier aber auch.

Unsere Blicke treffen sich. Ungeniert mustert er mich von oben bis unten, wie ich ihn zuvor. Sein Ausdruck ist nicht begeistert. Für seinen Geschmack ist mein Outfit viel zu aufreizend.

Ich wende mich ab. Ich will ihn nicht sehen, oder an ihn denken. Mein Ziel ist die Küche. In der Regel gibt es dort etwas zu trinken. Mich lechzt es nach Hochprozentigem. Angetrunken kann ich den Event hier bestimmt besser überstehen.

Ich werde fündig. Waldmeisterlikör. Ich liebe das Zeug. Das hatte ich mir früher an lauen Sommerabenden regelmäßig mit meinen Mädels am See reingezogen. Welch eine schöne Erinnerung.

Natürlich bleibe ich nicht lange alleine. Tobias nutzt die Gunst der Stunde, kommt in die Küche, versperrt mir den Rückweg zum Wohnzimmer. Seine eisblauen Augen fixieren mich, brennen sich bei mir ein.

„Du gehst nicht ans Telefon, Du reagierst nicht auf meine Nachrichten. Ich war sogar mehrfach bei dir zu Hause!"

„Soll mich das jetzt beeindrucken?", frage ich genervt.

„Lass uns bitte reden!"

„Wenn ich das gewollt hätte, wäre ich wohl ans Telefon gegangen." Ich will mich mit meinem Drink an ihm vorbeizwängen, will den Raum verlassen, aber er lässt mich nicht.

„Lass uns gehen und ungestört reden. Ich möchte gerne mit dir alleine sein. Bitte!"

„Lass mich bitte durch."

„Bitte", wiederholt er sein Anliegen, erntet nur ein verstörtes Kopfschütteln.

„Was für eine absurde Vorstellung. Natürlich gehe ich nicht mit dir!" Ich bemühe mich, einen sachlichen und gefassten Ton an den Tag zu legen. „Nochmal! Lass mich bitte durch."

Er nimmt meine Hand. Im Reflex versuche ich sie ihm zu entreißen. Zwecklos. Prüfend dreht er meinen Arm. Prüfend wirft er einen Blick auf meine Handgelenke. Mein Blut gefriert zu Eis. Sofort reiße ich meine Hand weg. Dieses Mal mit Erfolg. Instinktiv weiche ich einige Schritte zurück. „Du wärst der letzte Auslöser dafür!", fauche ich ihn an.

„Ich mache mir Sorgen", spricht er leise.

Puh! Er kennt meine Geschichte, kennt den Grund für die vernarbten Stellen an meinen Handgelenken. Mit Leidenschaft habe ich mich früher geritzt.

„Dafür gibt es keinen Grund! Ich bin in keinster Weise selbstmordgefährdet. Mir geht es ausgezeichnet!"

Allmählich verliere ich meine Selbstbeherrschung.

„Hör zu Melanie. Das war ein riesen Fehler. Es tut mir ganz furchtbar leid. Ich liebe dich. Ich will dich wieder zurück. Komm mit zu mir. Wir fangen noch einmal von vorne an. Du kannst jeden Wunsch äußern. Ich mache es wieder gut, ehrlich."

Jetzt platzt mir der Kragen. „Ja klar. Du hintergehst mich. Du schläfst mit deiner Ex, und ich nehme das einfach so in Kauf? Du hast ja wohl den Schuss nicht gehört! Und überhaupt. Was soll das heißen. Willst du mir jetzt Geschenke kaufen. Glaubst du, so etwas lässt sich mit Geld regeln? Für was hältst du mich eigentlich? Für eine Käufliche, oder was?"

Wütend starre ich ihn an.

Meine Worte haben ihr Ziel erreicht. Sein Blick wird jetzt kalt und herablassend. „Gut, dann geh." Sofort gibt er den Weg frei. Endlich, lange hätte ich das Schauspiel nicht durchgehalten. Praktisch war ich den Tränen nah. Am liebsten wäre ich tatsächlich mit zu ihm gegangen. Zu gerne hätte ich Trost in seiner Umarmung gesucht. Mein Fleisch ist schwach, aber mein Geist ist standhaft – sehr gut.

Kurze Zeit später wird er von einigen Frauen umringt, inklusiv Mandy. Scheinbar will sie, wie bereits angekündigt, die Gelegenheit nutzen, und wieder bei ihm landen.

Es ist schändlich. Das weibliche Geschlecht macht es ihm wirklich zu einfach. Er zeigt seine charmante Ader, und sie liegen ihm zu Füßen. Ein Fingerschnipp seinerseits reicht, und mindesten zwei von ihnen würden ihn bereitwillig in sein Reich begleiten, sich ihm wie willige Stuten hingeben, und jeden Moment auskosten. Wir

Weiber sind einfach gestrickt. Aber wie viele Frauen braucht er denn noch? Wenigstens hat er Susanna nicht zu dieser Party mitgebracht. Dann hätte ich die Veranstaltung sofort verlassen! Ich folge meinem Vorsatz, besinne mich auf meine Stärken, mache das, was ich am besten kann - ich betrinke mich.

Barbara und Berndt sind so glücklich. Wohl aus Reflex streicht er ihr immer wieder mit seiner Hand über ihren Bauch, wirkt dabei unglaublich stolz und voller Vorfreude. Das ist so beneidenswert, und lässt mich unaufhaltsam in ein tiefes Loch fallen. So hätte es auch bei mir laufen sollen. Hätte Tobi unser Kind gewollte, wäre die Geschichte eventuell anders verlaufen. Nun ist es zu spät. Märchen werden für andere geschrieben. Mir blieb ein Happy End verwehrt. Nun ja. Wie sagt man so schön: ein Waagemann hinterlässt verbrannte Erde. Mein Herz ist ein verbrannter Klumpen, nur ein Hauch trockener Asche. Das tut echt weh. Ich hätte es wissen müssen!

Der Alkohol betäubt den Schmerz, lässt alles in weite Ferne rücken. Irgendein Typ labert mich voll, streichelt mein Knie. Scheinbar macht er sich ernsthafte Hoffnungen auf ein späteres sexuelles Zusammentreffen. Wie eine gewiefte Schlange wartet er, bis ich wirklich komplett volltrunken und willenlos bin. Ich arbeite daran. Ist mein Glas leer, füllt er es umgehend mit der giftgrünen Flüssigkeit wieder auf. Was hat er gerade gesagt?

Keine Ahnung, ist nicht wichtig. Ich antworte einfach nicht mehr, gehe stattdessen auf die Toilette.

Es ist ein bisschen schwierig. Ich fühle mich wie auf einem Schiff im Orkan. Der Boden schwankt, und mir ist schlecht. Ich bin wie seekrank, muss mich an der Wand abstützen, so volltrunken bin ich. Mist! Rechts, links und im Kreis. Das Schwanken wird schlimmer. Links, rechts. Da vorne ist der Türgriff. Gleich habe ich es geschafft. Nun sind es nur noch zwei Meter bis zum Klo. Irgendwie schaffe ich es. Irgendwie breche ich nicht auf den Fußboden, sondern in die Schüssel. Unangenehm, aber unvermeidlich! Leider geht es mir nicht besser, kein bisschen besser. Total benebelt setze ich mich erst einmal auf den Fußboden. Scheinbar kommt die Wand unaufhaltsam näher. Hat sich das Handtuch gerade bewegt?

Ich muss die Augen schließen. Alle Farben und Formen verschwinden, der Boden fängt an zu rotieren. Doch kein Schiff. Ganz klar, ich sitze auf einem Karussell. Es dreht sich immer schneller. Aufstehen ist nicht mehr drin, nichts geht mehr. Ich möchte jetzt einfach nur noch schlafen. Jemand klopft an die Tür, aber der Weg dorthin ist zu weit. Ich kippe zur Seite und bleibe einfach liegen.

Als ich aufwache fehlt mir komplett die Orientierung. Meine Umgebung ist in eine tiefe Dunkelheit eingehüllt. Ich liege in einem Bett. Neben mir gibt eine Person leise Atemzüge von sich. Oh Gott, ich habe keinen Plan wo ich bin, und wer das ist. Heftige Kopfschmerzen schränken meine Denkfähigkeit deutlich ein. Mein Schädel platzt gleich! Zusätzlich ist mir wirklich kotzübel, alles dreht sich immer noch. Die Gestalt neben mir bewegt sich, macht das Licht an. „Oh nee, komm! Melli, hier nimm die Tüte!" Die Galle kommt hoch, und die Tüte rettet mich. Wieder muss ich mich übergeben. Zur Toilette hätte ich das in diesem Leben nicht mehr geschafft. Barbara nimmt mir die Tüte ab, steht auf und entsorgt diese. „Manometer was ist denn mit dir los? Wieso hast du dich denn so unter den Tisch getrunken? Ist es noch wegen Tobi?", fragt sie nach ihrer Rückkehr.

Sie ist übermüdet, aber besorgt und gar nicht böse. Das muss wohl unter ihrem besonderen Umstand liegen. Früher hätte es auf jeden Fall ein derbes Donnerwetter gegeben.

„Nein, nicht wegen ihm."

„Wir wussten nicht, ob du eventuell eine Alkoholvergiftung hast. Uns war nicht klar, ob wir dich nicht noch zum Notarzt fahren sollen." Prüfend schaut sich mich an.

„Geht schon. Können wir bitte noch etwas schlafen", murmele ich und bin dann wieder weg.

Als ich das nächste Mal die Augen öffne, bin ich alleine. Es ist schon hell draußen. Barbara ist bereits aufgestanden. Ich habe wirklich die besten Freunde auf diesem Erdball. Sie hat über mich gewacht, während Berndt derweil auf dem Sofa geschlafen hat. Wie lieb ist das denn? Bessere Freunde kann ich mir nicht wünschen.

Jemand räuspert sich. Bernd betritt das Zimmer. Er trägt nur Shorts. War ich sonst nur von Tobias Aura geblendet, werfe ich nun verstohlen einen Blick auf seine Muskelpracht. Bei diesem Anblick kann ich Barbara verstehen, warum sie ein Kind von ihm wollte. Meine Güte! Er ist schon eine wandelnde Sahneschnitte, selbst jetzt, wo er sich offensichtlich noch in einem Zustand der Schlaftrunkenheit befindet. Er hat ein Glas Wasser in der Hand.

„Na, bist du endlich wach? Hier bitte, eine Kopfschmerztablette. Das wird helfen." Er legt die Sachen auf die Kommode neben dem Bett. Beschämt ziehe ich mir die Decke bis zum Kinn.

„Das ist jetzt echt blamabel."

Er lacht. „Ja. Du wirst niemanden finden, der das Gegenteil behauptet."

„Mir ist schlecht."

Barbara kommt hinzu. „Kein Mitleid. Wer feiern kann, muss mit den unliebsamen Konsequenzen leben. So, du nimmst jetzt bitte die Tablette, und dann stehst du auf, und hilfst uns beim Aufräumen!"

„Ehrlich? Das ist unmenschlich!"

„Nein, die gerechte Strafe, weil du gestern unsere Party gesprengt hast." Sie zieht mir die Decke weg, schaut mürrisch. „Niemand konnte ins Bad. Du bist dort einfach eingeschlafen."

Berndt lacht. „Ja, es war ganz schon tricky, das Schloss zu knacken. Das hat einige Zeit in Anspruch genommen."

„Alle dachten, dass du im Bad verreckst. Es gab einen richtigen Menschenauflauf im Flur."

„Ihr habt gewonnen. Bitte keine weiteren Details. Ich stehe freiwillig auf. Barbara, hast du vielleicht noch Klamotten für mich?"

Sie zieht ein Shirt und einen schwarzen Jogginganzug aus dem geräumigen Schrank und wirft ihn auf das Bett. Ich verziehe mich ins Bad, und wechsele meinen Dress. Verdammt! Da hatte ich mich gestern mal wieder total daneben benommen. Hatte ich wirklich so viel getrunken? Eigentlich nicht, aber parallel vielleicht zu wenig gegessen. Das hat mich total umgeworfen, und tut mir leid. Hoffentlich hat Tobias nichts von dem Desaster mitbekommen. Nun ja. Wunschdenken! Ich sollte mir nichts vormachen. Dafür stehen die Chancen bei null – minus null..

Wir räumen auf. Ich übernehme den Staubsauger, mache mich auf die Suche nach Krümeln, Haaren und wer weiß was. Später wische das Bad – den Ort, der keine guten Erinnerungen hinterlässt. Hammer, gestern war ich echt am Boden. Im wahrsten Sinne des Wortes. Egal. Zumindest die Tablette hilft.

Nach und nach geht es mir besser. Nach einer Stunde ist die Wohnung wieder wie vorher. Als Team sind wir unschlagbar. Barbara bestellt uns eine Pizza. Nach dem Mittag fahre ich nach Hause. Mein Telefon klingelt. Die Nummer kenne ich nicht, dennoch gehe ich ran. „Hallo?"

„Hi, hier ist Dirk."

„Ja, und?", frage ich genervt.

„Wie geht es dir."

„Gut, danke der Nachfrage."

Es entsteht eine kleine Pause.

„Sag mal, woher hast du meine Nummer? Ehrlich gesagt habe ich keine Ahnung, wer du bist", frage ich.

Er lacht. „Ehrlich? Kein Wunder, vielleicht hast du gestern etwas zu tief ins Glas geschaut." Dann räuspert er sich, versucht wieder einen ernsthaften Ton an den Tag zu legen. „Du hast mir gestern deine Nummer gegeben. Wollen wir heute ins Kino gehen? Ich meine, bist du schon wieder in der Lage, ins Kino zu gehen?"

Oh Gott, keine Ahnung was ich gestern gemacht habe. Daran kann ich mich nicht erinnern. „Sorry, nein, keine Zeit. Hör mal, keine Ahnung warum ich das gemacht habe. Bitte lösch meine Nummer wieder. Wir werden sicherlich nicht ausgehen." Ich lege einfach auf. Auf eine neue Bekanntschaft habe ich momentan nicht einmal ansatzweise Lust. Ich weiß nicht mal annähernd welcher Kandidat das war. Ich will es auch nicht wissen. Meine

Wunden sind alle noch zu frisch. Kein Mann könnte derzeit bei mir landen.

Es klingelt wieder. „Ungehalten gehe ich ran, und schreie in die Muschel. „Mann, ich habe doch gesagt, dass ich nicht ins Kino will. Warum rufst du jetzt schon wieder an? Lösch die Nummer einfach und fertig aus die Maus!"

„Ich will deine Nummer nicht löschen. Ich möchte nur einfach wissen, wie es dir geht." Diese Mal ist es Tobias, nicht der Typ von gestern. Seine Stimme bebt etwas.

„Es tut mir leid, ich hatte gerade so einen komischen Typen in der Leitung", sage ich etwas vorsichtig. Aber warum tut mir mein Wutausbruch überhaupt leid? Er hat keine Höflichkeit verdient.

„Tobi, was willst du?" Ich warte seine Antwort nicht ab. Ich kenne sein Anliegen sowieso, rede gleich weiter. „Nein, ich komme nicht zu dir in deine Wohnung. Nein, es war auch nicht wegen dir. Ich hatte einfach zu wenig gegessen. Mir geht es sehr gut. Ich mache keine Dummheiten! Bitte ruf nicht wieder an, nie wieder."

„Du übertreibst. Du könntest dich jetzt endlich mal erwachsen benehmen!"

„Ich benehme mich total erwachsen. Bloß weil wir uns nicht treffen, bin ich kindisch, oder was?"

„Eine Aussprache wäre auf jeden Fall ein Anfang", erwidert er trocken.

„Nein, wäre es nicht. Muss ich auch nicht. Scheiß auf Freunde bleiben, scheiß auf die ganzen Konventionen."

Er schweigt. „Habe ich noch Sachen bei dir?", frage ich ernst.

„Ja, schon."

„Du kannst sie behalten. Schmeiß sie in den Müll. Ich will dich nicht sehen, und auch nicht mehr mit dir sprechen – kapiert? Nie wieder!" Ich bin hysterisch und laut, er legt einfach auf. Gut so. Ihn nie wieder zu sehen, nie wieder verletzt zu werden, wäre echt ein Traum.

Ich werde proaktiv und lösche seine Nummer, seine Bilder, vernichte alle Erinnerungen und auch das Video. Dabei kommt mir die erschreckende Erkenntnis, dass er es sich auf sein Handy gesendet hat, dieses Schwein. Völlig abgebrüht hat er einen unbeobachteten Moment ausgenutzt, und sich nicht an sein Versprechen gehalten. Mir schießen die Tränen in die Augen. Wir konnte er mich nur so hintergehen? Damit habe ich nicht gerechnet. Es läuft mir eiskalt über den Rücken. Das ist echt peinlich und hätte nicht passieren dürfen. Weitere Tränen folgen. Ich versinke förmlich im Selbstmitleid, fühle mich als totaler Versager.

Irgendwann löse ich mich aus meiner Starre, lege das Telefon weg und gehe ins Bett, bleibe einfach liegen. Die Müdigkeit und der Kummer übermannen mich. Überraschender Weise kann ich sogar schlafen und wache pünktlich auf, um mich für die Arbeit fertig zu machen.

Es geht also weiter. Das Rad dreht sich einfach weiter.

KAPITEL 7 DER POLTERABEND

Barbaras Hochzeit rückt immer näher. Ich habe eine besondere Überraschung für sie. Gemäß einer alten Familientradition ist es der Wunsch ihrer Mutter, dass sie ihr Hochzeitskleid tragen wird, die es wiederrum von ihrer Mutter bekommen hatte, und so weiter. Davon weiß Barbara aber noch nichts. Heimlich haben wir das hinter ihrem Rücken aufgezogen.

In der Regel bin ich nicht leicht zu beeindrucken, aber Barbaras Mutter hat es geschafft. Mir war nicht bewusst, dass sie so eine ausgezeichnete Lügnerin ist. Barbara ist also total ahnungslos, und das ist gut so.

Seit Ewigkeiten vertröste ich sie, damit wir nicht ein neues Hochzeitskleid shoppen gehen. Langsam fällt mir keine plausible Entschuldigung mehr ein. Heute ist der Tag, an dem wir ihr das Kleid offenbaren wollen.

Beide sind wir schon im Laden. Sophia betritt den Kauf Raum.

„Na Ihr beiden Hübschen. Barbara, ich habe euch etwas mitgebracht."

„Hallo Mama!" Küsschen links und rechts werden ausgetauscht.

„Kind, es gibt diese alte Tradition und ich möchte, dass du diese ebenfalls aufrechterhältst." Sie versucht Barbara das verpackte Kleid in die Hand zu drücken, aber Barbara wendet sich genervt ab. „Ich weiß wovon du redest, aber das kannst du nicht verlangen. Ich habe mir das Kleid schon angeschaut. Das ist einfach überhaupt nicht mein Stil."

„Alles schön und gut. Da habe ich aber eine andere Meinung. Wenn du schon nicht unseren Traumschwiegersohn heiratest, könntest du mir wenigstens in diesem Punkt entgegen kommen! Das würde mir sehr viel bedeuten. Uns allen. Auch deiner Oma!"

Bei Barbara kochen die Emotionen immer relativ schnell hoch. Es hat keine zwei Minuten gedauert. Inzwischen schreit sie ihre Mutter an. „Wie schön für euch. Leider ist das meine Hochzeit. Das ist mein Leben. Ich muss überhaupt nichts!"

Sophia kennt ihre Launen schon, verliert selten die Kontenance. Muss sie auch nicht. Sie hat andere Argumente. Gute!

„Und wer bezahlt die Rechnungen für dieses Event? Ich wüsste nicht, dass du in diesem Punkt viel beisteuerst!"

„Willst du mich jetzt erpressen? Das ist total fies!"

„Ich habe es mit. Du probierst es wenigstens an. Mehr verlange ich nicht."

„Na los, mach schon", sage ich beschwichtigend. „Das ist doch ein guter Kompromiss." Eisern schiebe ich sie in die Garderobe. „Ich helfe dir."

„Okay, okay, wenn das Thema dann vom Tisch ist. Du wirst sehen, es ist absolut fürchterlich! Altbacken und kicklos! Ein cremefarbener Kartoffelsack!"

„Sie schimpft ohne Unterbrechung. Ich helfe ihr in die aufwendige Robe. Vorsichtshalber habe ich mich auf die Seite mit dem Spiegel gestellt, verdecke mit meiner Statur ihr wunderschönes Spiegelbild. Geübt schließe ich den Reifverschluss. Das Kleid sitzt perfekt. Dann gebe ich den Blick frei.

Barbara treten vor Verblüffung Tränen in die Augen.

„Das kann doch nicht wahr sein. Melli, bist du das gewesen?"

Ich muss grinsen. „Ja, in geheimer Mission! Als Sophia mir dieses Monstrum das erste Mal gezeigt hat, überkam mich eine Version. Ich habe das Kleid mit kleinen Perlen veredelt, die Schulterpolster entfernt, es abgenäht, und unwesentlich gekürzt. Dieser Traum aus Tüll ist wie für dich gemacht." Mir kullern jetzt auch die Tränen runter, und Sophia sowieso. Das Kleid ist abgesegnet. Nichts würde ihr besser stehen, oder zu ihr passen. Den Umständen angepasst, habe ich den Schnitt nicht zu körperbetont ausfallen lassen. Die Robe würde die Schwangerschaft perfekt verbergen. Niemand der nicht eingeweiht ist, würde etwas bemerken.

Barbara realisiert meinen Blick kann zwei und zwei zusammen rechnen. „Ich weiß, was du denkst. Aber ich stehe dazu. Von mir aus kann jeder von unserem Glück erfahren!"

„Was meinst du gerade? Welches Glück?" Sophia kommt neugierig aus dem Nebenraum. Sie hat aber auch immer gute Ohren, wenn es darauf ankommt.

„Mama, ich bin schwanger. Glücklich schwanger. Wir haben es geplant. Ich liebe Bernd", sagt Barbara selbstbewusst.

Die Worte haben ihr Ziel nicht verfehlt. Damit hat Sophie so gar nicht gerechnet. Wie auch? Diese unliebsame Enthüllung kommt komplett überraschend. Sophia fällt förmlich die Kinnlade runter.

„Das ist nicht dein Ernst."

„Doch, totaler Ernst. Finde dich damit ab."

„Sag mal, wofür haben wir dich erzogen? Dich gefördert, wo wir nur können? Dich auf die Schule deiner Wahl geschickt? Die Ausstattung der Boutique bezahlt? Damit du einen mittellosen Dachdecker heiratest, und mit 23 Jahren Mutter wirst?" Jetzt schreit sie ungehalten. „Das mit der Hochzeit kannst du vergessen. Keinen Cent wirst du von uns kriegen."

„Wie bitte?", fragt Barbara entgeistert.

„Und nicht nur das. Wir werden auch nicht kommen! Keiner! Du bist für mich gestorben!" Dann rauscht sie raus. Mit hochroten Kopf, kurz vor dem Siedepunkt, stiefelt sie im Eiltempo durch die belebte Fußgängerzone, dreht sich nicht einmal mehr um.

Barbara hatte, was ihre Eltern betrifft, nie viel Taktgefühl erwiesen. Jetzt hatte sie den Bogen aber deutlich überspannt, die Wertvorstellungen der Verwandtschaft mit Füßen getreten. Es wird schwer werden, einen Weg zurück zu finden.

„Hey, keine Sorge. Das wird schon wieder", lüge ich, nehme sie spontan in den Arm. Es ist nicht zu übersehen. Sie ist immer noch total perplex. Dann aber lacht sie ungehalten los. „Himmel, war die sauer. Das habe ich ja noch nie erlebt."

Erstaunt schaue ich sie an, sie fährt gleich fort. „Egal, bis Scheißegal. Die ganze Hochzeit ist mir sowieso schon zu viel. Die ganzen Verwandten, Nachbarn und Freunde der Familie. Mein Vater hat auch noch etliche Kollegen und Geschäftsfreunde eingeplant. Ich für meinen Teil möchte lieber im kleineren Kreis feiern. Vielleicht in einem gemütlichen Hotel im Harz. Bernd geht es übrigens genauso. Wir haben schon oft davon gesprochen."

„Ehrlich jetzt? Keine pompöse Hochzeit im Schloss?"

„Nein, das brauchen wir beide nicht. Ich sage unsere Lokation ab, und buche etwas Neues." Sie küsst mich auf die Stirn. „Ich hab dich lieb. Ich muss jetzt einige Sachen umdisponieren, und mit Bernd sprechen. Macht es dir etwas aus, wenn ich jetzt Feierabend mache?"

„Nein, ist schon ok."

„Vielen lieben Dank für das wunderschöne Kleid. Das werde ich auf jeden Fall bei der Zeremonie tragen." Sie drückt mich noch einmal und ist dann weg. Tja, von ihrer Unbeschwertheit sollte ich mir mal eine Scheibe abschneiden. Irgendwie überrascht sie mich nach all den ganzen Jahren immer wieder. Eine Hochzeit in den Bergen klingt auf jeden Fall cool. Ich war noch nicht dort. Bestimmt wird das super romantisch. Feiern, wo sich Heidi und die Schafe gute Nacht sagen, warum nicht.

Die letzten Wochen sind wie im Fluge vergangen. Täglich zwölf Stunden Arbeit waren angesagt. Auch zu Hause war ich fleißig. Alles ist in Schuss. Täglich habe ich mit Ken trainiert. Der kleine Mann ist ein totaler Schatz. Er geht gerne in meine Fohlenschule, kommt sofort, wenn ich pfeife, gibt sein goldiges Fohlenwiehern von sich, folgt mir inzwischen wie ein Hündchen. Es ist gut, wenn ich viel um die Ohren habe, so komme ich nicht ins Grübeln. Morgen ist der Junggesellinnen Abschied. Wir feiern in Celle in der Diskothek. Das ist eher ungünstig. Ich wollte lieber nach Hannover fahren, aber das war keine Option. Die Entscheidungsgewalt obliegt der Braut. Wegen dem Baby will Barbara keine großen Sprünge machen. Leider feiern die Herren der Schöpfung auch dort. Zweifelsohne wird Tobias in seiner Funktion als Trauzeuge ebenfalls anwesend sein.
Nun ja, ich werde mich dem stellen. Ich bin erwachsen, eine selbstbewusste Frau. Vielleicht bin ich ja schon über ihn hinweg, was wohl eher unwahrscheinlich ist, aber die Hoffnung stirbt zuletzt...

Die Nacht wird wieder schlimm. Ich reite, dieses Mal im Wald. Wir sind schnell, viel zu schnell. Ich will das nicht. Bekanntlich kenne ich das Ende schon. Trotz aller Paraden lässt sich das edle Vollblut nicht beruhigen. Es will einfach laufen. Ich weine, bin jetzt nicht mehr zimperlich, reiße grob an den Zügeln, aber es geht nicht. Die

Zunge hängt dem feurigen Rappen schon aus dem Maul. Das Tier schwitzt Blut. Alles ist voller Blut. Meine Klamotten sind voll davon. Dennoch lässt sich das Pferd nicht verlangsamen.

Ich starte erneut einen Versuch, ziehe heftiger, stelle mich dabei in die Bügel. Zu spät, Wir fallen. Wir fallen in einen Abgrund. Nichts kann uns aufhalten. Ein schwarzes tiefes Loch saugt uns auf. Im freien Fall erwarte ich den dumpfen Aufprall, das tödliche Finale.

Es ist nicht echt, ich weiß, dass es nicht echt ist! Dennoch bin ich halbtot vor Angst.

Ich wache auf. Etwas streicht über meinen Arm. Es kitzelt, wird danach kalt und feucht – igitt! Mein Kater stupst mich mit seiner Nase an und parkt gerade auf meinen Bauch ein. Unverzüglich fängt er an zu schnurren. Der kleine Kerl ist echt zu süß. Er ist zur rechten Zeit am rechen Ort. Ich kraule ihm sein Fell. Das Tier hat eine tröstende Wirkung auf mein Gemüt. Wenn Tobi nicht da ist, darf er in meinem Bett schlafen - also immer. Nach kurzer Zeit fühle ich mich etwas besser, ziehe es aber vor, lieber wach zu bleiben. So einen Traum brauche ich nicht noch einmal. Das braucht keiner!

Bei der Arbeit kann ich es kaum aushalten. Der Schlafmangel rächt sich. Ich bin hoffnungslos übermüdet. Wie sollte es anders sein? Gerade heute geben sich die Lebenszeitfresser die Türklinke in die Hand. Ich muss mir Geschichten über Krankheiten, Arbeitslosigkeit und Übergewicht anhören. Der Kasseninhalt verändert sich davon nicht wesentlich. Meine Laune zieht es in den Keller. Wie soll ich das nur heute Abend aushalten? Meine Vorfreude hält sich in Grenzen, aber ich werde Barbara nicht enttäuschen. Das ist das letzte, was ich tun würde.

Heute gehen wir alle im Partnerlook. Barbara geht als Pipi Langstrumpf, mit einer schrecklichen Perücke, zerrissener roter Straps, bunt getupften Kleid. Diese Geschmacklosigkeit ist nicht auf meinem Mist gewachsen. Ihre Kusine hatte diese *„grandiose"* Idee. Warum auch immer konnte sie die anderen überzeugen. Das Resultat ist erschreckend, und passt so gar nicht zu meiner Freundin. Sie nimmt es tapfer: „was solls. Mich tangiert das peripher. Wie wohl jeder weiß, habe ich ja schon meinen Liebsten gefunden – hehe."

Wir anderen gehen ohne Perücke, der Rest ist ähnlich gestrickt. Gleiche Strapse, unsere Kleider ähnlich bunt, zu kurz. Zusammengefasst. sehen wir einfach nur billig aus. Tobias wird diese Outfits hassen! Tonnen von Makeup verdecken meine dunklen Augenringe. Ich bin mehr als hundemüde, möchte aber nicht schwächeln. Als geübte Party Maus ziehe ich das heute durch. Heute werde ich Spaß haben!

Bei Barbara glühen wir schon einmal vor. Es gibt gekühlten Hugo, Bier und Sahnelikör. Ich entscheide mich für Kaffee mit Likör. Der

Kaffee hält mich wach. Zusätzlich stelle ich sicher, dass ich heute nicht schon wieder abstürze. Dieses Mal wird es keine Peinlichkeiten meinerseits geben. Ich bin kultiviert, erwachsen und halte mich im Gegensatz zu den anderen dezent zurück. Nach der dritten Runde wird es zunehmend amüsant. Mandy tanzt ungehemmt auf dem Wohnzimmertisch, lässt dort ihre Hüften kreisen. Eine ehemalige Klassenkameradin Jessica hat sich ohne Vorwarnung auf dem teuren Teppich übergeben. Was für ein Weichei. Einige von den Tussen vertragen überhaupt keinen Alkohol. Das könnte mir natürlich nicht passieren…

Irgendwann fahren wir los. Ich nehme einen Teil der Bande in meinem Auto mit. Wie zu erwarten sind die Männer bereits Vorort. Aus der Ferne sehe ich Tobias Cabriolet in unmittelbarer Nähe des Haupteingangs stehen. Egal, einatmen, ausatmen, und sich ins Getümmel stürzen.

Die Musik ist gut. Zusammen mit Mandy fange ich in alter Manier gleich an, zu tanzen. Barbara sondert sich unverzüglich ab, begibt sich auf dem kürzesten Weg zu ihrem zukünftigen Gatten.

„Sie hat den Sinn des Abends wohl nicht verstanden. Wer feiert denn schon den Junggesellinnenabend mit seinem Mann?", schreie ich zu Mandy.

„Egal, lass gut sein", antwortet sie.

Nun gut. Heute sollte ich keinen Streit anzetteln. Zumindest nicht mit ihr. Habe ich mich vorher verkrampft auf jede Bewegung

konzentriert, schließe ich nun meine Augen und lasse mich gehen. Der Bass schleicht sich durch meine Ohren in die Beine. Ich fühle den Beat und schwinge mit. Ein Typ tanzt mich von der Seite an, kommt mir viel zu nah. Als seine Hand wie durch Zufall meine Schulter berührt, trete ich ihm beherzt gegen sein Schienenbein.
„Aua, spinnst Du?", entspringt es ihm. Sein Gejammer wird ignoriert. Er verzieht sich.
„Dem hast du ordentlich eine verpasst. Hat sich hier etwa ein gewisser Frust gegen das männliche Geschlecht aufgestaut?", fragt Mandy, wirkt vielleicht etwas zu gehässig.
„Nicht lustig!", weise ich sie zurecht. „Lass uns einen Drink nehmen."
Wie zu erwarten steht Tobias am Tresen, direkt an meinem alten Stammplatz. Nun ja, eventuell ist es auch so etwas wie unser gemeinsamer Stammplatz, aber egal. Eine andere Sache beeindruckt mich viel mehr. Überraschung, Überraschung Susanna steht neben ihm. Sie sieht gut aus. Natürlich sieht sie gut aus! Was hatte ich erwartet? Obwohl sie nur eine weiße, luftige Crincklebuse mit einer hellen, verwaschenen Jeans trägt, wirkt sie sexy. Wie ein American Girl. Fröhlich hat sie sich auf seine Schulter abgestützt, und flüstert ihm etwas ins Ohr. Seine Mimik ist bezüglich dieser Unterhaltung eher undurchsichtig. Gut oder böse lässt sich schwer erkennen. Vielleicht konzentriert er sich aber auch einfach nur auf den Gesprächsinhalt.

„Hallo." Ich nicke den beiden höflich bis reserviert zu, bewahre somit alle gesellschaftlichen Formen. Hier und jetzt will nicht als Verlierer dastehen, auch wenn ich einer bin.
Wie siamesische Zwilling lächeln sie freundlich zurück.

Ich schaue in die Runde. Genervt muss ich feststellen, dass sich Inzwischen die ganze zukünftige Hochzeitsgesellschaft Barbara angeschlossen hat. Alle stehen hier nun am selben Fleck, versammelt im Kreis. Das ist jetzt wirklich sehr ungünstig. Neben den beiden Turteltauben zu stehen ist keine Option, wirklich nicht! Etwas verloren blicke ich nach rechts und links. Gibt es noch weiter Optionen?
Mein Blick ist auf dem Typen neben mir hängengeblieben. Er kommt mir bekannt vor. Aber woher? Er ist groß, blond, durchtrainiert. Sein Äußeres ist ganz passabel.
„Na Barbie! Ewig nicht gesehen. Wie geht es meiner Lieblingsbedienung?"
So ein Pech. Es kommt Licht ins Dunkle. Schützenfest vor einigen Monaten. Währen meiner Arbeitszeit ist mir der Typ dort deutlich zu nahe getreten. Ein Grabscher! Traurig aber wahr. Sein Äußeres täuscht. Bei ihm gibt es leider wenig aktive Gehirnzellen zu vermelden.
„Gut, wie du siehst", antworte ich zurückhaltend, überlege, wo ich mich jetzt hinbegeben soll. Soll ich mich vielleicht die nächste

Stunde auf der Toilette einschließen? Ich könnte mit meinem Handy spielen. Diese Alternative ist trostlos, aber immerhin noch besser, als Tobias neues Glück mitanzusehen.

„Weißt du noch wer ich bin?"

„Ja, Stefan, der Typ mit dem Wasserbett."

Er grinst breit über das ganze Gesicht. „Wusstest du, dass die Dinger beheizt sind? Da braucht man sich gar keine warmen Gedanken zu machen."

„Und, wusstest du, dass mich deine Geschichten langweilen?" Mein Ton ist eiskalt.

Perplex schaut er mich an. „Was hast du gerade gesagt?"

„Wenn ich mich hätte mit dir unterhalten wollten, hättest du das gemerkt. Du kannst abschieben!"

„Was?"

„Mann, hau einfach ab – okay!"

„Du bist echt eine alte Nutte!"

„Ja, sicher! Aber nicht für dich."

„Was will der Loser?", fragt Mandy, schaut ihn kampfeslustig an.

„Noch so eine Schlampe!" Völlig perplex giftet er uns beide an.

„Zisch ab, du Wicht!", sagt Mandy unhöflich.

Gegen diese geballte Frauenpower ist er machtlos. Er verschwindet, brabbelt irgendwelche Flüche vor sich hin.

„Hier trink!", sagt Mandy, drückt mir eine Flasche Bier in die Hand, schaut sich dann zu Tobias und Susanna um.

„Wie zu erwarten, hat das nicht lange gedauert! Du wolltest es ja nicht glauben", sagt sie. Wieder fällt mein Blick auf das junge Glück. Die beiden zusammen zu sehen tut schon weh. Sie wirken ziemlich vertraut. Ständig fasst sie ihn an.

„Du siehst echt scheiße aus", stellt sie trocken fest.

„Ja, danke. Streu nur noch mehr Salz in meine Wunden. Mach mich ruhig richtig fertig!"

„Ach Quatsch, so bin ich nicht. Prost, auf unseren Ex!" Sie lässt ihre Flasche gegen meine knallen, spricht dann weiter. „Ja, vielleicht bist Du jetzt traurig und geknickt, aber sieh es doch mal positiv. War es nicht der beste Sex, den du je hattest?"

Bei ihren Worten pruste ich los. Sie hat das so cool und trocken rüber gebracht.

„Ja, irgendwie schon", gebe ich zu. „Ich hatte nur nicht allzu viele Liebhaber. Da, kann ich keine Maßstäbe setzen."

Sie grinst breit. „Ich schon. Glaub mir, er ist der Beste." Ich muss wieder lachen. Sie ist so unglaublich locker. „Ehrlich, ich würde ihn immer wieder nehmen, aber gegen diese Susanna sind wir ausnahmslos chancenbefreit", redet sie weiter.

„Ja, hast du ihre Augen gesehen. Das ist so ein tiefes braun. Sie wirkt damit so unschuldig und lieb. Selbst ich hätte sie am liebsten in den Arm genommen und beschützt."

Sie lacht laut auf. „Ja, das trifft es. Sie ist die heilige Susanna."

„Wollen wir uns wieder vertragen? Mann, hast du in letzter Zeit herum gezickt", sage ich.

„Ja, das kann ich gut. Von mir aus können wir das Kriegsbeil begraben. Letzten Endes sitzen wir alle im gleichen Boot. Im Kahn seiner Verflossenen, nicht wahr Sabine!"

„Was ist los?", fragt diese zurück.

„Ach nichts!"

Die Getränke hatten wir verdrückt. „Flirten?", fragt sie.

„Ja, warum nicht."

Es ist wie in den guten alten Zeiten, als wir noch nicht in denselben Mann verliebt waren. Wir flirten, was das Zeug hält, spielen nach unseren Regeln, tanzen aufreizend, polarisieren. Uns ist alles egal. Tobias und Susanna starren uns an. Seine Augen haben sich zu kleinen Schlitzen verformt. Unsere wieder erlangte Freundschaft scheint ihm ganz und gar nicht zu schmecken. Egal, wir haben unseren Spaß.

„Ihr seid total peinlich. Was soll denn diese billige Show?" Warum auch immer, steht Susanna neben uns.

„Welche Show? Wir tanzen doch nur!", antwortet Mandy spitz.

„Tänzerinnen in einer Peep Show haben wohl mehr Niveau. Tobias findet das überhaupt nicht lustig. Ihr könnt ja mal an ihn denken!"

„Oh ja, klar. Wie konnten wir ihm das bloß antun?" Mandy stichelt immer weiter. Susanna geht auf ihre Provokationen ein.

Die beiden fangen an zu streiten. Mir ist das zu doof, ich kann meine Zeit auch sinnvoll verbringen. „Sabine, kann ich vielleicht bei dir anschreiben? Ich zahle den Betrag nächste Woche zurück."
„Ja, klar. Was willst du denn?"
„Mach mal ein halbes Dutzend Gin Tonic fertig." Ich bestelle gleich auf Vorrat. Dieses olle Bier hängt mir zum Halse raus.
Wir trinken, lachen und feiern. Der Spaß ist vorbei, als Mandy einen alten Bekannten trifft, der sie mit nach Hause nimmt. Tja, nun ist es wohl auch für mich an der Zeit abzuhauen. Für heute habe ich hier meine Verpflichtungen erfüllt, mit Anwesenheit geglänzt, mehr als geglänzt.
Mein aktueller Status ist schwierig. Geld habe ich keins. Bis auf den letzten Cent habe ich meine gesamte Kohle in Alkohol investiert. Wir komme ich nach Hause?
Trampen? Jemanden finden, der jemanden kennt, der in meinem Dorf wohnt? Bei Barbara schlafen?
Tja, A geht sicher, ist aber nicht ungefährlich. B. Gestaltet sich schwierig. Wer wohnt denn schon am Ende der Welt. C. Keine Ahnung. Es sieht nicht danach aus, als ob sie bald nach Hause wollen. Sowieso knutscht das zukünftige Ehepaar gerade. Ich glaube eher nicht, dass meine Gesellschaft heute erwünscht ist.
„Hey Barbara, ich bin müde. Ich fahre nach Hause."
„Du fährst?", fragt sie skeptisch, löst sich von ihrem Freund.
„Ja, mit dem Taxi. Es kommt gleich."

„Ok, wie schade, dann bis Montag."

„Ja, viel Spaß noch."

Ich werde noch einmal gedrückt, dann schleiche ich mich weg. Draußen ist die Luft buchstäblich erfrischend - die Nacht klar, aber kalt. Am Himmel strahlen hunderte Sterne um die Wette, der Vollmond leuchtet im hellen Licht. Ich mag den Vollmond. Ich glaube fest an seine positive Energie.

Spontan ergibt sich auch noch die Möglichkeit D. Der Teufel reitet mich förmlich, setzt den Floh in mein Ohr. Warum all die Umstände? Mein Auto steht direkt vor der Tür. Mein zu Hause finde ich mit geschlossenen Augen. Das wird schon gehen. Falls nicht, schlafe ich eben im Wagen.

Schritt für Schritt nähere ich meinem Ziel. Mein Gott, es ist eher ein annähern. Mal wieder habe ich jeglichen vernünftigen Rahmen überschritten, bin total voll. Ich muss mich wirklich auf jeden verdammten Schritt konzentrieren, um nicht zu stürzen. Ungünstig, sehr ungünstig, aber ich kann das schaffen.

„Na, wohin, so eilig?"

Oh nein, der Typ schon wieder. Stefan steht direkt vor mir und versperrt mir den Weg.

„Mann hau ab. So ein Warmschlafer hat mir jetzt echt noch gefehlt." Ehrlich! Die Landplage kann abhauen.

„Geht es dir nicht gut? Brauchst du etwa Hilfe?", fragt er harmlos.

„Nein, ich denke nicht", sage ich vorsichtig.

„Mann, bist du besoffen. Na dann komm mal mit!"

Ungehobelt hakt er sich bei mir unter, schleift mich unvermittelt in eine ganz andere Richtung, als geplant. Sein Sinneswandel kommt plötzlich. Seine anfängliche zuvorkommende Art ist Geschichte.

„He! Was soll das? Lass mich los!"

„Du denkst also, dass ich mich von jemanden wie dir, wie ein Stück Dreck behandeln lasse? Du denkst, dass du mit deiner Überheblichkeit durchkommst?!"

Ganz offensichtlich habe ich den Typen ganz ernsthaft verärgert.

„Überheblich ist wohl relativ. Wenn du unbedingt willst, dann entschuldige ich mich eben", sage ich spontan.

Er antwortet nicht. Er ist damit beschäftigt mich durch die Gegend zu schleifen. Die Reise geht weiter, aber gegen meine Erwartung nicht in die Diskothek zurück. Ungnädig zieht er mich in Richtung des Waldes, wo wir ungestört sind. Viel zu spät werde ich mir der gefährlichen Situation bewusst. Puh! Jetzt fange ich an, mich richtig zu wehren. „He, lass mich jetzt endlich los!"

„Keine Angst!", sagt er. „Du wirst alles wieder gut machen. Das wird eine Nummer, die du nie vergisst. Ich werde dir zeigen, wo der Hammer hängt!"

„Nein! Spinnst Du!" Ohne Vorwarnung schlage ich ihm ins Gesicht. Unvermittelt lässt er mich los, fasst sich im Reflex an die Wange, dann lacht er auf. „Das war nichts. Als ob mich eine Fliege gestreift hätte." Zugegeben. Mein Hieb war wenig furchteinflößend. Ich bin viel zu betrunken, um effektiv Schaden anzurichten. Ein müder Versuch, eher lächerlich. Die Retourkutsche hingegen ist heftig. Seine Faust landet auf meiner rechten Gesichtshälfte. Die Wucht reißt mich von den Beinen. Ich stürze auf den Fußboden. Der spitze Kies schürft wie Schmirgelpapier die Haut an meinen Händen und am Arm ab. Es brennt wie Feuer. Der Schlag hatte gesessen. Das Resultat ist beachtlich. Ich sehe Sterne, bleibe benommen am Boden liegen, schließe meine Augen. Was für eine Scheiße. Nun spüre ich seine Hände. Er fasst mich an. Oh Gott, bitte nicht. Verzweifelt schaue ich mich um. Die Disko ist weit weg. Von weitem dröhnt die Musik. Niemand wird mir helfen, niemand wird das hier auch nur im Ansatz bemerken.

Mir ist schwindelig. Ich fasse ich mir an den Kopf. Hammer, tut das weh. Es nutzt meine Passivität aus und legt ein ungeheures Tempo vor. Seine Hose hat er sich schon ausgezogen. Untenrum ist er entblößt. Im matten Mondschein kann ich seine Erektion erkennen. Ungnädig macht er sich an meinen Klamotten zu schaffen. Seine Hände sind überall. Irgendwie schafft er es, mir den Slip auszuziehen. Es ist wohl mehr als offensichtlich, dass er mich gleich vergewaltigt. Das wird jetzt echt kritisch. Soll ich das zulassen, oder mehr Schläge kassieren? Ich entscheide mich für

Schläge. Ich konzentriere mich, nehme alle meine Kraft zusammen und trete zu!

Es knallt, sein ganzer Oberkörper fliegt zu Seite, landet mit vollem Gewicht auf meinem Becken. Nein, das war nicht mein Werk. Tobias Kopf erscheint in meinem Blickfeld.

„Mann, was ist das denn jetzt wieder für eine Scheiße!" Er ist stinksauer. Mit einem Ruck zieht er mich unter dem zusammengekrümmten Körper von Stefan hervor. Dann geht es ziemlich schnell. Tobias hebt mich hoch, trägt mich zu seinem Auto, startet sofort den Wagen. Kurze Zeit später sind wir auf der Hauptstraße. An der nächsten roten Ampel stoppt er, schaut er mir prüfend ins Gesicht.

„Das sieht böse aus. Hast du deine Karte dabei?"

„Was? Welche Karte?"

„Die Krankenkassenkarte!"

„Nein. Wofür?"

„Gut, oder nicht gut. Dann holen wir die noch schnell."

„Nein, wir fahren doch jetzt nicht zum Arzt!"

„Wohl nicht, aber ins Krankenhaus."

„Nein spinnst du!"

Die Ampel wechselt auf grün. Der Wagen zieht wieder an. Ich schließe meine Augen. Meine Wunden und meine rechte Gesichtshälfte glühen. Ich merke, dass der Bereich um mein Auge anschwillt. Dennoch werde ich jetzt nicht heulen. Verzweifelt kämpfe ich gegen die Tränen, beiße mir auf die Lippe.

„Was ist mit Stefan? Wir können ihn doch nicht so einfach da liegen lassen. Vielleicht ist er verletzt."

Tobias schnaubt nur verächtlich. „Von mir aus kann er verrecken, dieser Penner."

„Ich will nach Hause."

„Das geht nicht. In diesem Zustand bleibst du nicht unbeaufsichtigt!" Er stoppt den Wagen eher abrupt. Mein Kopf kippt nach vorne. Er sieht mich ernst an. „So Mausi, du hast jetzt drei Alternativen: ins Krankenhaus, zu dir, mit der Option, dass wir deine Eltern wecken, oder zu mir! "

„Gibt es noch einen Joker", frage ich. „Das haut alles nicht hin!"

„Was ist nun?", fragt er unbeherrscht.

Verzweifelt atme ich aus. Das ist alles Mist! „Ich nehme die letzte Option", sage ich ernüchtert.

„Also zu mir. Warum nicht gleich so."

Tobias tritt auf das Gaspedal. Ich protestiere nicht. Mir geht es nicht gut. Mir ist schwindelig und alles dreht sich. Es ist ein Alptraum. Ich will meine Eltern nicht sehen, will mich nicht mit Vorwürfen berieseln lassen. Hier und jetzt will ich einfach nur noch schlafen.

„Hey, wir sind da." Tobias hebt mich ohne viele Worte aus dem Auto, trägt mich die Stufen hoch, legt mich vorsichtig in sein Bett.

Erleichtert atme ich aus. Das Bett ist wie eine Wolke, ist wie eine Erlösung. Dann werde ich geblendet. Gegen meine Erwartung macht er nicht das Licht aus, sondern gleich mehrere Leuchten an. Kritisch betrachtet er mein Gesicht. „Das wird ein schönes blaues Auge werden. Du siehst fürchterlich aus."

Er verlässt den Raum, kommt mit einem Kühlpad wieder. Ungnädig drückt er das kühle Etwas auf mein lädiertes Gesicht. Sein Blick ist böse. „Mann, dich kann man nicht eine Minute alleine lassen. Wolltest du echt noch selbst fahren?"

„Bitte jetzt nicht streiten", sage ich leise.

„Warum hast du dich mit dem Idioten überhaupt unterhalten? Und dein Aufzug heute Abend. Da musste ja so etwas passieren!" Er wettert ungehemmt weiter, redet viel zu laut.

„Bitte nicht streiten. Bitte nicht jetzt." Ich schaffe es ihm in die Augen zu sehen. Sie sind so klar, blau und stechend. Verdammt, er hat mich heute vor dem Schlimmsten bewahrt. Ich kann nur noch dankbar sein. In diesem Moment empfinde ich wieder die tiefste Liebe für ihn. Das tut fast noch mehr weh, als die Prellungen, die ich gerade erhalten habe.

Trotzdem, ich bin total angeschlagen. Ich schließe einfach meine Augen, alles verschwimmt, ich schlafe ein.

KAPITEL 8 STRESS

Ein stechender Schmerz durchzuckt mein Gesicht. Panisch reiße ich meine Augen auf. Es dauert einen Moment, bis ich mich orientieren kann. Tobi sitzt an meinem Bett. Er drückt mir irgendwas Kaltes auf meine Wunde. Er sieht ernst aus.

„Wie geht es dir?", fragt er.

„Frag lieber nicht", sage ich.

„Zeit zum Aufstehen!", fährt er fort, steht auf, öffnet mit einem Schwung die Vorhänge. Die Sonne strahlt taghell in den Raum. Das Licht ist unerträglich, blendet mich. Ich muss die Augen wieder schließen. Gleich ist er wieder an meiner Seite, schüttelt an meiner Schulter.

„Tobi, lass mich!"

„Nein. Was ist? Fahren wir jetzt ins Krankenhaus?"

„Nein!", verstört drehe ich mich weg, ziehe mir die Decke über den Kopf.

„Komm schon, du musst mit mir sprechen. Ich muss wissen, ob wir noch zum Arzt fahren müssen." Seine Stimme ist jetzt etwas sanfter. Er nimmt mir die Decke ab.

„Nein, kein Arzt, bitte nicht." Ich drehe mich wieder weg, er rollt mich zurück.

„Melanie, bitte, reiß dich zusammen!" Ich öffne also die Augen, erkenne seine Umrisse, das Zimmer. Das Bild ist etwas verschwommen, klärt sich dann aber.

„Mir geht es super, ehrlich. Kann ich jetzt nach Hause?", lüge ich.

Tobi verdreht genervt die Augen. „Ja klar, gerne. Steh einfach auf und geh zur Tür."

Seine Antwort überrascht mich. „Jetzt sofort?"

Spöttisch schaut er mich an. „Ja, wenn es dir so gut geht, schaffst du das ja locker."

Ich nicke. „Ja klar, kein Problem."

Hochkommen ist gar nicht so einfach. Ich bin gelenkig, wie ein Besenstil. Ein dröhnender Kopfschmerz beeinträchtigt meinen Gleichgewichtssinn erheblich. Überhaupt spielt mein Kreislauf nicht mit. Gequält breche ich den Versuch wieder ab. Er hat Recht, das geht nicht einmal ein bisschen. „Bitte keinen Arzt", flehe ich. Ich will da auf gar keinen Fall hin.

„Was dann?" Er baut mir mit den Kissen eine Rückenlehne. „Komm setz dich mal auf. Lass dich mal genau betrachten."

Irgendwie schaffe ich das. Sein Blick ist kritisch.

„Was ist am Arztbesuch so schlimm?"

„Ich will nicht, dass er Fragen stellt. Ich will auch keine Polizei."

„Gut, wie stellen wir sicher, dass du keine Gehirnerschütterung hast? Ist dir übel?"

„Ja schon, aber das kann auch an dem einen oder anderen Drink von gestern liegen. Ich sehe da keinen Unterschied!"
„Gut, wir machen einen Kompromiss. Ich lasse dich jetzt noch einmal liegen, und wir schauen in zwei Stunden nochmal – ok?"
„Ja, das klingt gut. Danke." Er geht wieder. Sofort falle ich wieder in den Tiefschlaf.

„Melli, komm schon." Tobias schüttelt mich ganz sanft. Ich öffne die Augen. Wieder blendet mich das Tageslicht.
„Sind zwei Stunden etwas schon um?", sage ich träge.
„Mehr als das. Es sind schon fast drei. Mir lässt das jetzt keine Ruhe. Lass uns bitte fahren."
„Nein, es geht schon – ehrlich." Das stimmt wirklich. Ich kann jetzt auf jeden Fall wieder klar sehen.
„Hier, nimm eine Tablette." Er überreicht mir eine Schmerztablette und ein Glas Wasser. Dankbar nehme ich das Angebot an. Zu gerne wäre ich schmerzbefreit.
„Kannst du mich bitte nach Hause fahren?", frage ich zurückhaltend.
„Sicher. Du bist raus, wenn du laufen kannst.", sagt er ohne echte Überzeugung. Ich probiere es wieder. Dieses Mal klappt es. Ein Teil des Alkohols hatte sich zwischenzeitlich abgebaut. Ich kann aufstehen, fühle mich zwar etwas schwindelig, aber es geht. Tobias geleitet mich ins Badezimmer.

„Ich bin gleich hier. Ruf mich, wenn etwas ist."

„Ja, danke." Ich wasche mir das Gesicht. Mein rechtes Auge ist grün, blau und stark geschwollen. Ich sehe abscheulich aus. Mein Gott, wie konnte mir das nur passieren? Was hatte ich mir dabei gedacht? Warum zum Geier habe ich mich schon wieder so derartig abgeschossen? Nüchtern hätte ich die Situation mit Stefan spielend im Griff gehabt. Ich wäre einfach weggerannt! Einen Moment lasse ich kaltes Wasser über meine Handgelenke laufen, dann öffne ich den Schrank, werfe einen Blick hinein und bin erleichtert. Gegen meine Aufforderung hatte Tobias meine Kosmetikartikel noch nicht entsorgt. Was für ein Glück. Alles steht noch an seinem Platz. Nach duschen steht mir nicht der Sinn, aber ich putze mir meine Zähne, wasche mein Gesicht, lege etwas Parfüm auf. Das hilft, langsam fange ich mich. Langsam fühle ich mich zumindest wieder als Mensch. Der Schwindel schwächt sich ab, die Kopfschmerzen ebenso. Die Wirkung der Tablette setzt allmählich ein. Den Arzt kann ich mir schenken.

„Ist alles ok?" Tobi klopft an die Tür. Scheinbar dauert ihm das alles zu lange. Er scheint sich wirklich um mich zu sorgen.

„Ja, einen Moment. Ich komme gleich." Er wartet vor der Tür und schiebt mich gleich ins Wohnzimmer. Hier liegen weitere Kühlpads, ebenso ein komplettes Frühstück mit einem Milchkaffee. Eigentlich gibt es alles, was das Herz begehrt. Artig setze ich mich hin, nehme einen Schluck Kaffee.

Er lächelt zufrieden. Ich überwinde mich, fange an zu sprechen. Das schulde ich ihm. „Ich hatte gestern Glück. Du warst zur richtigen Zeit am richtigen Ort. Danke. Das war wohl Schicksal."
Er lacht böse auf. „Das hatte nicht einmal annähernd etwas mit Schicksal zu tun. Ich bin von der Toilette gekommen, und du warst weg. Ich wollte sicherstellen, dass du nicht selbst fährst." Etwas genervt funkelt er mich an. „Mann, du bist unberechenbar. Mir ist fast das Herz stehen geblieben, als ich euch gesehen habe!"
„Womit hast du ihn ausgeknockt", frage ich vorsichtig. „Er war einfach weg?"
Er lacht laut auf. „Kickboxen. Das habe ich früher relativ exzessiv gemacht!" Verstohlen betrachte ich sein hübsches Gesicht. Es sieht nicht so aus, als ob er oft Schläge kassiert hat. Tobi grinst breit. „Ich bin darin ziemlich gut. Vielleicht habe ich auch einen Vorteil durch meine Größe. Die anderen haben deutlich mehr einkassiert als ich." Sein Blick wird weich, fast liebevoll blickt er mich an. „Ok, die Umstände sind blöd, aber ich bin froh, dass du hier bist. Ich möchte dich schon die ganze Zeit sehen. Es ist wichtig, dass wir uns aussprechen." Er küsst mich auf die Stirn, extra bemüht nicht auf meine Wunden zu treffen.
Der Kuss fühlt sich gut an. Eine tröstende Wirkung lässt sich nicht verleugnen. Ich schaue ihn unsicher an. Er schaut zurück und muss dann laut loslachen. „Himmel, Du siehst so fürchterlich aus. Erzähle bloß keinen, dass ich das war."

„Nein, warum auch."

„Wenn ich ihn nicht schon vermöbelt hätte, würde ich es jetzt tun. Ich hasse den Umstand, dass er dich geschlagen hat."

Ich muss lachen. Das hatte er voller Inbrunst, völlig überzeugt von sich gegeben.

„Ich.." Weiter komme ich nicht. Ungezwungen küsst er mich erneut. Dieses Mal auf den Mund.

Seine Berührung löst wieder alle möglichen Emotionen in mir aus. Das ist jetzt wieder zu einhundert Prozent der Mann, in den ich mich einst so unsterblich verliebt habe. Mein Liebeskummer frisst mich von innen auf, mein Herz schrumpft zu einer Rosine. Er hat sich so führsorglich um mich gekümmert, erscheint völlig besorgt und verliebt zu sein. Warum zu Geier ist er dann mit Susanna fremdgegangen? Das Ganze ist zum Verzweifeln, meine Gefühle fahren Achterbahn, als er mich immer weiter liebkost. Bevor wir uns noch näher kommen, klingelt es an der Tür. Er schaut etwas verwirrt, lässt mich los, um zu öffnen.

Ich nehme einen Schluck von meinen Kaffee. Der ist schon lecker. Diese Luxus Variante habe ich vermisst. Tja, Geld macht wohl vieles möglich. Nachdenklich beiße ich von meinem Brötchen ab. Zum Glück habe ich mir gestern nur äußere Blessuren zugezogen. Glück im Unglück nennt man das wohl.

Nun ja, das Unglück kam dann doch schneller als erwartet. Susanna betritt laut plappernd die Wohnung. Für diesen Auftritt hatte sie sich perfekt gestylt. Das American Girl gehört der Vergangenheit an. Heute hat sie sich für einen schmucken Zweiteiler entschieden. Das cremefarbige Baumwolloutfit wirkt teuer. In diesem eleganten Fummel könnte man sicherlich auch mal eben eine Rede vor dem Bundestag halten.

„Du meine Güte, was ist denn mit der passiert?"

„Sie ist gestern Abend gefallen." Tobias nimmt mir die Antwort ab.

„Gott, die war aber auch besoffen." Ihr Ton ist mehr als abwertend.

„Sie hat ihre Lektion gelernt. Was willst du hier?"

„Ich habe Brötchen für uns mitgebracht. Vielleicht machst du uns dein berühmtes Rührei dazu. Das wäre wirklich himmlisch." Sie lächelt ihn an.

„Ich habe bereits vor Stunden gefrühstückt", antwortet er.

„Geht der Trend nicht zum Zweitfrühstück?", sagt sie, lacht.

Oh Gott. Susanna und ihre dumme Art haben mir jetzt echt noch gefehlt. Ich bin jetzt so etwas von ernüchtert. Von ihrer Stimme bekomme ich eine Gänsehaut.

„Isst du da etwa ein Brötchen mit Camembert und Marmelade?", fragt sie angewidert an mich gewandt.

Ich schiebe mir den letzten Bissen in den Mund. In der Tat ist die Kombination pervers, aber ich liebe das Zusammenspiel mit süß und salzig. Kirschmarmelade und Käse passen hervorragend zusammen. Tobias hatte mir diese Variation gezaubert.

„Ich denke, mein Brot Belag ist nicht relevant", beantworte ich ihre Frage. „Ich muss los. Ihr könnt ruhig Eurer Zweitfrühstück genießen." Ich erhebe mich mühsam, ignoriere den wieder auftretenden hämmernden Kopfschmerz, das Schwindelgefühl.

„Melanie, Du solltest deinen Alkoholkonsum wirklich überdenken." Sie kann es einfach nicht lassen.

„Was du nicht sagst", antworte ich giftig.

„Ich fahre dich. Das war abgesprochen. Warte einen Moment, ich hole meinen Schlüssel", sagt Tobias, verschwindet im Schlafzimmer.

Nun sind wir beiden Frauen unter uns. Ihr engelsgleicher Ausdruck verschwindet schlagartig. Interessant, die Frau hat verschiedene Gesichter. Dieses ist nun weniger schön. Nun ist es eher die Fratze einer Drachentante. Fehlt nur noch, dass sie unkontrolliert Feuer spuckt. Aber nun ja, Worte können auch brennen, können ebenso einen erheblichen Schaden hinterlassen.

„Gestern lässt du dich hemmungslos volllaufen, heute bist du lädiert. Das ist schon eine armselige Mitleidsnummer, die du scheibst, nur um ihn zurückzugewinnen. Etwas Jämmerliches habe ich selten gesehen", sagt sie. Eine Spur von Gehässigkeit lässt sich nicht verleugnen.

„Diese Schlussfolgerung kann man ziehen, muss man aber nicht!", antworte ich platt.

„Er gehört mir! Er hat mir schon immer gehört. Was auch immer in den letzten Monaten zwischen Euch gewesen ist, hat keine Bedeutung mehr. Ich bin wieder hier! Ich lasse mir meinen Freund nicht klauen!"

Wäre ich nicht so angeschlagen, würde ich lachen. Sie ist wirklich komplett ahnungslos. Sie hat nicht einmal annähernd einen Verdacht, dass er mich zurückhaben möchte, dass er mich vor nicht einmal fünf Minuten innig geküsst hat. Wie auch immer. Ich kläre sie nicht auf und belasse sie in ihrem vermeintlichen Triumpf.

„Du kannst ihn geschenkt haben!", sage ich nüchtern, schaue mich suchend nach meiner Handtasche um, spreche dabei kontinuierlich weiter. „Ich will ihn gar nicht zurück! Unsere Liaison ist Geschichte!" Verdammt, wo habe ich das Ding gestern hingelegt? Ich habe so etwas wie einen Blackout.

„Du schauspielerst doch nur. Das kaufe ich dir nicht ab. Tobias ist wohl die beste Partie, die sich eine kleine Verkäuferin je erhoffen könnte."

„Du lebst echt auf dem Mond. Heutzutage heißt das: Modeberaterin! Verkäuferin ist so etwas von antiquiert. Das hat man letztes Jahrhundert benutzt", sage ich trocken.

Tobias betritt den Raum, schaut abwechselnd zwischen uns hin und her. „Alles in Ordnung?", fragt er skeptisch.

„Sicher, dann los", sage ich.

Gemeinsam verlassen wir die Wohnung. Ich lasse die beiden vorgehen, versuche sicher die Treppe hinunter zu kommen. Vorsichtshalber halte ich mich am Geländer fest. Langsam, Schritt für Schritt geht es voran.

Tobi spricht während der Fahrt nicht viel, wirkt komplett in Gedanken versunken. Welch Erleichterung. Schweigen ist gut! Ich will auch nicht sprechen. Bäume, bunt bepflanzte Gärten, grasende Kühe, Weiden ziehen im Sekundenakt an meinen Augen vorbei. Ich registriere keine Details, starre aber kontinuierlich die gesamten zwanzig Minuten aus dem ungetrübten Fenster.

Wie üblich ist sein Auto blitzeblank.

Keine Ahnung, wie ich das meinen Eltern beibringen soll.

Am Ziel angekommen, trägt er mir meine Handtasche zum Haus. Im Vergleich zu mir, wusste er, wo ich sie abgelegt hatte. Trotzdem regt es mich auf. Er trägt meine Handtasche! Als ob ich die nicht selbst tragen könnte, aber ich mache keine Szene. Vor dem Eingang macht er den Ansatz etwas zu sagen, wird aber von meinem Vater unterbrochen, der just in dem Moment aus der Haustür kommt. Entsetzt starrt er auf mein Gesicht.

„Was zum Teufel ist passiert?" Seine Faust spannt sich sofort. Wütend fixiert er Tobi.

„Er war das nicht, Papa. Er hat mir geholfen", sage ich schnell, um Schlimmeres zu verhindern. Tobias ist merklich verunsichert. Zweifellos könnte er sich mühelos verteidigen. Nach seinem Auftritt heute Nacht traue ich ihm diesbezüglich einiges zu. Dennoch beschließt er einen Abgang zu machen. Wie in unseren guten alten Zeiten drückt er mir flüchtig einen Kuss auf die Stirn, nickt meinem Vater zu und verschwindet zügig.

„Mein Gott, was ist mit deinem Gesicht passiert?" Mein Vater fasst mir ans Kinn, und dreht den Kopf ungnädig hin und her.

„Erzähl mir jetzt bloß nicht, dass du gefallen bist."

„Ich kann nicht. Nicht jetzt. Vielleicht später. Bitte lass mich bitte in mein Bett." Ich drängele mich an ihm vorbei.

„Meinetwegen. Später werden wir darüber reden. Da kenne ich keinen Spaß. Niemand schlägt meine Tochter – verstanden!", ruft er mir hinterher.

„Ja Papa, bis später." Ich schleiche mich die Treppe hoch. Verstohlen schaue ich mich um. Keinesfalls möchte ich auch noch meiner Mutter über den Weg laufen! Zu allem Übel lässt die Wirkung der Tablette schon wieder deutlich nach. Mein Kopfschmerz nimmt wieder zu. Verdammt!

Im Bett finde ich endlich Erlösung. Tiefer Schlaf überkommt mich. Das Gespräch mit meinem Vater fällt aus. Ich schlafe durch, bis mein Wecker klingelt.

Neuer Tag, neues Glück, oder so. Ich versuche eine positive Grundeinstellung zu verstreuen. Die meisten Beschwerden sind weg. Meine rechte Gesichtshälfte leuchtet zwar in allen Farben, aber die Schwellung ist zurückgegangen, genauso wie die Kopfschmerzen. Ich habe sogar Appetit. Auf Marmelade! Auf was denn sonst. Meine Mutter gesellt sich zu mir. Natürlich hat sie zwischenzeitlich die Ungeheuerlichkeit von meinem Vater gehört. Geheimnisse gibt es bei uns nicht.

„Melli, du bist erwachsen, trotzdem kannst du so etwas nicht mit dir machen lassen. Hat Tobias dir das angetan? Wenn dein Freund dich schlägt, hört da die Freundschaft auf. Das musst du mir versprechen." Kritisch mustert sie mein Auge. „Warst du beim Arzt?"

„Das sind jetzt viele Fragen auf einmal. Fangen wir bei Tobias an. Natürlich hat er mich nicht geschlagen. Zurzeit ist er auch nicht mein Freund. Wir haben uns getrennt. Es hat nicht funktioniert."

„Das ist schade, ich mochte ihn gerne. Das war das erste Mal seit Tom, dass du einen jungen Mann mitgebracht hast. Als Schwiegersohn wäre er passable gewesen."

„Es hat aber nicht geklappt. Außerdem muss man heutzutage nicht immer gleich heiraten. Das war früher so."

„Gut, ich hatte aber den Eindruck, dass er dich sehr gerne hat."

„Ja, andere Frauen leider auch." Ich stehe auf. „Ich will nicht darüber reden!"

„Woher stammen die Verletzungen?"

„Es war ein Betrunkener. Ich war unvernünftig, und habe ihn provoziert. Als Quittung ist er ausgerastet. Was du mir schon seit den Kindheitstagen versucht hast beizubringen, hat sich nun bewahrheitet. Man erntet immer was man sät."

„Ein Fremder? Wo?"

„In der Disko."

„Hast du das zur Anzeige gebracht?" Sie wirkt schockiert.

„Nein. Nüchtern gesehen würde er sowieso keine Strafe bekommen. Er war total voll und somit sicherlich nicht zurechnungsfähig. Lass uns bitte das Thema wechseln."

„Nun gut, oder nicht gut. Deine Entscheidung. Ich habe heute übrigens wieder einen Arzttermin. In Hannover. Ich fürchte, das zieht sich über den ganzen Vormittag. Es tut mir leid. Ich werde nicht zur Arbeit kommen."

„Ach so", sage ich gedehnt. „Kein Problem", schwindele ich. Verdammt, damit habe ich nicht gerechnet. Ich hatte wirklich gehofft, dass sie heute meinen Part übernimmt, damit ich zu Hause bleiben kann.

Gegen ihre Art kommt Barbara zu spät zum Arbeitsbeginn. Sollte ich mir Sorgen machen? Vielleicht. Mein Telefon klingelt nebenan. Ich eile zu meinem technischen Gerät. Ich hoffe inständig, dass sie nicht krank ist. In meiner Wunschvorstellung reduziere ich meine Stunden und arbeite heute nur halbtags. Nachdem meine Mutter mich schon in Stich lässt, habe ich eine gewisse Erwartungshaltung Barbara gegenüber. Weitere Hiobsbotschaften sind eher nicht willkommen.

Wie zu erwarten vernehme ich Barbaras Stimme. „Melanie, es geht mir nicht gut." Ihre Stimme ist verzerrt. „Ich habe solche Unterleibsschmerzen."

„Oh mein Gott! Warum? Was ist denn passiert?" Schlagartig bin ich wie vor den Kopf gestoßen, bin total fassungslos, meine Knie werden mir weich.

Sie weint. „Ich weiß es nicht. Verdammt, ich habe solch eine Angst, dass ich mein Baby verliere."

Ich muss schlucken. „Ich komme sofort. Leg dich hin. In zehn Minuten bin ich da."

„Nein, nicht nötig. Berndt kann mich fahren. Er ist zum Glück zu Hause. Ich wollte nur absagen."

„Alles klar. Ich halte hier die Stellung. Alles wird gut. Ich drücke euch die Daumen."

„Ja, danke."

„Meldest du dich bitte später noch einmal?"

„Ja, bis dann. Wir fahren jetzt los."

Geschockt setze ich mich auf den nächstbesten Stuhl. Ich bin wie gelähmt. Wenn es jetzt noch eine Katastrophe geben würde, müsste ich sterben. Alles wird mir zu viel. Allgemein bin ich ja nicht einmal ein bisschen gläubig, aber heute bete zu Gott! Bete, dass dem kleinen Baby nichts passiert!

Ich gebe der Versuchung, den Laden eher zu schließen, nicht nach. Eisern halte ich den ganzen Tag die Stellung. Alle Fragen nach meinen lädierten Zustand beantworte ich höflich mit der Unfall Variante. Alle kaufen mir die billige Story ab. Wäre es nicht so traurig, würde ich lachen. Der Umsatz ist heute deutlich besser als sonst. Selbst die Lebenszeitfresser zeigen Mitleid und zücken ihr Portmonee, zaubern mir damit ein Lächeln auf mein Gesicht.

Kurz vor Feierabend steht Tobias im Laden. Er sieht ernst aus. „Wie geht es dir?" Kritisch mustert er mich. Wie auch schon mein Vater zuvor, greift er mir an mein Kinn, dreht mein Gesicht leicht, damit er einen besseren Blick auf mein Auge erhascht. „Ich war schon bei dir zu Hause. Ehrlich gesagt habe ich nicht damit gerechnet, dass du heute arbeitest. Solltest du nicht pausieren?" Ich löse mich von seiner Berührung und trete zwei Schritte zurück. „Tobias, das steht jetzt nicht zur Debatte. Mit geht es gut. Was willst du?"

„Auf jeden Fall nicht streiten", antwortet er und kommt wieder näher.

„Gut, ich auch nicht", sage ich, trete weiter zurück, entziehe mich ihm. Um jeden Preis will ich ein weiteres Aufflackern irgendwelcher Zärtlichkeiten verhindern.

Etwas zögerlich fährt er fort. „Was hältst du davon, wenn du Anzeige gegen Stefan erstattest. Ich kann deine Aussage unterstützen."

Ich schüttele genervt den Kopf. „Das kommt gar nicht in Frage! Was soll der Mist?"

Er kommt näher. „Er sollte damit nicht ungestraft davonkommen." Jetzt fasst er mich wieder an. Er kann es einfach nicht lassen. Sanft streicht er mir über die Wange, spricht ganz liebevoll. „Wie konnte er dir das nur antun?"

Mein Herz blutet, aber nun endet unser Verfolgungsspielchen. Ich muss dem ein für alle Mal ein Ende setzen! Demonstrativ nehme ich seine Hand wieder weg. Ich folge meiner Intuition und greife mir an den Hals. Unvermittelt nehme ich mein Geburtstagsgeschenk ab, und drücke ihm das edle Schmuckstück in die Hand. „Ich will sie nicht mehr! Keine Ahnung, warum ich sie immer noch getragen habe."

Er ist verwirrt, schaut mich entgeistert an.

„Tobi, bitte geh." Meine Stimme bebt. Seine Nähe ist schlimm. Jede seiner Zärtlichkeiten, sei sie noch so klein, erinnern mich an

all die glücklichen Momente, die wir hatten. Gleich heule ich los. „Ich kann das nicht mehr mit uns. Das reißt mich so runter. Du bringst mich in die tiefsten Abgründe." Betont aufrecht gehe ich zur Tür und halte sie auf, spreche laut und klar. „Geh zu Susanna. Sie ist die richtige Frau für dich. Ehrlich, ihr beide verdient euch."
Tobias wirkt erschüttert. Mit solch einer Reaktion hatte er sicher nicht gerechnet. Vorerst hat er das Objekt in seiner Hand nur fassungslos angestarrt. Jetzt lässt er die Kette in seine Jackentasche gleiten, begibt sich folgsam in Richtung Ausgang. Erstaunlicher Weise gibt es keinen Widerstand. Ich war mir nicht sicher, wie er reagiert. Erleichtert atme ich auf.
„Nun gut wie du willst. Dann bis nächste Woche!", sagt er ruhig.
„Nächste Woche?", frage ich irritiert.
„Die Hochzeit! Vergessen? Wir sind beide die Trauzeugen!"
Mir rutscht das Herz in die Hose. „Ja richtig, dann bis dann."
Er geht, wirkt genknickt. Das ist sicherlich aber kein Vergleich zu meinen Gefühlen. Alles ist ein Trümmerfeld. Nie wieder wird es so wie früher sein. Nie wieder!

Ich fahre gleich zum Krankenhaus. Leute starren mich an, halten mich aufgrund meiner äußerlichen Blessuren offensichtlich ebenfalls für eine Patientin. Ich folge der roten Linie zu den Fahrstühlen, folge der Beschilderung zu der Frauenklinik, laufe durch die grauen Gänge und finde schlussendlich das richtige

Zimmer. Ich hole tief Luft, nehme all meinen Mut zusammen, klopfe an die Tür und trete ein.

Hilfe! Barbara wirkt so klein und verloren in dem riesigen Bett. Sie hängt am Tropf. „Hi Schatz, wir geht es dir? Ist mit dem Baby alles ok?" Ich versuche positiv aufzutreten.

Sie lächelt tapfer. „Ja, es geht schon. Zum Glück!"

Eine unglaubliche Erleichterung macht sich bei mir breit. Ich kann gar nicht sagen, wie froh ich jetzt bin! Ich schnappe mir den Besucherstuhl und setze mich an das Bett.

Puh! Ich muss versuchen nicht wehmütig zu werden. Diese Räumlichkeiten sind mir gut bekannt. In dieser Abteilung war ich nach meinem Unfall gelandet. Diese Scheiß Fehlgeburt verfolgt mich. Wie ich diese Zimmer hasse, diese weißen Wände, diese blöden Metallbetten und die mitleidigen Blicke der Ärzte, des Krankenhauspersonals und der Besucher.

„Es war der ganze Stress. Der Junggesellinnenabend hat mir den Rest gegeben. Es ist an der Zeit, kürzer zu treten", sagt sie ruhig, ihr Blick wirkt ernst.

„Tja, deine Zeit als heiße Diskobraut neigt sich also dem Ende." Ich muss grinsen. „War nur ein Scherz. Brauchst Du etwas? Soll ich deine Mutter benachrichtigen?"

„Nein, nicht nötig. Lass mal. Die will ich wirklich nicht sehen!"

Wir schweigen einen Moment.

„Ich werde nicht mehr zur Arbeit kommen", sagt sie ernst.

„Ja, das ist wohl unausweichlich", sage ich nach außen gefasst. Innerlich ist es der totale Schock. Ich versuche mir nichts anmerken zu lassen.

„Der Laden ist jetzt zweitrangig. Ihr geht vor. Ich kriege das hin."

„Ja, dessen bin ich mir bewusst. Natürlich schaffst du das!"

„Dein Optimismus in Gottes Ohr!", sage ich, versuche zu lächeln.

„So, und nun ruhst du dich aus. Ich komme dich morgen wieder besuchen. Hier, oder zu Hause? Wie lange musst du bleiben?"

„Melanie, was ist mit Deinem Gesicht passiert?"

„Bitte frag nicht. Wir können später reden – okay! Ich rufe Dich an."

Schließlich fahre ich total abgekämpft nach Hause. Auch dort erledige ich geflissentlich alle Stall- und Hausarbeiten, und gehe anschließend erschöpft in mein Zimmer. Regen trommelt an mein Fenster. Millionen kleiner Tropfen werden erbärmlich gegen die Scheibe geschlagen, laufen als kleine Rinnsale hinab. Das Wetter ist umgeschlagen, passt zu meiner Gemütsverfassung. Zum Glück habe ich es warm. Ich darf mich nicht selbst bemitleiden, also mache ich es mir gemütlich. Um mich aufzuheitern, drehe ich meine Lieblingsmusik auf volle Lautstärke, schenke mir ein Glas Tee ein, und lasse den Tag gemütlich ausklingen. Ja, Tee. Ich habe mir verschiedene Sorten gekauft. Heute steht Karibik auf dem Programm. Das ist so vernünftig, dass ich mich von meinen Laster

Alkohol fernhalte. Ist zum Glück einfacher als gedacht. Nach meinem letzten Absturz steht mir sowieso nicht mehr wirklich der Sinn danach.

Am übernächsten Tag in der Boutique betritt Barbara freudestrahlend ihren alten Arbeitsplatz. Offensichtlich geht er ihr wieder besser. Sie trägt einen Berg Kataloge mit sich.
„Na du fleißiges Lieschen!"
„Hi!" Es gibt ein gehauchtes Bussi rechts und links.
Gleich legt sie los. „War Mandy hier?"
„Nein, warum sollte sie."
„Schade. Ich dachte. Hier, schau mal. Diesen Berg habe ich die letzten Tage alle studiert." Sie lacht. „Wie zu erwarten, sind die Hotels im Harz zu dieser Jahreszeit unglaublich günstig. Zum Glück liegt unser Termin noch in der Vorsaison." Aufgeregt blättert sie eine Seite auf.
„Diese Lokation ist mein Favorit! Was hältst du davon?"
„Zugegeben, die Bilder sind vielversprechend. Lass mich erst einmal die Beschreibung lesen."
Tja, es sieht nicht nur gut aus, es klingt auch gut. Kleine geräumige Zimmer im Holzdesign, ein großer Festsaal, ein beheizter Außenpool, Parkplätze direkt vor dem Haus. Das Ganze gibt es zu einem erschwinglichen Preis – perfekt.
„Ja, super. Das solltet ihr nehmen. Wie lange dauert die Anreise?"

„So circa eineinhalb Stunden. Es ist nicht allzu weit entfernt."

„Hast du den Termin schon abgesegnet? Gibt es freie Kapazitäten? Das Ganze ist ja nun etwas sehr kurzfristig."

„Ja, ich habe vorhin angerufen. Sie sind frei. Die Zimmer habe ich vorsorglich schon reserviert. Auch für dich – hehe."

„Keine Sorge. Natürlich komme ich. Das ist doch keine Frage." Ich umarme sie stürmisch. „Es sind ja nur noch ein paar Tage bis dahin. Hast du alles zusammen? Ist jetzt mit dem Baby alles gut? Du wirst dir doch nicht zu viel zumuten? Oder?"

„Nein, mach dir keine Sorgen. Ich werde mich manierlich verhalten. Wie eine anständige, zukünftige Mutter, werde ich mich früh von der Feiergesellschaft verabschieden, und zu Bett gehen.

„Da bin ich skeptisch. Bei einer Hochzeitsfeier frühzeitig ins Bett gehen? Vielleicht solltet ihr lieber bis nach der Geburt warten. Bitte geh kein Risiko ein", schlage ich vor, finde meine Vorschlag äußerst vernünftig.

„Weiß nicht." Sie denkt einen Moment nach, lässt meinen Vorschlag auf sich einwirken. „Nein, und nochmals nein. Ich möchte einfach so schnell wie möglich Frau Schrader sein. Unser gemeinsames Kind wird unter seinem Nachnamen geboren!"

„Frau Schrader!", äffe ich sie nach. Beide müssen wir lachen. „Deine Eltern glänzen mit Abwesenheit? Bleibt es dabei?"

„Ja, sie haben vorerst mit mir gebrochen. Ich hätte nicht gedacht, dass sie tatsächlich so standhaft sind."

Sie sieht traurig aus.

„Ach, die kriegen sich schon wieder ein. Wenn erst einmal euer kleiner Wonneproppen auf der Welt ist, werden sie sich gar nicht mehr einkriegen vor Freude. Nennen wir das den unausweichlichen stolz wie Oskar Großelterneffekt."

Sie muss lachen. „Ja, vielleicht. Schwamm drüber." Sie steht auf, zieht sich ihren Regenmantel wieder über. „So, es gibt noch viel zu tun. Hoffentlich bessert sich das Wetter noch. Selbst die traumhafteste Bergkulisse wirkt im Regen wohl eher trostlos."

„Du hast auf Sonne oder Schnee spekuliert. Tja, November bleibt November. Da ist alles möglich."

„Na ja, egal. Wir sehen uns dann am Samstag."

„Ja, melde dich bitte, wenn ich noch was helfen soll."

Dann ist sie weg. Ich hoffe ja, dass sie sich nicht meldet. Ich weiß jetzt schon nicht mehr, wo oben und unten ist. Meine Mutter führt gerade ein Verkaufsgespräch. Der Laden läuft relativ passabel. Eigentlich ein Traum. Wären meine beiden Mitstreiterinnen noch mit im Boot, wäre das phantastisch.

So, als einsame Kriegerin hinke mit der Produktion hinterher. Leider! Es ist einfach keine Massenware und relativ kompliziert in der Herstellung. Alles sind handgefertigte Einzelstücke.

Ich lasse also die Maschine rattern, bis sie glüht, gönne mir keine Pause, arbeite wie eine Besessene, damit es irgendwie weiter geht. Leider tragen meine hektischen Bemühungen keine guten Früchte. Vieles sitzt nicht, muss wieder aufgetrennt und neu gemacht werden. Objektiv schaffe ich viel weniger als früher. Mein Stress macht mich einfach nur unproduktiv.

„Sag mal, haben wir dieses Stück vielleicht auch noch in Größe 42?" Meine Mutter lugt durch die Tür.

„Leider nein. Die Kundin kann es gerne vorbestellen. Ich brauche einige Tage. Nächste Woche könnte sie es abholen."

„Ich frage nach, einen Moment."

Sie ist weg, kommt aber nach zwei Minuten wieder.

„Ja, die Kundin möchte das so haben, und auch noch diese Bluse in Flieder - in der gleichen Größe. Kriegst Du das hin?"

„Ja klar, kein Problem. Mittwoch kann sie Beides abholen."

„Super!" Sie ist wieder weg. Tränen treten mir in die Augen. Umsatz schön und gut. Gefühlt wird mir das hier gerade zu viel. Ich schaffe das nicht unerhebliche Volumen einfach nicht mehr. Oh Gott, wie soll es nur weiter gehen?

Die restliche Woche bleibt stressig. Das Wetter ist sehr ungemütlich. Herbststürme ziehen über das Land, lassen Blätter fliegen, ganze Bäume entwurzeln. Starkregen sorgt für Überschwemmungen. Zu Hause laufe ich draußen nur noch mit

Gummistiefeln rum. Ich arbeite durch, mache Überstunden und komme nie vor 23 Uhr ins Bett. Es ist ein Albtraum. Irgendwie habe ich auch schon total abgenommen. Essen ist durch den strengen Zeitplan irgendwie nicht drin. Ich verspüre auch gar kein Hungergefühl mehr. Mein cooles Outfit für Samstag musste ich mir schon enger schneidern. Leider schlabbert es immer noch. Mir ist das jetzt aber so egal. Ich habe noch viele offene Vorbestellungen, die Vorrang haben.

KAPITEL 9 DIE HOCHZEIT

Am Samstag schließen wir etwas eher um zwölf Uhr. Das Auto ist schon gepackt, die Tiere sind versorgt, und schon sind wir unterwegs Richtung Berge. Meine Eltern wurden natürlich auch eingeladen. Mein Vater fährt. Ich schlafe nach wenigen Minuten ein, bin echt total kaputt.

„Melli, aufwachen, wir sind da!" Meine Mutter rüttelt mich an der Schulter. In der Tat, wir sind da. Gefühlt war ich nur einige Minuten weggenickt, aber wir sind tatsächlich angekommen. Wie befürchtet regnet es auch hier. Trotzdem hat sich Barbara geirrt. Die Aussicht ist selbst bei Regenwetter ein Traum: grüne Weiden, Tannen und die Berge schimmern blau in der Ferne. In unmittelbarer Nähe grast eine braun gesprenkelte, platschnasse Kuh. Idylle pur! Das wird sicherlich ein herrliches Wochenende – oder eher – es könnte ein herrliches Wochenende werden, wenn Tobi nicht da wäre. Vielleicht habe ich ja Glück, und er ist krank, oder hat kurzfristig abgesagt.

Mein Wunsch wird nicht erfüllt. Das hat er natürlich nicht getan. Wir treffen ihn gleich an der Rezeption. Im Reflex schaue ich mich suchend um, kann aber Susanna nirgends entdecken. „Hey", sage ich zurückhaltend. Er lächelt mich an.

Für diesen Anlass hat er sich richtig in Schale geworfen. Er trägt selten Anzüge, aber dieses dunkle Modell sitzt perfekt, unterstreicht seine Figur. Seine Haare hat er wieder zu einem kleinen Zopf zusammen gebunden. „Ihr seid spät dran. Gerne kann ich mit den Koffern helfen."

„Nein danke, geht schon", wimmele ich ihn ab. „Bis später!" Leider fällt meine Mutter mir in den Rücken. „Oh ja, sehr gerne." Na super. Wie kann sie nur so inkonsequent sein? Sie lächelt selig. Es ist nicht zu übersehen, dass sie sich freut, ihren ehemaligen, potentiellen Schwiegersohn zu sehen. Zu gerne würde ich sie jetzt und hier für diesen Verrat zur Schnecke machen, aber ich verkneife mir jeglichen Kommentar, und lasse die drei mit meinem Schlüssel bewaffnet hinter mir an der Rezeption zurück. In Windeseile mache ich mich fertig, ziehe mich um, schminke mich, kaschiere die letzten, blassen Spuren von meinem blauen Auge, und perfektioniere mein Äußeres. Pünktlich zwei Minuten vor Trauungsbeginn stoße ich zu der sichtlich aufgelösten Barbara. Mein schlechtes Gewissen könnte nicht größer sein. Sie steht mit ihrem Traum von einem Kleid, mit einem Schirm bewaffnet, im strömenden Regen vor der Kirche. Scheiße!

„Mann, wo warst du denn? Ich dachte schon, dass du nicht kommst!", schnauzt sie mich an.

„Ganz ruhig, ich bin ja jetzt da. Alles wird gut."

„Sitzt mein Schleier?"

„Ja, alles gut. Du bist wunderschön. Und das sage ich nicht nur, weil du meine beste Freundin bist, und es hier augenblicklich wie

unter den Niagarafällen schüttelt." Verschwörerisch zwinkere ich ihr zu. „Heute wird der schönste Tag in deinem Leben."
Ich drücke sie und schiebe sie in Richtung Tür. „Los jetzt. Sicherlich warten schon alle ganz gespannt auf die Braut."
Sie öffnet die Tür. Ja, in der Tat. Die gesamte Hochzeitsgesellschaft ist äußerst gespannt, vielleicht inzwischen auch nervös. Alle Köpfe drehen sich zeitgleich zu uns um. Barbara schreitet voran. Nun fiebert sie ihrem zukünftigen Ehemann entgegen.
Ich auch! Endlich kann ich ein Blick auf Bernd erhaschen. Ich war ziemlich gespannt auf seinen Aufzug und werde nicht enttäuscht. Er sieht vorbildlich aus. Dieses Jahr ist ein Rekordjahr. Meine dritte Hochzeit in sechs Monaten. Im Vergleich zu der letzten Feier, hat Tom ihn optisch aber übertrumpft. An Frank will ich jetzt gar nicht erst denken. Von allen Bräutigamen ist Bernd auf jeden Fall am nervösesten, ist ein reines Nervenbündel. Spontan muss ich grinsen. Er hat sich kaum unter Kontrolle. Unruhig tritt er von einem Fuß auf den anderen. Ja, so sieht Vorfreude aus. Das ist die wahre Liebe!
Je näher wir kommen, desto mehr entspannt er sich. Gegenwärtig ruhen alle Blicke auf der der Braut. Lächelt sie? Ich weiß es nicht. Im Gegensatz zu den anderen sehe ich nur ihre Kehrseite. Alle Blicke? Nein, Tobias schaut mich an. Auch als er meinen Blick bemerkt, wendet er seine Augen nicht ab. Sein Gesichtsausdruck

ist nicht definierbar. Hass, Reue, Wohlwollen, Gleichgültigkeit? Wie kann jemand nur so undurchsichtig sein?

Barbara hat ihren Traummann erreicht. Sogleich nimmt er ihre Hand, küsst sie hastig auf die Stirn. Keine Ahnung, ob das jetzt erlaubt war, aber er strahlt über das ganze Gesicht. Tobi der alte Kuppler betrachtet nun auch das Paar. Auch er lächelt jetzt. Womöglich lächelt augenblicklich der ganz Saal! Es lässt sich kaum beschreiben, oder verstehen, warum es mit einem Mal so schön ist. Es gibt keine Sänger, die Musik kommt vom Band. Alles ist irgendwie improvisiert, wenig festlich geschmückt, einfach auf dem billigsten Level. Dennoch, als er ihre Hand ergriffen hat, seine Lippen ihre Haut berührten, ist der Zauber dieser Liebe auf die ganze Gesellschaft übergesprungen. Jeder wird davon angesteckt!

Nach der Zeremonie geht es direkt in den Festsaal. Unter diesen Wetter Begebenheiten ist ein Aufenthalt im Freien leider nicht möglich. Nun sitze ich hier am Tisch, direkt neben dem frischvermählten Paar. Tobias sitzt neben Bernd. Der erste Eindruck hat nicht getäuscht. Er ist tatsächlich ohne Begleitung aufgetaucht. Susanna wurde womöglich aus Rücksicht auf meine Person nicht eingeladen. Dennoch geht es mir nicht besonders gut.

Hatte ich erwartet, dass ich ihn einfach ignorieren kann, macht sich etwas in mir selbstständig. Mein Körper ist sich Tobias

Anwesenheit komplett bewusst. Die romantische Stimmung macht es nicht besser. Herzrasen, feuchte Hände quälen mich. Zu gerne würde ich ihn zumindest anschauen. Zu gerne wüsste ich, ob er mich noch begehrt. Diesem Verlangen kann ich aber nicht nachgeben. Er hat mich betrogen - und nicht nur mich. Er ist ein Wiederholungstäter, ein notorischer Fremdgänger. Eine Beziehung mit ihm hat keine Zukunft. Irgendwo ist der passende Deckel für meinen Topf. Es ist definitiv an der Zeit, den Absprung zu schaffen.

„War ein wenig öde - oder?"

„Nein, mir hat es gefallen! Was hattest du denn erwartet?", antworte ich.

Mandy hat sich zu mir gesetzt, macht ein überhebliches Gesicht. In ihrem weißen Kleid sieht sie fast selbst aus, wie eine Braut. Was hat sie sich bei diesem Dress nur gedacht?

„Was ich erwartet habe? Etwas Luxus. Das hier ist doch lächerlich! Ist das etwa der Traumprinz von der 5MK? Ist das wirklich alles?"

„Lass stecken. Das zählt nicht mehr. Siehst du nicht, wie glücklich sie sind?"

„Glücklich, dass ich nicht lache!", sagt sie bissig.

„Ehrlich, so einen Mist höre ich mir nicht an!" Ich wende mich ab, stehe auf und gehe noch einmal auf die Toilette. Traurig, wie sich meine Freundin verändert hat. Ihre Verbitterung steht ihr nicht. Ich erkenne sie gar nicht wieder.

Als ich den Saal wieder betrete, ist das Buffet schon eröffnet. Artig reihe ich mich in die wartende Schlange ein, entscheide mich letztendlich spontan nur für einen Salat. Der deftige, gutbürgerliche Kartoffelsalat schmeckt ausgezeichnet. Leider wird mir bereits nach einigen Bissen schlecht, also stelle ich meinen eh schon kaum gefüllten Teller halbvoll wieder weg. Ich habe in letzter Zeit einfach zu wenig gegessen. Die Kohlenhydrate, die fette Majonäse. Mehr geht wirklich nicht! Scheinbar ist mein Magen schon geschrumpft.

Alle anderen können gar nicht genug davon bekommen, sich etwas aus der herzhaften Auswahl zu holen. Alle anderen zumindest schaufeln fröhlich die leckeren Gerichte in sich hinein. Ich erlaube mir den Spaß, eine konkrete Telleranalyse durchzuführen. Essen Dicke wirklich mehr als Dünne? Wird dieses wohlgeformte Weibsstück hinten in der Ecke sich auch noch ein drittes Mal Nachschub holen? Mist, Tobias hat mich beobachtet. Auch er führt so etwas wie eine Telleranalyse durch. Allerdings bei mir. Dieses Mal ist sein Gesichtsausdruck einfach zu deuten. Jetzt wirkt er besorgt bis verärgert. „Wartest du auf den Nachtisch? Willst du dich heute wieder nur von Kuchen ernähren?", fragt er genervt

„Meine Eltern sind hier. Eine weitere Aufsichtsperson wird wohl nicht nötig sein!", sage ich, wimmele ihn ab, stehe von meinem

Platz auf, beschließe spontan, mir etwas die Füße zu vertreten, zumindest so lange, wie alle noch mit dem Buffet beschäftigt sind.

Oh Wunder! Der Regen hat aufgehört. Klasse! Im Eingangsbereich werde ich positiv überrascht. Welch einmalige Gelegenheit, noch vor Einbruch der Dunkelheit, diese herrliche Gegend zu erkunden. Wer weiß, wann ich das nächste Mal ins Gebirge fahren werde. Unbemerkt verlasse ich das Gebäude. Es wird sogar noch besser. Langsam kämpft sich die Sonne an einigen Stellen durch die aufgeplusterten Wolken. Wie cool! Sonne! Ich habe schon fast vergessen, wie sich das anfühlt. Ich folge der Beschilderung zum Pool. Der liegt gleich etwas versteckt oberhalb vom Hotel. Eine schmale Steintreppe führt hinauf. Angekommen ist die Aussicht der Hammer. Der mühselige Aufstieg hat sich wirklich gelohnt. Vom Wasser aus kann man in das herrliche Tal schauen. Vorsichtig teste ich das Wasser mit meiner Hand. Wie im Prospekt beschrieben ist es beheizt und bullig warm. Es gibt sogar eine Sauna und eine Umkleidekabine.

Eine Windbö benetzt mein Gesicht mit einem kalten, feuchten Tau. Dennoch gehe ich noch ein Stück weiter. Hier lädt ein kleiner Wanderweg zum Spaziergang ein. Nach einigen hundert Metern erreiche ich eine Kuhweide. Ich mag Kühe. Ein Exemplar beobachtet mich. Warum auch immer findet sie mich hochinteressant. Spontan versuche ich sie zu mir zu locken.

Niedlich. Sie denkt ernsthaft darüber nach. Man sieht ihre drei Gehirnzellen förmlich rattern. Sie setzt sich in Bewegung, dann aber findet etwas anderes ihre Aufmerksamkeit. Schade! Ein Wanderer nähert sich schnellen Schrittes. Er legt wirklich ein beachtliches Tempo hervor. Die Kuh fängt wieder an, zu grasen. Der Wanderer zieht an mir vorbei. Vorsichtshalber hatte er seinen olivgrünen Hut tief in sein Gesicht gezogen. Dennoch habe ich ihn sofort erkannt. Ihn würde ich unter tausenden Leuten erkennen. Alle Alarmstufen läuten auf Rot. Dunkelrot!

„Frank! Was zum Teufel machst du hier?"

Oh Gott Frank. Alte Bilder tauchen auf. Er ist der Exfreund von Barbara. Die Geschichte endete sehr unschön. Er ist ein verkappter Sadist, oder so etwas in der Art. Gut getarnt als wohlhabender Geschäftsmann, macht er sich junge Frauen zu Willen. Bei Barbara ist er gescheitert. Zum Glück. Unsere Rache war süß. Dennoch ist der Typ krank!

Er stockt, bleibt stehen. Dann dreht er sich langsam um. Sein Blick wirkt kalt. „Wonach sieht es denn aus? Ich wandere!"

„Erzähl keinen Scheiß. Das kaufe ich dir nicht ab!"

„Wirklich nicht?", fragt er böse. „Warum sollte dich und mich nicht der Zufall in die gleiche Gegend verschlagen?"

„Du meinst wohl: dich, mich und Barbara! Was willst du hier? Willst du ihr jetzt ernsthaft die Hochzeit versauen?"

„Barbara ist auch in der Gegend? Sie heiratet? Schon wieder?", fragt er unschuldig. „Weiß sie denn eigentlich, wie das geht? Ich bin mir nicht sicher. Da muss man auch Fragen beantworten! Da muss man ein Fünkchen Verstand besitzen!"

„Tu doch nicht so!", antworte ich grantig.

„Sag mal, bist du eigentlich naturblond?"

„Was soll die Frage?", frage ich irritiert.

„Keine Ahnung, aber ich glaube du bist die dümmste Person, der ich je begegnet bin. Nun vergeude nicht weiter meine Zeit!"

Hammer, diese Beleidigung hatte gesessen. Dieses verbale Duell hatte er gewonnen. Vorerst bin ich sprachlos, aber nicht blind. Er setzt seinen Weg fort. „Warum bist du so dreckig? Ist das arme kleine, ungeschickte Kerlchen auf dem glitschigen Weg ausgerutscht? Dann war Deine sicherlich überteuerte Ausrüstung wohl doch nicht so effektiv. Das tut mir aber leid!", rufe ich ihm hinterher.

Er antwortet nicht. Ich kann mir aber vorstellen, dass ich ihn zumindest etwas verärgert habe. Wenigsten etwas!

„Mensch Melanie, wo warst du denn die ganze Zeit. Ich habe dich schon gesucht. Gleich kommt der Eröffnungstanz." Zurück am Tisch werde ich gleich von Barbara angepflaumt. Ihr Blick wird flehentlich. „Bitte versau mir heute nicht den Tag! Bitte halte Dich mit Alkohol zurück. Bitte heute kein Drama!"

Genervt schüttele ich den Kopf. Bis jetzt habe ich mich gut geschlagen. Für meine Verhältnisse bin ich total nüchtern. Spontan drücke ich sie ganz fest. „Nein, kein Drama. Keine Sorge. Es wird dein schönster Tag!"

Meiner nicht! Verdammt, das hatte ich total vergessen, oder verdrängt. Es gibt einen Eröffnungstanz, den ich mit Tobias absolvieren muss. Dazu habe ich jetzt überhaupt keine Lust.

Alle stehen auf. Er streckt mir einladend seine Hand entgegen. Na toll. Keine Minute später stehen wir also mitten auf der Tanzfläche. Die restliche Gesellschaft hat einen Kreis um uns gebildet. Sie strahlen und klatschen. Die Musik beginnt.

Wiener Walzer fällt mir leicht. Natürlich ist Tobias ein begnadeter Tänzer. Sicherlich hat er mehr als nur einen Kurs absolviert. Vielleicht ist er auch ein Naturtalent? Keine Ahnung! Wer kann das schon sagen? Er führt, schaukelt mich leicht hin und her. Wie spielerisch drehen wir uns im Kreis. Soweit so gut.

Es könnte so einfach sein. Ich könnte über den Dingen stehen. Ich könnte das einfach wegstecken. Real macht es mich wahnsinnig, dass er meine Haut berührt. den Arm um meine Taille legt, diese leicht aber bestimmt umschließt. Ich rieche ihn, spüre ihn, schmecke förmlich unseren letzten Kuss auf den Lippen. Alles in mir schreit förmlich nach mehr. Puh! Das ist für mich kaum auszuhalten! Insgeheim wünsche ich mich an einen andere Ort, ein anderes Jahrhundert, ein anderes Universum. Am liebsten will ich irgendwo hin, wo es keine Kerle gibt, keinen Kummer.

„Wie geht es dir?", fragt er betont harmlos.

„Gut", sage ich, versuche mich von seinem Zauber nicht einfangen zu lassen.

„Ich habe Dich vermisst", fährt er fort. Wie schon so oft zieht er die alte, erfolgsversprechende Masche durch. Sanft streichen seine Fingerspitzen über die Innenfläche meiner Hand. Diese Berührung ist so zärtlich, kitzelt, reicht schon, um mich komplett erschauern zu lassen.

„Du bist heute wunderschön, aber etwas schweigsam."

Mürrisch schaue ich ihn an. „Ich will nicht reden. Überhaupt, diese „du bist so schön" Masche kannst du dir sparen. Das ist etwas abgegriffen. Findest du nicht?"

„Du könntest wenigstens versuchen, nett zu sein!", sagt er, wirkt enttäuscht, macht eine kleine Pause, redet dann weiter. „Ich erinnere mich noch gerne an den Tag von Bernds Antrag. Damals waren wir ziemlich glücklich. Damals war unsere Welt noch in Ordnung. An meinen Gefühlen für dich hat sich bis heute nichts geändert", sagt er ruhig, leitet die nächste Drehung ein.

Seine Worte sind taktisch klug gewählt. Erinnere Dich an gute Zeiten. Er ist und bleibt ein berechnender Arsch! Dieses Mal kommt er nicht damit durch.

„Du hast mich betrogen!", sage ich ernst.

Diese Wendung in unserem Gespräch ist ihm nicht geheuer. Mit einem Mal wirkt er angespannt, seine Finger verkrampfen sich.

„Darüber würde ich gerne mit dir sprechen. Vielleicht nimmst du dir die Zeit dafür, vielleicht jetzt?"

Tobias versteht überhaupt nichts!

„Der andere Betrug! Das Video!" Böse funkele ich ihn an. „Du hast dich nicht an dein beschissenes Versprechen gehalten!"

Er versucht seine Fassung nicht zu verlieren, versucht ruhig zu bleiben. „Ja, das war ein Fehler" Er lächelt gequält. „Ich habe es gelöscht. Keine Ahnung, was mich geritten hat. Du kannst gerne mein Handy überprüfen. Da ist nichts. Es tut mir leid!"

Ich nicke. „Ja, mir auch, ehrlich!"

Seine Stirn zieht sich in kleine fragende Falten, also fahre ich fort.

„Kennst du das Gefühl, dass man etwas macht, weil die gesellschaftlichen Normen das von einem erwarten? Man macht Sachen, die man hasst, nur damit niemand enttäuscht ist."

„Redest du jetzt von diesem Tanz?" Seine Augen verengen sich, seine Augenbrauen ziehen sich zusammen.

„Ja genau. Dieser Scheiß Tanz. Ich weiß gar nicht warum ich das mache. Ich hasse dich."

„Du hasst mich`", fragt er zweifelnd.

„Ja, ich hasse dich. Jede Faser meines Körpers hasst dich! Das ist doch echt zu blöd."

„Fort Knox steht also wieder in seiner ganzen Pracht!", sagt er trocken.

„Hör auf mit diesem Psycho Gelaber. Es gibt kein Fort Knox!"

Wir befinden uns gerade am Rand der Tanzfläche. Die Gelegenheit ist günstig. Ich winde mich mit einer gekonnten Drehung aus seiner Umarmung. Aus einem Impuls heraus, lasse ihn einfach stehen, und setze mich wieder an den Tisch. Tobias kommt schnurstracks hinterher. Natürlich kommt er hinterher! Seine Augen funkeln böse. Mit einem Fingerzeig gewähre ich ihm Abstand. Etwas verwirrt bleibt er stehen.

„Ich will, dass du mich nicht mehr ansprichst, und nie wieder in meine Nähe kommst." Nun bin ich es, die ihn eiskalt abblitzen lässt. „Wunsch drei ist noch offen! Das ist mein Wunsch! Dich nie wieder zu sehen, oder zu sprechen!"

Ich sage das langsam, gefasst, betone jedes Wort!

Völlig fassungslos starrt er mich an. Gegen meine Erwartung fängt er aber keinen Streit an. Er besinnt sich einen Moment.

„Du hast dir den Wunsch für einen besonderen Moment aufgehoben. Das ist der jetzt? Bist du sicher?"

Ich halte seinen Blick stand. „Ja, genau. Das ist mein größter Wunsch! Wirklich der allergrößte!"

„Gut, deine Entscheidung!", sagt er, wendet sich von mir ab, fordert kurzerhand, ohne zu zögern, seine Tischnachbarin auf. Sie ist wohl eine Kusine von Berndt und hocherfreut.

Nun drehen sie ihre Kreise. Die Kusine lacht die ganze Zeit. Ja, Tobi beherrscht sich und den Tanz gut. Natürlich ist mein Ex überaus amüsant. Sowieso ist es kaum zu glauben, aber er erscheint durch unser kurzes Streitgespräch komplett unbeeindruckt zu sein. Meine Ablehnung macht ihm nichts aus. Im Gegenteil, die beiden lachen, sind ein schönes Paar.
Es stellt sich die Frage, warum er nicht mit Susanna gekommen ist. Nimmt er tatsächlich Rücksicht auf meine Gefühle? Wie auch immer. Die nächste wartet schon. Mandy klatscht ab, wirft ihre blonden, seidigen Haare provokativ nach hinten, grinst verführerisch. Puh, da hätte ich die Uhr nach stellen können. Das war irgendwie vorhersehbar.
Längst vergessene Bilder tauchen in meinem Innern auf. Mandy in ihrem schrecklichen, rosa Bademantel, glücklich, verliebt. Tobias, wie er sie in seine Arme zieht. Oh Gott, was für ein Albtraum. Mir wird das jetzt zu viel. Mal wieder! Ich muss mich dringend ablenken. Hier und jetzt will ich nicht weiter grübeln. Wie hat er es wieder geschafft? Wie hat er den Spieß umgedreht? Meine Eifersucht frisst mich von innen auf. Es ist unerträglich, die beiden zusammen zu sehen. Zu sehen, wie er jetzt ihre Taille umfasst, sie ihm etwas ins Ohr flüstert, sich seine Mundwinkel daraufhin amüsiert nach oben verziehen.

Nun gut. Meine Entscheidung war vernünftig. Absolut notwendig! Ein Selbstschutz. Ich muss ihn ziehen lassen, ob es mir gefällt, oder nicht. Nichtsdestotrotz muss ich einen Weg finden, um mich hier und jetzt irgendwie abzulenken. Essen geht nicht, trinken schon. Ich nehme einen großen Schluck Wein, belasse die Flüssigkeit einen Moment in meinem Mund, lasse das Aroma auf mich einwirken. Er schmeckt herrlich. Herb, mit einer fruchtigen Note. Ich bin zwar kein Kenner, aber das Gesöff lässt sich aushalten.

Jemand tickt mir auf die Schulter. Überrascht drehe ich mich um.

„Na, wenn das nicht die kleine Melanie ist!"

Fröhlich werde ich gedrückt.

„Hey, was für eine Überraschung. Seit wann bist du hier?"

„Ich bin gerade erst gekommen. Leider gab es ein Malheur. Fatal, aber habe ich meinen Flieger verpasst, somit auch die Zeremonie."

„Wie nicht anders zu erwarten, hast du deinen Flieger verpasst! Und somit die Zeremonie!", sage ich, muss lachen.

„Du warst damals zu frech. Du bist heute zu frech. Dein große Klappe hat sich also nicht gebessert!", sagt er, lacht auch.

Barbaras älterer Bruder. Der Teufelskerl. Ich wusste nicht, dass er kommen würde. Man kann ihn getrost als das schwarze Schaf der Familie bezeichnen. Er studiert seit Jahren in Paris. Vielleicht falsch formuliert. Seit Jahren ist er an der Uni in Paris immatrikuliert. In der Regel bleibt sein Stuhl dort frei. Als eingefleischter Langzeitstudent, ohne Motivation seinen Abschluss jemals zu machen, fließt die Kohle seiner Eltern monatlich auf sein Konto. Warum sollte er sich beeilen? Alles was nach dem Studium kommt, kann nur in mehr Stress ausarten. Immerhin läuft es privat. Vor kurzem hat er sich angeblich mit einer faszinierenden Französin verlobt.

„Wenigstens ein Familienmitglied glänzt mit Anwesenheit. Ich finde es unverzeihlich, dass eure Eltern diese Feier boykottiert haben."

Er grinst verschmitzt. „So ein unverhältnismäßiges Leben hätte ich Barbara gar nicht zugetraut. Respekt. So wird mein Erbteil auf jeden Fall größer ausfallen." Er lacht.

„Scherzkeks. Bis dahin fließt noch viel Wasser den Bach hinunter. Das renkt sich wieder ein. Du wirst sehen. Barbara hat den Baby Bonus."

„Interessant! Den Baby Bonus." Er grinst. „Egal, so ein kleines Scheißerchen kriege ich auch noch hin. Vielleicht möchtest du ein Baby mit mir?"

„Vergiss es!", sage ich gespielt empört.

„Du hast dich verändert. Was ist mit dem kleinen Mauerblümchen passiert`"

„Mauerblümchen?", frage ich betont pikiert.

„Die unscheinbare Ente hat sich also zum wunderschönen Schwan entwickelt."

„Eine Ente? Das wird ja immer schlimmer!"

Er lacht wieder. „War nur ein Scherz. Dir ist wohl bewusst, dass du die schönste Frau hier im ganzen Saal bist! Hast Du schon einmal daran gedacht zu modeln?"

„Du bist der Schmeichler vor dem Herrn. Was ist mit der Braut?"

„Mit dem Bauch? Hast du den Bauch gesehen?" Er ahmt die Bewegung eines Elefanten nach.

Ich knuffe ihn in die Seite. „Du bist unverschämt!"

„Das ist meine Schwester. Ich darf das! Tanzen?"

„Ja, warum nicht."

Er zieht mich mit sich zur Tanzfläche. Wir reihen uns unter den anderen tanzenden ein. Seine Anwesenheit ist angenehm. Kevin ist wirklich charmant, attraktiv und unterhaltsam, aber leider unsportlich. Jede zweite Runde trampelt er mir auf meinen Fuß. Es ist unerträglich. „Aua!"

„Stell Dich nicht an!", sagt er trocken, prustet dann los.

Ja, in der Tat. Es wird lustig. Das Schicksal meint es gut mit mir. Der Abend hat sich doch noch viel besser entwickelt, als erwartet. Tobias ist vorerst vergessen. Wir haben richtig Spaß und einige Drinks. Er ist ganz schön trinkfest. Ich ja inzwischen auch. Tobi würdigt mich keines Blickes mehr. Dafür bekommt sein Aufriss umso mehr Aufmerksamkeit. Er flirtet ungehemmt, schenkt

Mandy ein Lächeln, hat diesen gewissen flammenden Ausdruck in seinen Augen. Allen Anschein nach, macht er sie derzeit für eine heiße Nummer klar. Sie wird auf jeden Fall mit ihm gehen. Sie hängt förmlich an seinen Lippen, lacht zu laut, berührt ihn bei jeder Gelegenheit.

Mein Tanzpartner hat zum Glück eine Freundin, ich muss nicht mit Annäherungsversuchen rechnen. Er ist einfach nur ein Freund – dachte ich…

Nach der Mitternachtssuppe beschließe ich die Feier zu verlassen. Die Stimmung ist ganz nett, aber ich wäre lieber allein. Sowieso habe ich schon wieder ganz schön einen im Kahn. Wenn ich mich jetzt zurückziehe, habe ich mein Versprechen Barbara gegenüber erfüllt. Morgen kann ich den Vormittag sinnvoll ausnutzen. Zu gerne würde ich etwas in den Bergen wandern gehen, oder so. Die Rückfahrt ist erst für zwölf Uhr angedacht.

Barbara und Berndt haben sich auf die Tanzfläche begeben. Verliebt haben sie die Arme umeinander gelegt. Scheinbar reden sie. Zwischendurch grinst einer von beiden, dann küssen sie sich. Wollte man Glück definieren, müsste es wohl so aussehen. Meine Eltern tanzen auch. Die beiden Paare haben ihre Umwelt komplett ausgeschaltet. Offensichtlich wird mich niemand vermissen. Einerseits gut, andererseits schlecht. Eine gewisse

Einsamkeit macht sich in meinem Innern breit, kriecht in jede Zelle, in jede Pore.

„Hör zu, ich gehe jetzt schlafen. Mir reicht's."

„Das kannst du nicht bringen. Hast du mal auf die Uhr geschaut?" Kevin wirkt enttäuscht.

„Ja, es ist traurig aber wahr. Erschieße mich, wenn du willst, aber ich bin wie tot. Ich habe schon den halben Tag gearbeitet. Ich bin einfach nur noch müde."

„In Ordnung, das kann ich verstehen. Ich würde lügen, wenn ich jetzt sagen würde, dass mir das gefällt, aber ich bringe dich jetzt wie ein vollendeter Gentlemen zu deinem Zimmer."

Gleichgültig zucke ich mit den Schultern. Das ist mir egal.

„Ja, von mir aus." Wir marschieren los.

„Vielen Dank für Alles. Na dann, gute Nacht!" Ich gebe ihm einen freundschaftlichen Kuss auf die Wange, schließe meine Tür auf, betrete das Zimmer.

Finger umschließen meinen Arm, seine Lippen pressen sich von hinten auf meinen Hals. „He, was soll das?" Erschrocken drehe ich mich um. Als Konsequenz habe ich seine Lippen jetzt in meinem Gesicht hängen. Seine Hände wandern fahrig über meine Statur. Sofort stoße ich ihn weg.

„Hör auf. Was ist mit deiner Verlobten?"

„Welche Verlobte?" Er lacht, macht einfach weiter, versucht mir ungehalten das Kleid auszuziehen. Hilfe! Was für ein Überfall. Ich darf jetzt keinen Fehler machen. Keinesfalls werde ich ihn reizen. Heute will ich keine Schläge kassieren. Heute nicht! Sicherlich lässt sich das auch anders lösen.

„Ach Mensch, ich habe meine Handtasche im Festsaal liegen gelassen." Ich tue ganz entsetzt. Er schaut ganz verdattert, stoppt seine unbeholfenen Zärtlichkeiten. Die Problematik scheint ihm einleuchtend zu sein. Handtaschen sind für Frauen wichtig! Ich lächele ganz verführerisch. „Mach es dir doch schon einmal bequem, du sexy Tiger! Ich hole sie schnell!" Ich schiebe ihn in Richtung Bett, drehe mich um und verlasse fluchtartig das Zimmer. „Bis gleich!", rufe ich noch.

Das ist noch einmal gut gegangen. Mein Gott, ist dieser Typ hohl. Ich muss lachen. Ich bin ja auch betrunken, aber noch Herrin meiner Sinne. Da kann er jetzt lange warten. Zu diesem Stelldichein wird es niemals kommen! Unschlüssig gehe ich zur Gesellschaft zurück. Im Saal schaue ich mich ratlos um. Leider kann ich weder meine Eltern noch Barbara oder Bernd entdecken. Selbst Tobias ist verschwunden, aber ohne seinen Aufriss. Mandy sitzt enttäuscht am Hochzeitstisch. Dreist hat sie Barbaras Platz eingenommen. Der fehlende Gesprächspartner wurde durch eine halbvolle Flasche Wodka ersetzt. Ganz offensichtlich haut sie sich das Zeug pur rein. Bäh! Das ist widerlich.

Soll ich sie trösten, obwohl ich selbst keinen Trost finde? Sie aufheitern, wo ich selbst in der Krise stecke? Eher nicht. Sie blickt auf. Ihr Blick ist glasig. Spontan gehe ich zu ihr rüber. Ohne weitere Worte nehme ich ihr die Flasche ab. Sie greift danach, ist aber in der Bewegung schon träge, total unkoordiniert. Ihr Kopf neigt sich nach vorne. Benommen legt sie ihn auf den Tisch, schließt die Augen, bleibt einfach so sitzen. Für sie ist die Party vorbei! Für mich noch nicht. Gezwungener Maßen! Auf mein Zimmer kann ich leider noch nicht zurück.

Der Kellner registriert meinen suchenden Blick, zwinkert mir schelmisch zu. Genervt wende ich mich ab. Eine erneute Männerbekanntschaft kommt nicht in Frage. Einer Eingebung zufolge schnappe ich mir eine beliebige Flasche Wein. Ich werde es mir ungestört draußen am Pool bequem machen!

Die Aussicht ist herrlich. Übertrifft meine Erwartungen bei weitem! Abends ist der Anblick noch viel schöner als morgens. Die Lichter vom Hotel spiegeln sich zwischen den Tannen auf dem blau beleuchteten Wasser. Einige Laternen und Fackeln sorgen für zusätzliches Licht. Ich setze mich in einen für die Gäste vorgesehenen Liegestuhl. Hier bin ich nun alleine. Die Stille ist angenehm. Dann und wann hört man in der Ferne jemanden lachen, oder eine Kuhglocke klingeln. Ich nehme einen Schluck aus der Pulle.

Trotz der wärmenden Wirkung des Alkohols wird mich schnell kalt. Eiskalt sogar. Natürlich. Es ist November. Als Alternative bietet sich das beheizte Schwimmbecken an. Das Wasser glitzert einladend, ruft mich förmlich, ist zweifelsohne viel wärmer als die Außenluft. Spontanität war ja schon immer meine Stärke. Ich entledige mich von meinem eleganten Fummel, und springe in Unterwäsche in das warme Nass. Das Gefühl ist herrlich. Das Wasser umspült meinen Körper. Badewannen Feeling pur!

Ich drehe einige Runden, genieße jeden Moment. Es ist schändlich. Durch die ganze Arbeit, den vollen Terminplan war ich letztes Jahr nicht einmal im Freibad. Das Vergnügen dauert bedauerlicherweise nicht lange. Frustriert vernehme ich eilige Schritte auf der Treppe. Scheinbar dürstet es noch eine weitere Person nach diesem Vergnügen. Wer könnte das sein? So spät? Hilfe! Wer könnte das sein? Etwas Frank? Den habe ich in dem ganzen Gefühlschaos total vergessen! Wie konnte ich nur? Der Psycho könnte hier mit mir alles machen. Schleunigst schwimme ich an das andere Ende vom Rand und erwarte nervös den Besucher. Mein Herz schlägt mir bis zum Hals. Fünf, vier, drei, zwei, eins. Die Gestalt hat das Terrain betreten.

Nein, es ist nicht Frank. Scheinbar hat Tobias mich gesucht und gefunden.

„Geh weg! Ich will alleine sein", schreie ich ungehalten.

„Nein!"

„Mann, hau jetzt ab!"

„Nein!"

„Du hast es mir versprochen!"

Mit einer fließenden Bewegung entledigt er sich von einem Großteil seiner Klamotten. Nur mit Shorts bekleidet, springt er mit einem eleganten Köpper in das Wasser. Die Strecke taucht er gleich zu mir durch. Erschrocken weiche ich zurück.

„Ich habe den letzten Wunsch eingelöst. Du musst dich daran halten!", sage ich enttäuscht.

„Scheiß auf den Gutschein! Du wirst dich mit mir auseinander setzen!" Verdammt ist er gereizt.

„Warum kannst du nicht einfach aufhören, und mich in Ruhe lassen? Warum?" In meiner Verzweiflung fange ich an ihn zu schubsen.

„Melanie, reize mich nicht!" Es ist eine Drohung.

„Du kannst ja abhauen. Ich habe dich nicht gerufen." Ich schlage ihn auf die Brust, dann schlage ich in sein Gesicht. Es hat sich so aufgestaut. Nein, ich will sein Gesicht schlagen, aber er weicht meiner Handgreiflichkeit geschickt aus. Als ich wieder aushole, drückt er mich unsanft unter die Wasseroberfläche.

Damit habe ich nicht gerechnet. Es ist wie ein Schock. Als ich wieder auftauche, hatte ich etwas von dem ekligen Chlorwasser geschluckt. Ich muss husten.

„Melanie! Das war eine Form von Selbstverteidigung. Lass es! Ich lasse mich nicht schlagen! Nicht von dir und auch von sonst niemanden!

Seine überhebliche Art steigert meine Wut noch mehr. „Du bist so ein Scheißtyp!" Rache ist Blutwurst. Ich stürze mich auf ihn, hänge wie eine Klette an seinem Hals, versuche mich hektisch für seine Untat zu revanchieren. Vielleicht würge ich ihn auch, keine Ahnung. Der Versuch schlägt fehl. Sein Abwehrmodus funktioniert einwandfrei. Auch dieses Mal lande ich wieder unter Wasser. Dieses Mal länger! Es ist sehr unangenehm.

„Ich hasse Dich!", nun bin ich nur noch hysterisch, nehme wieder Anlauf, aber er lacht nur: „Sehr gut. Lass es raus."

Es ist, als ob ein Zwerg gegen Goliath kämpft. Ich verliere. Wieder und wieder drückt er mich runter. Ich bin so etwas von chancenlos, gebe schließlich entkräftet auf.

Das Wasser ist warm, umspült unsere Körper. Der Hüne hat mich fest im Klammergriff, sorgt dafür, dass ich in seinem Armen verbleibe, dass mein Kopf an seiner Brust liegt. Ich bin ausgepowert. Seit Ewigkeiten habe ich keinen Sport mehr getrieben, mich ungenügend ernährt. Ich bin platt, meine Atmung geht heftig. Wir stehen Haut an Haut. Unaufhörlich spüre ich seinen Herzschlag, seinen Puls.

Seine Nähe ist schlimm. Es ist ein Gefühl, als müsste ich sterben, als würde ich alles verlieren. Unweigerlich laufen mir Tränen die Wangen herunter. Nicht aus Angst vor seinem Körper, sondern vor der Qual ihn später wieder zu verlieren. „Tobi, bitte nicht!"
„Ich will dir nicht wehtun. Das wollte ich noch nie." Seine Stimme ist jetzt butterweich und liebevoll. Er streichelt meinen Rücken, küsst meine Haare. So stehen wir einen Moment.

Wäre seine Brust nicht schon vorher nass gewesen, wäre sie jetzt komplett durchweicht. Es ist schwer, von diesem Trip wieder runter zu kommen. Mein Körper zuckt. Inzwischen heule ich wie ein Schloss Hund. Plötzlich hebt er mich hoch. Er trägt mich aus dem Pool, hinaus in die Kälte, dann kurze Zeit später liege ich auf einer warmen Bank in der Sauna. „Bleib bitte liegen!" Er holt uns zwei Bademäntel, die im Vorraum ausliegen, deckt mich damit zu. Nun sitzt er direkt hinter mir, hat mich erneut fest in seine Arme gezogen. Allmählich gewöhne ich mich an seine Nähe. Langsam beruhige ich mich wieder.

„Hör zu, ich will dich nicht traurig machen."

„Das machst du schon mit deiner Anwesenheit!"

„Ich kann dich nicht gehen lassen. Ich liebe dich!"

„Ist das jetzt eine Drohung?", frage ich ernüchtert.

„Nein, wenn du mich nicht willst, werde ich das natürlich respektieren."

Diese Antwort stellt mich zufrieden, aber es ist nicht so einfach, wie ich denke. Er mir jetzt so nah, greift wieder zu anderen Mitteln. Langsam fährt seine Hand unter meinen Bademantel. Langsam und zärtlich streichelt er über meine Haut. Sanft fährt diese zarte Magie über meine Arme, meine Schulter, erweitert den Horizont, liebkost meinen Busen und meinen Bauch. Seine Berührung hinterlässt heiße Streifen. Obwohl mir total heiß ist, bekomme ich eine Gänsehaut. Meine Atmung wird erneut schwer, mein ganzer Körper fiebert seiner Berührung entgegen. Es muss ein Chemieding sein. Ich reagiere immer so auf ihn.
„Die Sache mit Susanna tut mir leid." Bei dem Namen verspanne ich mich wieder sofort. Das ist jetzt nicht mein Lieblingsthema. Ich hatte sie schon verdrängt. „Es hatte nichts mit uns zu tun. Es war nur einfach noch nicht vorbei – jetzt schon."
„Ich glaube nicht, dass ich darüber sprechen möchte", sage ich, schiebe sogleich seine Hand wieder über den Bademantel, bleibe aber vorerst so liegen.
„Doch, das werden wir. Es steht sonst immer zwischen uns!"
„Es gibt kein uns!", sage ich ernst.
„Gib mir wenigstens eine Chance, es zu erklären. Wenigstens das!"
„Ich weiß nicht", kommt es unsicher von meiner Seite.
„Ich werde jetzt anfangen, dir die Geschichte zu erzählen. Wenn du genug hast, höre ich auf."

Ich schweige. Das kann er als Zustimmung deuten, wenn er will. Er will! Er küsst mich auf die Stirn, fängt an zu reden. „Wir waren eine halbe Ewigkeit zusammen, über sechs Jahre. Ich war damals ihr erster Freund. Es gab immer nur mich." Das kommt für mich überraschend, aber ich unterbreche ihn nicht. „Du hast sie ja kennengelernt. Sie war irgendwie mein Mädchen. Sie hat alle meine Beschützerinstinkte geweckt. Wir waren schon glücklich in dieser Zeit."

Er fängt wieder an mich zu streicheln. „Nach Abschluss ihrer Bankkauffrau Lehre hat sie sich verändert. Das Berufsleben schmeckte ihr nicht. Da schmiedete sie diese fixe Idee. Sie setzte mich unter Druck. Sie wollte unverzüglich heiraten, und auf der Stelle ein Baby bekommen."

„Ein Baby? Warum so früh?", frage ich verwundert. „War sie da nicht in meinem Alter?"

„Ja, genau. Das war für mich auch nicht nachvollziehbar. Dennoch, trotz aller Argumente konnte es ihr gar nicht schnell genug gehen. Es war gegen jede Vernunft. Du kannst Dir gar nicht vorstellen, wie wahnsinnig sie mich mit diesem Wunsch gemacht hat. Keine Ahnung, ob ich Kinder will." Seine Mine verfinstert sich, seine Stimme wird brüchig. „Gegen alle Regeln hat sie das Schicksal selbst in die Hand genommen. Sie hat mich hintergangen. Sie hat einfach ohne Absprache die Pille abgesetzt. Dann war sie schwanger. Stolz hat sie mir den Test präsentiert."

„Das nenne ich eine konsequente Zielverfolgung", sage ich ruhig. „Ich würde es eher als einen abgrundtiefen Vertrauensbruch betiteln. Ich kann nicht sagen, dass ich damit in irgendeiner Form umgehen konnte. Als Konsequenz gab es nur noch Streit. Es war nervenaufreibend. Wir standen kurz vor der Trennung."

„Das klingt heftig. Wo ist das Kind jetzt?"

Ich merke, wie er sich verspannt. Er schweigt einen Moment, spricht dann stockend weiter. „Sie hatte einen schweren Autounfall, nachts auf der Landstraße. Vielleicht hat sie das Desaster damals absichtlich selbstverschuldet. Das konnten wir nicht klären. Sie ist dem Tod gerade noch von der Schippe gesprungen."

Unwillkürlich muss ich an die kleine Narbe in ihrem Gesicht denken. Ob diese bei dem Unfall entstanden ist? Meine Neugierde ist geweckt, aber ich traue mich nicht zu fragen.

Er macht eine kurze Pause. Das Thema ist ihm unangenehm, seine Stimme ist stockend. „Es war der totale Schock. Das Baby hat sie im siebten Monat verloren. Es war ein Mädchen. Danach war nichts mehr wie vorher. Neben der Trauer stand auch die Schuldfrage im Raum. Nach einem finalen Streit hat sie sich kurzfristig an der Uni in München immatrikuliert. Knall auf Fall ist sie in eine andere Stadt gezogen. Sie hat alles hingeworfen. Damit musste ich erst einmal klarkommen."

Etwas fahrig streicht er sich durch die Haare.

„Es gab keine offizielle Trennung. Irgendwann wollten wir wieder von vorne anfangen." Er atmet noch einmal tief ein und aus. Es fällt ihm schwer, darüber zu reden, Gefühle zu zeigen, seine Mauern einzureißen. „Keine Ahnung. Ich hatte andere Frauen. Es war nichts Halbes und nichts Ganzes. Ewigkeiten habe ich das schleifen lassen. Viel zu spät habe ich was sie betrifft, eine Entscheidung getroffen. Was uns betrifft habe ich ihr viel zu spät reinen Wein eingeschenkt."

„Die Nacht an meinem Geburtstag?", frage ich.

Er ist überrascht. „Ja, richtig. Woher weißt du das?"

„Keine Ahnung, so ein Gefühl. Du warst so abwesend, so nachdenklich, meilenweit entfernt."

Er zieht mich näher an sich heran, streichelt über mein Haar. „Ja, in dieser Nacht wurde mir klar, dass es keinen Weg mehr zu ihr zurückgibt. Ich habe sie an getextet, und mich am folgenden Montag mit ihr getroffen."

„Du bist gefahren?"

„Nein, geflogen! Morgens hin, mittags zurück. Nach all den Jahren war ich ihr das schuldig."

„Sie wollte die Trennung nicht?"

„Vielleicht habe ich mich falsch ausgedrückt. Es war keine Trennung. Offiziell waren wir kein Paar mehr. Sie wusste von meinen Affären. Sie hingegen war mir treu. Als sie jetzt realisierte, dass es jemanden gibt, der mir wirklich etwas bedeutet, kam sie zurück, versuchte zu retten, was nicht mehr zu retten ist."

„Dennoch hast du mit ihr geschlafen. Mit deinem Seitensprung hast du mich total getroffen, mir quasi das Herz herausgerissen." Das Gespräch ist auch heftig für mich. Ich bin in diesem Moment äußerst verletzlich, spreche leise weiter, „Du hast immer gesagt, dass ich dir vertrauen kann. Nein, mehr noch, dass ich dir vertrauen muss! Dir alles schenken soll!"

„Das war so auch nicht geplant. Ich wollte das nicht. Sie hat mich mit einem hochprozentigen Geburtstagscocktail abgefüllt, die perfekten Rahmenbedingungen geschaffen. Alles an diesem Abend war so vertraut. Irgendwie hat sie die richtigen Knöpfe gedrückt." Er macht eine kleine Pause. „Im Nachhinein habe ich mich natürlich auch immer wieder gefragt, warum ich mich habe dazu hinreißen lassen."

„Und, zu welcher glorreichen Erkenntnis bist du gekommen?" Er wirkt nachdenklich und ernst. „Vielleicht wollte ich wissen, ob da noch etwas ist, ob ich damals einen Fehler begangen habe. Weißt du, wenn man so lange zusammen ist, hat man viele Pläne und Träume. Es gab sogar Heiratspläne."

„Gut. Ich habe genug gehört. Alles was du sagst macht es noch schlimmer. Wir müssen nicht darüber reden", blocke ich ab.

„Doch das werden wir!"

„Erst räumst du mir ein Vetorecht ein. Und jetzt zählt das nicht mehr. Was soll das?"

Er küsst mich. „Es ist wichtig, dass du das Ende mitbekommst. Alles war nur eine Illusion. Ein Hirngespinst aus der Vergangenheit. Der Sex war grausam. Ich war gar nicht bei der Sache. Als Krönung hat sie mir einen Orgasmus vorgetäuscht." Nun lacht er höhnisch auf. „Als ob ich sie nicht in und auswendig kennen würde. Als ob ich so einen Betrug nicht merke!" Er küsst mich wieder. Ich lasse es zu. „Es war ein Fehler, aber danach war ich mir so überaus bewusst, wie sehr ich dich liebe, wie sehr ich das mit uns will." Er stockt. „Und dann habe ich dich schlafend auf meinem Sofa vorgefunden. Das war ein Schock!"

„Bitte lass gut sein", sage ich gequält. „Egal, was du sagst, welche Gründe oder Rechtfertigungen du findest. Dein Seitensprung hat mir unglaublich wehgetan. Unser heutiges Gespräch hat das nicht besser gemacht. Manchmal sind Worte und Reue nicht genug. Es tut mir leid", sage ich traurig.

„Ja, mir auch", sagt er leise, haucht die Worte fast. Nun küsst er mich richtig. Ohne Vorwarnung drängt sich seine Zunge in meinen Mund, sucht meine. Seine Hand fährt tiefer, wird fordernder, fährt zwischen meine Beine. Zärtlich schiebt sich sein Finger tief in meine Vagina. Ohne dass ich das will, stöhne ich auf. Ein Schauer durchfährt meine Körper. Diese lustvolle Welle zieht sich in ihrer süßen Leichtigkeit von oben bis unten - durch meinen gesamten

Körper. Für einen kurzen Moment setzt meine Gehirntätigkeit komplett aus. Oh Gott, ich kann gar nicht sagen, welche Vielzahl von Gefühlen er erweckt. Seine Küsse werden noch leidenschaftlicher, lassen sich an Intensivität kaum übertrumpfen. Unsere Umgebung wird ausgeblendet. Ich fühle nur noch ihn, spüre wie sein Finger immer wieder gefühlvoll in mich hineingleitet. Ich kann nicht anders. Ich strecke mich dieser Wonnelust entgegen. Ich will ihn noch tiefer spüren, will eigentlich alles von ihm.

Von draußen sind Stimmen zu hören, Lachen und dann ein lauter Platsch. Scheinbar wollen noch andere Gäste ein nächtliches Bad nehmen. Tobi löst sich von mir. Er lacht, bedeckt meine Haut wieder mit Stoff, zieht den Bademantel fest zu.

„Vielleicht gehen wir lieber aufs Zimmer." Er rutscht hinter mir weg, geht nach draußen und holt unsere Klamotten. Die anderen Leute starren uns an, als wir vor die Tür treten. Dann albern sie weiter rum. Händchenhaltend gehen wir zu meinem Zimmer. Trotz der Kälte glüht mein Körper. Ich kann es kaum erwarten, ihn in mir zu spüren. Nichts kann süßer sein, als seine Berührung. Das hat totales Suchtpotential.

Eine Überraschung wartet auf uns. Kevin liegt halb angezogen auf meinem Bett und schläft.

„Scheiße, den habe ich total vergessen", entfährt es mir.

Tobi lacht laut los. „Hm, muss ich jetzt etwa eine Nummer ziehen?"

Ich zucke unschuldig mit den Schultern. „Tja, dann eben zu dir."

„Gute Idee. Aber was ist, wenn dort auch schon eine Frau auf mich wartet?"

Ich knuffe ihn in die Seite. „Wehe wenn!"

Sein Zimmer ist im gleichen Stil eingerichtet, wie meins, aber dafür habe ich sowieso keinen Sinn. Wir schaffen es gerade noch in den Raum. Ruppig zieht er mir am Kleid, bis die Nähte reißen. Ihm ist das total egal. Er will mich, genauso wie ich ihn. Er wirft mich aufs Bett und kommt gleich nach. Ohne Vorspiel dringt er gleich in mich ein. Wild und leidenschaftlich vergeht er sich an meinem Körper, nimmt mir damit komplett den Atem. Glücksgefühle durchströmen mich, alles brennt. Das hatte ich vermisst. Ich will noch viel mehr, gehe das Tempo mit und werde nicht enttäuscht. Er gibt mehr als ich aushalten kann. Er liebt mich, bis ich alles vergesse, und mich in unserem Akt verliere. Es gibt nur noch uns, seine leidenschaftliche Küsse und unsere Körper die verschmelzen. Wir kommen gemeinsam. Alles zerfließt, explodiert und wird zu eins.

Tobi wälzt sich zur Seite, küsst mich aber noch einmal liebevoll, bevor er aufsteht. „Ich liebe dich." Dann lacht er. „Wo kriegen wir jetzt eine Cola her? Möchtest du auch etwas trinken?"

Ich schüttele den Kopf. „Nein danke, geht schon."

Er geht ins Bad und trinkt einfach aus dem Wasserhahn.

„Alles gut? Bist du glücklich?", fragt er.

Ich lächele ihn an. Lieb, dass er sich solche Gedanken macht. Er versucht alles, damit ich das Geschehene vergesse. Aber ist das so einfach? Ich hatte in der Zeit unserer Trennung viel Zeit zum Nachdenken. Inzwischen bin ich mir seiner Liebe gar nicht mehr sicher. Geht es ihm nicht auch um Macht? Immer wollte er mich kontrollieren, tiefer in meinen Geist hineintauchen, mich von ihm abhängig machen. Sowieso bereitet es ihm das größte Vergnügen, seine Umwelt zu manipulieren, sie allesamt nach seiner Pfeife tanzen zu lassen. Er ist so unglaublich erfolgreich in diesem Spiel. In der Regel bekommt er immer seinen Willen. Ist er deshalb noch bei mir, weil er bei mir Grenzen findet, und diese einreißen will? Sieht er in mir eine Herausforderung?

Egal. Diese Nacht sind wir zusammen. In diesem Moment bin ich tatsächlich ausgesprochen glücklich. Ich rücke rüber und küsse ihn auf den Mund. Ich entfache das Feuer erneut. Ich will das jetzt und hier. Ich möchte ihn fühlen. Ich werde diese Nacht auskosten. In vollen Zügen! Hier und jetzt will ich die Tatsache vergessen, dass ich ihn morgen verlassen werde. Es gibt keinen Weg zurück. Unsere Beziehung ist zerbrochen. Sein Seitensprung ist unverzeihlich. Die Scherben lassen sich nicht wieder zusammensetzen.

Sein Körper reagiert sofort auf mich. Sein Glied wird wieder bretthart. Er will mich auch, aber ich schlafe nicht mit ihm, sondern nehme seinen riesigen Schwanz in den Mund. Tobias stöhnt auf. Damit hat er jetzt nicht gerechnet.

Heute gibt es keine Hemmungen. In unserem letzten Zusammentreffen kann ich experimentieren, mit ihm spielen, alles tun worauf ich Lust habe. Ich steigere den Druck, wollte es eigentlich nicht zu Ende bringen, aber seine Lust nimmt mich mit. Das fühlt sich gut an. Er stöhnt laut auf und kommt. Der Orgasmus ist echt heftig und erotisch. Ich schlucke das Sperma nicht. So groß ist die Liebe dann doch nicht. Er ist aber völlig befreit, küsst mich. „Wie soll ich nur je genug von Dir bekommen?" Seine Liebkosungen starten erneut.

Wenn Tobi etwas bekommt, gibt er auch immer etwas zurück. Er streichelt mich, steigert meine Lust, bis ich die totale Befriedigung empfinde, danach schläft er noch einmal mit mir.

Ich gehe noch einmal auf die Toilette, dann schlafen wir wie früher angekuschelt ein. Das fühlt sich schön an, aber irgendwie auch nicht. Es ist einfach im besoffenen Kopf Sex mit ihm zu haben. Im Alltag hat unsere Liebe keine Zukunft. Es ist vorbei.

KAPITEL 10 FATALE RACHE

Ich wache früh auf. Ich bin noch völlig erfüllt von der letzten Nacht. Wir hatten uns alles geschenkt. Mein Puls geht sofort schneller, wenn ich an seine Berührungen denke. Ich muss fast lachen, das war echt zu heftig und intensiv.

Es ist erst sechs Uhr in der Früh. Heute hätte ich endlich mal ausschlafen können, aber ich will nicht mehr hier sein, wenn er aufwacht. Tobias schläft und sieht aus wie ein Engel. Er wirkt komplett tiefenentspannt.

Am liebsten hätte ich ihn geweckt, um noch einmal Sex mit ihm zu haben, aber das wäre sehr unvernünftig. Ich muss einen klaren Kopf behalten. Die Trennung ist sicherlich besser für mich. Wie lange würde es dauern, bis er mich das nächste Mal zutiefst enttäuscht? Seine Liebe hat etwas Zerstörerisches in sich. Lieber ein Ende mit Schrecken, als ein Schrecken ohne Ende. Mein Herz blutet und schmerzt, aber es ist wieder in meinem Besitz. Er hat es verloren. Endgültig! Leise ziehe ich mich an und verlasse den Raum.

Vorsichtig schaue ich in mein Zimmer. Kevin ist weg – Gott sei Dank. Schnell betrete ich den Raum, schließe die Tür hinter mir. Eine Dusche wird mir guttun. Ich begebe mich ins Bad, stelle sie an, lasse das erfrischende Nass über meine Haut laufen, wasche mir Tobias Geruch komplett ab. Jetzt rieche ich nach Aprikose.

Perfekt! Jetzt fehlt mir nur noch ein leckeres Frühstück zu meinem Glück. Ich lege mein Lieblings Parfüm auf, ziehe mir etwas Bequemes an und gehe nach unten.

Erstaunlicherweise habe ich Appetit. Ehrlich, ich habe den totalen Heißhunger, bin voller Tatendrang. Die Nacht gestern hat mir gutgetan. Nun wären ein Kaffee und ein knuspriger Croissant ein Traum.

Unten im Speisesaal begegnet mir gleich der frischgebackene Ehemann. Allerdings wird meine anfängliche Freude nach kurzer Zeit getrübt. Er sieht nervös aus.

„Hi, guten Morgen."

„Morgen." Ich strahle ihn an. „Das war eine schöne Feier. Besser hätte es nicht laufen können – oder?"

Sein Blick wandert permanent durch den Raum. Berndt hört mir gar nicht zu. „Sag mal, hast du Barbara gesehen?", fragt er.

„Nein, noch nicht. Ist sie nicht hier?"

„Wir wollten zusammen frühstücken. Sie ist schon vorausgegangen. Sie wollte die Abrechnung von gestern begleichen. Jetzt kann ich sie nicht finden." Er ist völlig besorgt.

„Ach, vielleicht geht sie noch etwas spazieren. Es ist so schön hier", sage ich verträumt.

„Das glaube ich nicht. Wir wollten nach dem Frühstück zusammen die Gegend erkunden."

„Geh doch noch einmal zurück. Vielleicht ist sie wieder auf dem Zimmer."

„Nein, von dort komme ich gerade."

„Geh noch einmal zurück. Vielleicht habt ihr euch gerade verpasst. Ich schaue mich hier unten um – okay?"

Er nickt, wirkt sogleich erleichtert, freut sich über die Unterstützung. „Gut, bis gleich. Wir treffen uns hier an diesem Platz in zehn Minuten. Nicht, dass ich dich auch gleich noch suchen muss." Nun grinst er.

Ich gehe zum Festsaal, suche die Räume ab, frage auch an der Rezeption. Niemand hat die Braut gesehen.

Mit jeder Minute die verstreicht, in der ich nicht fündig werde, werde ich zunehmend nervös. Das ist wirklich seltsam, und so gar nicht Barbaras Art.

Plötzlich fällt es mir wie Schuppen von den Augen. Es hat lange gedauert, aber die Antwort ist so einfach. Frank – oh Gott, den hatte ich wieder komplett vergessen, bzw. verdrängt. Der Psycho verweilt doch auch hier im Hotel. Hält er sie eventuell in seinem Zimmer gefangen? Nein, das ist es nicht. Der Schlamm! Seine Statur war so sandig. Was hat er im Wald gemacht?

Panisch renne ich raus, den Weg hoch zum Pool, weiter an der Weide entlang. Aus dieser Richtung ist er gestern gekommen. Er

kann nicht gefallen sein. Niemand macht sich bei einem Sturz so dreckig. Er hat etwas vorbereitet – ganz sicher, aber was?
Nach wenigen Minuten erreiche den Wald. Wo könnte er bloß langgelaufen sein. Verzweifelt schaue ich mich um. Er könnte überall sein, aber ich habe Glück, oder das Schicksal wollte es so. Ich höre ihn. Unkontrolliert brüllt er im Wald herum. Ich muss nur einfach der Stimme folgen.

Was hat meine Mutter immer gesagt? Sei nie schneller, als dein Schutzengel fliegen kann! Sollte ich vielleicht vorher Hilfe holen? Nein, keine Zeit. Wer weiß, was er ihr antun wird. Er ist wirklich komplett gestört.
Ich folge einem kleinen Waldweg. Etwas bergauf führt er weiter tief in den dunklen Wald hinein. Ich fange an zu zittern. Nicht nur der Kälte wegen. Irgendwie ist es hier gruselig, echt beängstigend. Unter normalen Umständen hätten mich keine zehn Pferde an diesen unheimlichen Ort gekriegt. Nun laufe ich auch nicht mehr. Ich habe mein Tempo gedrosselt, folge eher langsam der Wegbiegung, versuche keinen Lärm zu machen, vermeide es auf Äste zu treten. Sicherlich ist es vorteilhaft, den Überraschungseffekt ausnutzen.
Zu meinem Unglück hat es wieder angefangen zu regnen. Dicke, eiskalte Tropfen treffen mich am ganzen Körper, weichen meinen

Pulli sofort auf. Er klebt schon an meiner Haut. Warum zu Geier habe ich keine Jacke dabei?

Dann sehe ich sie. Umgeben von Tannen, auf einem kleinen Wiesenstück kauert Barbara auf dem Waldboden. Direkt neben ihr befindet sich ein großes Loch, welches die Form eines Grabes aufweist. Frank steht komplett in schwarz gekleidet vor ihr, schreit und fuchtelt mit einem Messer. Barbara wirkt total verzweifelt. Sie blutet. Ich muss einen Aufschrei unterdrücken. Oh mein Gott, er hat sie bereits verletzt. Sie tut mir so leid. Ihr weißer Pulli ist zerschnitten, teilweise mit Blut verschmiert. Zu meiner Beruhigung sind es keine Lebensgefährlichen Verletzungen. Er spielt mit ihrer Angst. Mit Erfolg. Nun hält sie sich die Hände vor das Gesicht, weint.

„Und Schlampe! Gefällt Dir das? War es das wert?" Seine Stimme zittert vor Wut. Wieder setzt er das Messer an. Ganz offensichtlich will er ihr die nächste Wunde zufügen!

„Hey! Lass sie in Ruhe!" Ohne mir über die Konsequenzen Gedanken zu machen, laufe ich also los. Lenke die Aufmerksamkeit auf mich. Überrascht schaut er auf, blickt sich um, grinst dann unvermitelt breit, sogar erfreut.

„Sieh an. Blondi beehrt uns. Und offensichtlich hat sie gar keine Verstärkung mitgebracht. Das ist ja großartig. Du bist wirklich dumm wie Brot. Besser kann es nicht laufen." Er lacht höhnisch auf, und kommt mir entgegen, fixiert mich regelrecht.

Ich habe mein Ziel erreicht, vorerst hat er von seinem Opfer abgelassen. Das ist gut. Ich muss mir jetzt den nächsten Schritt gut überlegen. Noch bin ich nicht in Gefahr. Noch habe ich einen Sicherheitsabstand.

„Na, komm doch näher! Traust Du Dich etwa nicht?" Er lacht noch lauter. „Wir feiern hier eine Party! Du bist auch eingeladen." Plötzlich läuft er einige Schritte auf mich zu. Instinktiv weiche ich zurück, renne einige Meter, scanne meine Umgebung, prüfe weitere Fluchtmöglichkeiten.

Meine Ausgangslage ist gut. So einfach wird er mich nicht fangen können. Der Boden ist uneben, Bäume stehen überall kreuz und quer. So schnell und wendig ist er nicht. Im Gegenteil, er wirkt total untrainiert.

Als Quintessenz hat er wohl die gleiche Schlussfolgerung gezogen. Gleichgültig zuckt er mit den Schultern, dreht sich um, und geht wieder in Richtung Barbara. „Dann eben nicht. Das tangiert mich nicht. Dann spiele ich eben wieder mit Deiner Freundin."

Mist, das läuft jetzt nicht gut. Frank ist nicht so spontan und rachedurstig, wie ich dachte. Mein Plan ist gescheitert. Niemals kann ich ihn mit längeren Versteckspielen ablenken. Nun steht er wieder neben ihr. Genüsslich fügt er ihr die nächste Verletzung zu. Voller Wonne ritzt er eine Wunde in den Arm. Sie schreit laut auf, fasst sich instinktiv auf den Schnitt, fleht.

„Bitte lass mich gehen, bitte!"

Er lacht gehässig. „Ja genau, Du musst mehr betteln. Das ist gut."
Sein Ton ist eiskalt. Ihre Furcht und ihr Schmerz sind Balsam für seine Seele. Das ist sein Spiel, genau das, was er wollte. Sie tut mir so leid.

„So, wollen wir jetzt die Geburt einleiten?" Er schreit es provokativ in meine Richtung. Mein Herz bleibt stehen vor Schreck. Ist das jetzt ernst, oder ein Schachzug? Ich weiß es nicht. Prinzipiell traue ich ihm alles zu. Dennoch darf ich den Überblick nicht verlieren.

„Frank, tu das bitte nicht. Lass uns gehen. Noch ist nichts passiert. Wir zeigen dich nicht an. Noch kannst Du das stoppen. Noch hast Du keine schlimme Straftat begangen!"

Er lacht höhnisch auf. „Ihr wollt mich nicht anzeigen? Wie süß. Denkst du ernsthaft, dass ich dir das abkaufe - du kleines Blödchen?"

„Überdenke dein Handeln. Noch ist es nicht zu spät. Bitte lass sie gehen!"

„Nein, ich kann Dir sagen, was wir jetzt machen." Böse fixiert er mich. „Du kommst jetzt zu mir, oder ich schneide ihr das Baby einfach raus. Bei lebendigem Leibe. Das geht ganz schnell!"
Provokativ setzt er das Messer an ihren Unterleib.

„Nein! Barbara schreit laut auf, will wegkrabbeln, aber er hält sie an den Haaren fest. Als sie den Ansatz unternimmt, sich zu wehren, landet seine Faust in ihrem Gesicht. Ich zucke vor

Schreck zusammen. Er ist echt brutal. Der Arsch hat überhaupt keine Hemmungen, ihr weh zu tun.

Nasenbluten setzt bei ihr ein. Sie wischt sich über die Nase, entdeckt das rote Blut. Dann weint sie, weint heftig. Ihr ganzer Körper bebt.

Ich weiß, wie sich so ein verfluchter Fausthieb anfühlt. Oh mein Gott, jeder Zentimeter von meinem Gesicht weiß, was Schläge bedeuten!

Das Szenario was sich jetzt bietet ist beängstigend. Im Film hätte ich jetzt umgeschaltet. Das ist hier leider nicht möglich.

Er setzt die Klinge an ihren Unterleib. Die Spitze bohrt sich in die Haut!

Keine Sekunde kann ich das länger ertragen. „Gut, Du hast gewonnen! ich komme! Lass sie in Frieden!"

„Nein, Melli, nein. Er tötet uns beide!"

Bäm, Barbara wird wieder geschlagen. Sie fällt zur Seite um und bleibt bewusstlos liegen.

Ich zittere am ganzen Körper. Ehrlich gesagt bin ich mir nicht sicher, ob das hier gut für mich ausgehen wird, aber ich lasse sie nicht im Stich. Er lässt mir sowieso keine Wahl.

Immer habe ich nach dem Sinn meines Lebens gesucht. Eine gewisse Todessehnsucht lässt sich wohl nicht verleugnen. Vielleicht ist es mein Schicksal, mich hier und jetzt für Barbara zu opfern. Ich liebe sie. Sicherlich würde sie für mich die gleiche Entscheidung treffen.

Egal was gleich passiert, er wird auch zu Schaden kommen. Dafür werde ich sorgen, also schnappe ich mir den erstbesten großen Stock und sprinte los.

KAPITEL 11 ALLES AUF ANFANG

Der Nebel lichtet sich, das dunkle Monster entlässt mich aus seinen scharfen Krallen. Das Untier lässt meinen Geist wieder erwachen. Erst fühle ich nur den Schmerz. Seinen Ursprung lässt sich nicht ganz orten. Langsam, ganz langsam bekomme ich wieder die Kontrolle über meine Glieder. Ich öffne die Augen. Sofort habe ich Tobias hübsches Gesicht vor mir. Er sieht besorgt aus. Ich schließe die Augen wieder. Das ist so anstrengend. Jeder Atemzug tut mir weh. Noch nie habe ich so gelitten.

Etwas streicht mir über den Arm. „Hey, endlich", sagt er sanft. Ich schaue ihn wieder an, muss mich sortieren, alle Zusammenhänge finden. „Ganz ruhig, Zwei Rippen sind gebrochen. Du hast eine Gehirnerschütterung. Der Rest ist zum Glück nicht so schlimm. Möchtest du etwas gegen die Schmerzen haben?" Tobias spricht beruhigend auf mich ein. Ich nicke. Vorsichtig schaue ich mich um. Ich bin im Krankenhaus. Mal wieder! Das Bett neben mir steht leer. Mit meinem Bewusstsein kehrt auch die Erinnerung zurück.

„Was ist mit Barbara und dem Baby?", frage ich matt.

„Keine Sorge. Sie hat Glück gehabt." Er küsst mich auf die Stirn, lächelt mich aufmunternd an. „Glück und eine Freundin. Durch deinen beherzten Auftritt hast du wertvolle Zeit geschunden. Ohne dich hätte er sein Verbrechen womöglich durchgezogen."

„Es geht ihr gut?"

„Gut ist relativ. Bezeichnen wir es als stabil", sagt er ernst.

„Stabil also", sage ich nüchtern, kann kaum noch denken.

„Kann ich ein Schmerzmittel bekommen."

Ja, klar. Einen Moment." Tobi verschwindet aus dem Raum. Ich schließe meine Augen wieder. Bilder tauchen vor meinem inneren Geist auf. Schreckliche Bilder! Ich versuche die Tränen zu unterdrücken. Es gelingt mir nicht. Meine Atmung wird schwer. Ich bekomme keine Luft. Jeder Atemzug tut mir weh.

„Ist alles in Ordnung?" Eine Krankenschwester hat sich über mich gebeugt. Hilfe! Hat sie da etwas eine Spritze in der Hand? Keine Ahnung. Ist nicht wichtig. Ich agiere viel zu langsam. Inzwischen hat sich die Nadel unter meine Haut gebohrt. Die Müdigkeit bekommt wieder die Oberhand. Ich schlafe ein.

Als ich das nächste Mal aufwache, bin ich alleine. Die Schmerzen sind wieder da. Fraglos musste ich noch niemals etwas so Schreckliches ertragen. Mein Telefon liegt auf dem Nachttisch, aber es gibt keinen Weg, daran zu kommen. Ruhig einatmen, ruhig ausatmen. Nicht heulen! Ich versuche mich selbst zu hypnotisieren. Nach einer gefühlten Ewigkeit kommt erneut eine Schwester herein.

„Na, sind Sie wach?" Prüfend schaut sie in mein Gesicht, misst meinen Puls. „Sehr gut. Der Arzt kommt gleich zur Visite. Wenn sie Glück haben, können sie morgen schon nach Hause. Ihr Freund kommt auch bald." Sie lächelt. „Er hat die ganze Zeit an ihrem

Bett gesessen. Er war so besorgt." Dann schwebt sie wieder hinaus.

Mein Freund, das hört sich komisch an. Er war zuerst total lieb, wie eigentlich immer nach seinem Seitensprung. Ich schlafe wieder ein.

Ein Geräusch. Hilfe! Ein Geräusch direkt neben mir! Frank? Nein, Tobias. „Hey, ich habe noch schnell deine Sachen aus dem Hotel geholt. Wie geht es dir?"

„Keine Ahnung. Nicht so gut. Kannst du mir nicht vielleicht ein paar Drogen besorgen?"

Er lacht laut los. „Scherzkeks, nein eher nicht." Er steht auf und geht zu seiner Tasche. „Hier hast du Schokolade und noch andere Leckereien. Vielleicht geht das ja auch?"

Ich muss lächeln. Das ist so viel, das könnte ich in einer ganzen Woche nicht essen. „Der Gesundheitsfanatiker verschenkt Schoki?", frage ich zweifelnd.

„Besondere Umstände verlangen besondere Maßnahmen." Zärtlich küsst er mich auf die Stirn.

„Die Polizei möchte dich gerne sprechen. Schaffst du das?"

Oh Gott! Nein! Aber habe ich eine Wahl?

„Ja, ich denke schon. Wann?", antworte ich stattdessen.

„Gleich. In der nächsten Stunde."

„Was ist mit Barbara?"

„Sie wurde in die Medizinische Hochschule geflogen. Sie und das Baby sind über dem Berg. Mach dir keine Sorgen."

Er lächelt mich an. „Du wirst morgen entlassen, dann geht es ab in Richtung Heimat. Schaffst du es aufzustehen, oder soll ich einen Rollstuhl organisieren?"

„Nein, geht schon, glaube ich." Er schaut mich an, sieht mit einem Mal so verletzlich aus. Zurückhaltend setzt er sich an mein Bett. Ich kann mir schon denken, was jetzt kommt.

„Melanie, warum hast du das gestern alleine durchgezogen? Warum zum Geier hast du mich nicht geweckt? Ich hätte den Kerl umgenagelt. Er hätte nicht einmal bis drei zählen können."

Er spricht leise, betrachtet meine Wunden, ist total erschüttert.

„Oh Gott, was er dir angetan hat. Du hättest tot sein können!"

Sein Blick ist jetzt so durchdringend. Am liebsten würde ich die Augen schließen, mich schlafend stellen, mich vor der Antwort drücken, aber das kann ich ihm nicht antun.

„Tobi, es war nur eine Ahnung, eine Intuition. Ich konnte nicht ahnen, was ich dort vorfinden würde" Bei der Erinnerung fängt mein Körper unweigerlich an zu zittern.

Er redet weiter, das macht es nicht besser. „Warum bist du aus meinem Zimmer einfach abgehauen? Es war doch wieder gut zwischen uns!"

Himmel, ich wusste, dass das jetzt kommt, seine Augen bringen mich noch um. Ich kann ihn nicht im Unklaren lassen.

„Bitte lass mir etwas Zeit. Ich brauche einfach etwas mehr Zeit. Das ist nicht so einfach"

„Was bedeutet das? Unsere Nacht, unsere Aussprache – war das alles bedeutungslos?", fragt er, wirkt nunmehr megamäßig enttäuscht. Nach unserer leidenschaftlichen Zusammenkunft hatte er natürlich eine ganz andere Erwartungshaltung. Puh! Wir werden unterbrochen. Die Krankenschwester erscheint im Raum. Höflich lächelt sie uns zu, stellt mir ein Tablett mit etwas zu essen auf den Nachtschrank. „Wie geht es ihnen? Brauchen Sie noch etwas?"

Ich schüttele stumm den Kopf. Zu Tobias gewandt spricht sie weiter. „Ihre Freundin braucht Ruhe. Morgen haben sie sie ja wieder."

Tobias steht auf, wirkt verletzt. „Gut, es ist schon spät. Bei dem Gespräch mit der Polizei darf ich eh nicht anwesend sein. Ich hole dich dann gleich morgens ab." Nach einem Abschiedskuss ist er weg. Das Gespräch hatten wir nicht zu Ende geführt. Das mit der Trennung läuft also nicht so reibungslos, wie erwartet. Im Gegenteil, jetzt bin ich auch noch unumgänglich abhängig von ihm. Warum sind meine Eltern nicht hier?

Am nächsten Vormittag ist Tobi sehr vorsichtig und umsichtig. Ich sattele doch freiwillig auf den Rollstuhl um. „So fühlt man sich also als Krankenpfleger", sagt er gerade, lacht. Dann fängt er an, mich im Zickzack über den Flur zu schieben. Er ist und bleibt ein Chaot. Im Auto ist der Spaß vorbei. Hinsetzen ist echt die Hölle. Vor Schmerz stöhne ich auf, will das eigentlich nicht. Auch die ganze Fahrt ist unangenehm. Die Medikamente versagen, sein Luxus Auto mit dem Luxus Sitz versagt. Jeder Huckel, jede Kurve, jedes Überhlmannöver tun einfach nur weh. Meine gebrochenen Rippen bringen mich fast um. Ich bin den Tränen nah.

„Soll ich anhalten? Pause, Kaffee und Kuchen?", fragt er, erkennt meine Verzweiflung, zwinkert mir aufmunternd zu.

„Nein, geht schon. Muss gehen!" Ich schaue ihn an, überwinde mich ihm direkt in seine Augen zu schauen Sein Blick ist besorgt. Ich bringe ein Lächeln zustande. „Du bist lieb. Danke."

„Nichts lieber als das." Er lächelt zurück, und drosselt unmittelbar die Geschwindigkeit. Gemächlich tuckern wir jetzt hinter den Lastwagen hinterher, was mir die Fahrt deutlich erleichtert. Unser Gespräch von gestern haben wir nicht weiter geführt. Die Musik dudelt, lenkt mich ein wenig ab. Ich bleibe stumm. Selbst Tobias, der Autofahrten gerne für ein intensives Gespräch nutzt, ist schweigsam. Als wir vor seinem Haus anhalten, schaue ich enttäuscht auf. „Kann ich bitte nach Hause?"

„Das geht nicht. Frank ist immer noch auf freiem Fuß. Bernd und Barbara sind vorerst ebenfalls abgetaucht. Du wirst erst einmal bei mir bleiben. Die Polizei hat diesen Vorschlag geäußert. Die Maßnahme wurde von deinen Eltern abgesegnet." Seine Art duldet keinen Widerspruch. Das Argument zieht. Seine Wohnung ist wie eine Festung. Ich finde mich mit meinem Schicksal ab.

Die nächsten Tage werden schlimm. Meine Rippen quälen mich. Hinzu kommt Schlafmangel. Meist sitze ich mit einer Decke eingemummelt am Fenster in seinem Lesesessel und schaue einfach stumpf hinaus.
Der Anblick des dahinziehenden Flusses mit seinen Bewohnern ist einfach Balsam für meine Seele. Wenn ich mal schlafe, werde ich von Albträumen heimgesucht. Meist spielt Frank dort eine Hauptrolle. Ich bin traumatisiert, schwer angeschlagen, physisch wie psychisch. Es wird ein langer Weg, bis ich wieder die alte bin. Tobias hat sich extra Urlaub genommen. Ich kann gar nicht sagen, wie liebevoll er sich um mich kümmert. Gefühlt bin ich manchmal wie ein hilfloses, verzweifeltes Baby. Das alles macht ihm nichts aus. Er behandelt meine Wunden, wechselt die Verbände, versorgt mich mit Schmerzmitteln. Meine Eltern hätten sich nicht besser um mich gekümmert.

KAPITEL 12 DAS ENDE VOM REGENBOGEN

Der Vorfall ist jetzt nun schon über drei Wochen her. Unsere Boutique wird seitdem von meiner Mutter und Martha betreut. Ich mag mir gar nicht vorstellen, wie sich der Ladeninhalt inzwischen gelichtet haben muss. Mein schlechtes Gewissen meldet sich. Es ist wichtig, dass ich bald wieder meine Pflichten übernehme. Das Weihnachtsgeschäft startet gerade. Ein spärliches Sortiment bedeutet weniger Einnahmen, vielleicht auch einen Imageverlust. Das kann ich mir nicht leisten.

Meine vorgefertigte Meinung über Tobias muss ich revidieren. Scheinbar liebt er mich ganz ernsthaft. Das hier ist kein Spiel und auch nicht lustig. Ich bin immer noch traumatisiert und körperlich angeschlagen. Sein Verhalten ist vorbildlich. Er hat mich in dieser Zeit nicht einmal angerührt. Er behandelt mich wie ein rohes Ei. Trotzdem wirkt er glücklich und ausgeglichen. Ich wohne immer noch bei ihm. Nie gibt es Streit oder Differenzen, alles bleibt harmonisch.

Nach der Hochzeit war ich so felsenfest davon überzeugt, dass unsere Liebe keine Chance hat, wollte die Trennung unbedingt. Mit seiner Führsorge hat er schwer gepunktet. Wir haben nicht mehr über Susanna gesprochen. Er zeigt mir mit so vielen Worten und Gesten, wie gerne er mich hat. Gegenwärtig, wo ich so verzweifelt bin, lässt er mich nicht im Stich.

„Du hast wirklich Krankenpfleger Qualitäten", sage ich, muss lächeln. „Wenn du dich berufsmäßig umorientieren möchtest, kann ich dir gerne eine Empfehlung schreiben."

Er lacht. „Nein, nicht nötig. Ich bin ganz zufrieden."

„Wie soll es jetzt weiter gehen? Ich kann ja nicht ewig bei dir wohnen?", frage ich.

„Warum denn nicht? Ich mag es, wenn du bei mir bist." Er lacht. „Besonders, wenn du krank bist, dann bist du so lieb."

„Das hast du jetzt nicht ernsthaft gesagt! Das ist fies!" Ich knuffe ihn in die Seite, er knufft zurück. Ein Fehler. Ich mache eine ungelenke Bewegung. Der Schmerz durchzieht mich. Ich breche das ernüchtert ab.

„Hey, alles ok?" Zärtlich streicht er mir über den Arm. Er liegt neben mir im Bett. Ja, die letzten Wochen war er immer bei mir. Ich musste nur die Hand ausstrecken, und er war da.

„Ich vermisse deine Nähe", sage ich sanft.

„Ich bin doch da."

Meine Stimme ist leise. „Ich meine, wenn Du mir richtig nah bist." Ich fange an ihn zu küssen. Es hatte sich so aufgestaut. Ungeniert fasse ich in seine Hose, umfasse seinen Schwanz fest. Ich habe so eine verdammte Sehnsucht nach seinem Körper. Er stöhnt auf, zieht mich stürmisch an sich. Es ging ihm wohl genauso.

Seine Küsse sind heiß. Nach kurzer Zeit fängt er sich aber wieder.

„Lass uns noch warten. Sicherlich war ich gerade zu ungestüm. Ich will dir nicht wehtun."

„Nein", flüstere ich. „Nein, lass uns nicht warten. Lass uns nicht noch mehr wertvolle Zeit verschwenden."

Er schläft mit mir, liebt mich vorsichtig, ist absolut einfühlsam und liebevoll. Das ist unfassbar schön, hat absolutes Suchtpotential. Er macht alles wieder gut. Er macht mich wohl zur glücklichsten Frau weltweit, auf jeden Fall für den Moment.

Am Montag gehe ich wieder zur Arbeit. Es ist das erste Mal seit Wochen, dass ich das Haus verlasse. Tobias hat die letzte Zeit von zu Hause aus gearbeitet. Er hat mich nicht eine Minute alleine gelassen. Am liebsten hätte er mich wohl in Watte gepackt. Uns beiden ist bewusst, dass es so in der Form nicht ewig weiterlaufen kann. Ich muss wieder in die kalte Wirklichkeit zurück.

Barbara habe ich nicht einmal gesprochen. Sie und Berndt sind wie vom Erdboden verschluckt. Ihre Angst vor Frank muss wohl grenzenlos sein. Der Vorfall hat es sogar in die lokalen Medien geschafft. Ins Rampenlicht sind aber nur Barbaras Familie und Frank gerückt. Ich bin außen vor und das ist gut.

Es ist schon geöffnet, als ich eintrete.

„Guten Morgen".

Meine Mutter fällt mir erleichtert in die Arme, vergisst meinen Bruch, drückt mich so fest sie kann. „Wie schön. Endlich."

Einmal hatten meine Eltern mich bei Tobias besucht. Beide waren sichtlich beeindruckt von dem ganzen Luxus. Nennen wir es mal den Geld Effekt.

„Wie ist es euch die letzten Tage ergangen? Geht es Papa gut?"
Sie nickt verhalten. „Ja, alles gut soweit. Er hat sich Sorgen gemacht, nun kann es ja weiter gehen."
Ja, weiter. Es geht immer weiter im Strudel der Zeit. Über etwas weniger Aufregung wäre ich dennoch dankbar!
Der Zustand vom Laden ist gar nicht so schlimm, wie angenommen. Meine Mutter ist ein Schatz. Sie hatte sicherlich etliche Überstunden geschoben, und selbstständig einige Stücke gezaubert. Es gähnt also nicht wie erwartet die absolute Leere. Ihre Werke sind raffiniert und äußerst stilvoll. Mein künstlerisches Talent habe ich wohl von ihr geerbt. „Großartig! Ich kann gar nicht genug zum Ausdruck bringen, wie dankbar ich euch bin. Ohne euch wäre ich sicher zwischenzeitlich bankrott."
„Ach Kind, reden wir nicht drüber", sagt meine Mutter bescheiden.
„Das ist doch selbstverständlich. Ich könnte diesen Arbeitseinsatz auch noch einige Tage länger aushalten. Traurig aber wahr. Zu Hause bin ich ausnahmslos nur mit essen beschäftigt. Seitdem ich hier arbeite, habe ich ganze fünf Kilo abgenommen."
Demonstrativ zieht Martha ihren Hosenbund nach vorne.

„Wie wäre es, wenn wir das Vakuum gleich wieder auffüllen? Zu gerne würde ich euch beide heute Abend zum Essen einladen. Ihr seid die heldenhaften Retter in der Not. Das habt ihr euch redlich verdient."

„Das ist nicht nötig", sagt meine Mutter. „Spare das Geld lieber."

„Doch, das ist es. Heute lassen wir es uns gut gehen", sage ich.

„Gut, dann ist das abgemacht. Kommt Dein schicker Freund auch?", fragt Martha, lächelt breit.

„Möchtet ihr denn, dass er kommt?"

Beide nicken eifrig mit dem Kopf. Na ja, warum eigentlich nicht. Tobi kann ich für seine gute Bewirtung mehr als dankbar sein. Sollte er nicht gleichermaßen mit einen Restaurantbesuch belohnt werden? Ob ihm das mit den alten Schachteln Spaß machen wird? Ich bin mir nicht sicher, schreibe ihm zumindest eine SMS. Nach nur zehn Sekunden vibriert mein Telefon. Er sagt zu. Na dann kann es ja lustig werden!

Die Näharbeiten gehen schleppend voran, sind unerwartet anstrengend. Körperlich bin ich leider immer noch etwas angeschlagen. Fast minütlich starre ich auf die Uhr, und wünsche mir sehnlichst den Feierabend herbei. Ungeachtet meiner Pein arbeite ich eisern weiter, mache eben das Beste aus der Situation. Martha steckt ihren Kopf durch die Tür.

„Eine Kundin fragt nach dir. Sie war jetzt schon öfter hier!"

„Ja, einen Moment. Ich komme." Keine Ahnung, wer das ist, so kurz vor Feierabend. Eher zögerlich begebe ich mich in den Verkaufsraum.

Meine unangenehme Vorahnung bestätigt sich. Natürlich handelt es sich nicht um eine Kundin, sondern um Susanna. Ihr Blick ist penetrant. Ganz offensichtlich hat sie von dem Vorfall erfahren. Na toll.

„Guten Tag", sage ich reserviert. „Geht es dir gut?", frage ich weiter.

„Nein, nicht besonders!"

Die Fronten sind geklärt. Ihr Ton ist nicht freundlich, also muss es wohl auch nicht sein.

„Was gibt's denn? Es geht wohl nicht um die neue Kollektion?"

„Nein, geht es nicht! Kann ich dich alleine sprechen?"

„Wir haben hier keine Geheimnisse", sagt Martha. Natürlich hat sie ihre Fühler in unsere Richtung ausgestreckt und gelauscht. Ich muss lachen, ernte gleich einen verächtlichen Blick von Susanna.

„Was ist nun? Kann ich dich jetzt alleine sprechen, oder nicht?"

„Ich wüsste nicht, was wir zu besprechen hätten."

„Mir fällt da spontan schon eine Gemeinsamkeit ein!", sagt sie bissig.

„Wende dich bitte an Tobias. Was ihn betrifft, kommt kein Wort über meine Lippen", sage ich ruhig.

„Was soll sie mit mir besprechen?"

Überrascht blicken wir uns alle um. Wie auf Bestellung hatte er den Raum betreten. „Keine Ahnung, soweit waren sie noch nicht." Martha gibt jetzt die Antworten. Ich verdrehe genervt die Augen. Manchmal ist es wirklich zu viel! Tobias ignoriert ihr Geplapper. Wie selbstverständlich kommt er zu mir, umarmt mich, gibt mir einen Kuss auf den Mund.

„Hey, wie war dein Tag? Hast du Schmerzen?"

„Ja, manchmal, aber ich kann es aushalten."

„Tobias! Verdammt! Können wir kurz reden?" Susanna ist jetzt sichtlich empört, kommt gleich herüber, zieht ihm demonstrativ am Ärmel.

Fragend schaut er mich an, kräuselt seine Stirn.

„Mit ist das egal", sage ich. Das stimmt wirklich. Susanna ist für mich Geschichte. „Ihr könnt euch in Ruhe aussprechen. Du kannst gerne später nachkommen? Wir wollen zum Italiener um die Ecke", sage ich lieb.

Er schüttelt den Kopf. „Nicht nötig. Ich glaube nicht, dass es so lange dauern wird. Wir gehen gemeinsam. Ich bin gleich wieder da. Gib mir zwei Minuten."

Er geht raus. Grob zieht er sie am Arm mit sich mit. Bei dem Anblick muss ich lächeln. Das ist wirklich eine Unart von ihm. Von Zeit zu Zeit macht er das auch mit mir. Wenn sein Unmut einen gewissen Level übersteigt, werden seine Protagonisten wie Puppen durch die Gegend geschleift.

Vor dem Laden schaukeln sich die Emotionen gerade zweifelsohne hoch. Sie fangen an zu streiten. Der Gesprächsinhalt bleibt uns verborgen, aber deutet man die Gesten, handelt es sich um eine hitzige Diskussion. Keine Ahnung, was sie beiden so auf die Palme treibt. Tobi kommt wieder rein. Knall auf Fall hatte er das Gespräch abrupt beendet. Er glüht förmlich vor Wut, versucht aber krampfhaft, sich nichts anmerken zu lassen.

„Kann ich dich kurz sprechen?", sagt er ernst.

„Ernsthaft? Aber ja."

„Alleine?"

„Ja, sicher!"

Er geht in den Nebenraum. Ich folge ihm. Er verschließt die Tür.

„Hey, was ist denn los? Du bist ja total aufgewühlt. Was wollte sie von dir?"

„Nichts Gutes. Bitte setz dich."

„Ich soll mich setzen?", frage ich zweifelnd.

„Keine Geheimnisse. Richtig?"

„Du machst mit Angst. Hör auf!", sage ich nervös.

Fahrig streicht er sich durch die Haare. „Ich hoffe ernsthaft, dass das jetzt nicht wieder einen Keil zwischen uns treibt. Dennoch müssen wir das besprechen, da sie nicht aufgeben wird."

Er macht eine Pause. Inzwischen hatte er es geschafft, mich komplett zu verunsichern. Nichtsdestotrotz nehme ich seine Hand.

„Egal, was es ist. Ich kann damit umgehen."

„Ja, das hoffe ich. Hör zu, sie versucht mir einzureden, dass ich sie in der Nacht an meinem Geburtstag geschwängert habe."

Verstört lasse ich seine Hand los. Was für ein Albtraum!

„Das hundertprozentiger Blödsinn. Ich hatte verhütet. Ich weiß nicht, was dieser Mist soll", redet er weiter.

„Du hast verhütet?", frage ich verwirrt. „Du bist mit mir zusammen, und hast trotzdem immer Kondome griffbereit?"

Er schaut mich direkt an. „Eine Angewohnheit, die ich inzwischen abgelegt habe. Aus alten Zeiten wirst du aber noch Kondome in vielen meiner Jackentaschen finden."

„Du hast in jeder Jacke Kondome dabei?", frage ich entsetzt.

„Es tut mir leid. Das alles tut mir total leid. Ich wollte nicht, dass diese Geschichte jetzt wieder aufflackert. Ich kann dir gar nicht sagen, wie sehr ich den Verlauf dieses Abends bereue."

Spontan atme ich aus, die Anspannung weicht aus meinen Gliedern. Ich muss lächeln. Er spielt mit offenen Karten. Was kann ich mir mehr wünschen? Ja, der Gedanke an den Seitensprung tut schon verdammt weh. Die ganzen Frauengeschichten sind auch nicht sonderlich schmeichelhaft. Dennoch, ich liebe diesen Kerl so unbeschreiblich, und ich weiß, dass er mich auch liebt.

„Ich kann damit umgehen! Wollen wir jetzt los?"

Irritiert schaut er mich an. „Du bist nicht sauer"

„Nein, wir haben darüber gesprochen. Das Thema ist durch."
Jetzt ist er völlig erleichtert. Er grinst breit, schließt mich fest in seine Arme, drückt mir einen Kuss auf die Stirn. „Ich liebe Dich!"
„Hey, autsch, vorsichtig."
„Ja, richtig, deine Verletzung. Dann los!"
Kurze Zeit später setzt sich die Karawane in Richtung Restaurant in Bewegung. Tobias und ich halten Händchen, Martha schwatzt hinter uns irgendeinen Blödsinn. Susanna steht am Ende der Straße, und beobachtet wie versteinert unseren Abgang.

Das Essen ist wie immer sehr gut, die Stimmung ausgesprochen ausgelassen. „Von Rauheim. Ist das eigentlich ein Adelstitel?", fragt Martha neugierig. Gefühlt ist das ihre tausendste Frage. Sie hängt an seinen Lippen, saugt jede neue Information förmlich in sich hinein.
„In unserer Bibliothek gibt es ein Buch mit unserem Familienstammbaum. Ich habe mich aber nie ernsthaft damit beschäftigt", antwortet er zwischen zwei Bissen.
„Es gibt eine eigene Bibliothek?", fragt Martha erstaunt.
Er hält sich tapfer, wirft mir aber zwischendurch immer wieder hilflose Blicke zu. Ich muss schmunzeln.
„Habt ihr Heiratsabsichten? Wie sieht es mit Kindern aus?", fragt sie an uns beide gewandt. „Es wäre so schön, wieder Kinderlachen auf dem Hof zu hören."

Verdammt, jetzt hat Martha die Grenze des guten Geschmacks überschritten. Dieses Mal trifft sie unseren wunden Punkt. Wie ich meine Einladung inzwischen bereue.

„Nein, selbstverständlich gibt es keine langfristigen Planungen! Und sowieso. Martha! Du hast selbst keine Kinder. Die Frage ist komisch."

Meine Mutter schüttelt bei meiner Antwort zweifelnd ihren Kopf. Meine Reaktion ist viel zu heftig ausgefallen.

„Kind, bleib mal locker. Du bist ein Einzelkind. Du stehst somit in der Verpflichtung!", kommt es ungerührt.

Das geht ja gar nicht. Augenblicklich vergesse ich mein letztes Fünkchen Anstand. „Das sehe ich anders! Gibt es noch andere Themen?", sage ich schroff.

„Ich könnte mir schon Kinder mit Melanie vorstellen."

„Wie bitte?", frage ich verstört. Tobias Aussage kommt überraschend, ist komplett konträr zu allen seinen früheren Äußerungen zu dem Thema. Alle starren ihn an. Er wirkt nachdenklich.

„Aber nicht jetzt. In den nächsten zwei oder drei Jahren vielleicht."

Ich bin baff. Was war das denn für eine Aussage? Um Martha jeglichen Wind für weitere Diskussionen aus den Segeln zu nehmen, übernehme ich das Wort.

„Zu früh. Vielleicht wenn ich dreißig bin", entgegne ich also trocken.

„Unsere Kinder werden bestimmt total süß." Er grinst breit. Zärtlich küsst er mich auf die Stirn.

Er überfordert mich. Was hat seinen Sinneswechsel ausgelöst? Und überhaupt. Werde ich auch noch gefragt? Pragmatisch versuche ich vom Thema abzulenken.

„Will noch jemand einen Nachtisch? Tiramisu, oder Eis?"

„Nein, danke." Tobias lehnt ab, schüttelt sich. Ich muss grinsen. Für Süß Zeug ist er nicht wirklich zu haben.

„Ich auch nicht", sagt meine Mutter.

„Ok, wollen wir bald los?", frage ich dann.

Tobias steht auf. „Einen Moment. Ich komme gleich wieder."

„Kannst du bitte dem Kellner Bescheid geben, dass ich zahlen möchte."

„Ja klar." Tobi ist weg. Ich betrachte meine Mutter. Sie hat den ganzen Abend wenig geredet. Auch in diesem Moment wirkt sie rundum abwesend. Ihre Gedanken kreisen ganz woanders. Normal müsste sie überschäumen vor Glück! Meine Heirat, Kinder waren früher ihr Hauptanliegen, eines ihrer Lebensinhalte.

„Mama, ist alles in Ordnung?" Überrascht blickt sie auf.

„Ja, alles gut. Mach dir keine Sorgen."

„Mache ich nicht, oder sollte ich?"

Tobi erscheint wieder am Tisch. „So, wir können los."

„Nein warte, die Rechnung muss noch beglichen werden."

„Schon erledigt."

„Nein, das wollte ich übernehmen."

„Zu spät, sorry." Er lächelt mich selbstzufrieden an.

„Bedank dich einfach und gut", schnauzt Martha mich an.

„Das war lieb, aber total überflüssig. Ich wollte euch einladen."

„Kein Streit wegen Nichtigkeiten. Du weißt, wie ich darüber denke!", sagt Tobias ernst.

Ja, dem bin ich mir bewusst. Das Thema ist vom Tisch. Ich täusche Freude vor, hätte aber liebend gerne die Rechnung selbst bezahlt. Es wäre einfach ein Zeichen meiner Unabhängigkeit gewesen.

„Kommst du heute mit nach Hause?", fragt meine Mutter an mich gewandt.

„Wie bitte?", fragt Tobias.

„Ich frage ungerne, aber wir sind auf Melanies Hilfe angewiesen."

Oh Hilfe. Wieso habe ich nicht daran gedacht?

„Sicher komme ich nach Hause", sage ich zurückhaltend. „Aber erst morgen. Es hat sich viel Krams bei Tobias angesammelt. Ich muss noch einige Sachen zusammenpacken. Heute Nacht bleibe ich bei ihm. Ist das in Ordnung?"

Meine Mutter wirkt enttäuscht. „Wie du meinst."

„Grüße bitte Papa von mir. Wir sehen uns morgen."

„Habt ihr W-Lan?", fragt Tobias, als wir zu unseren Autos schlendern.

„Nein."

„Bitte was? Ihr habt kein Internet im Haus?" Gespielt bestürzt rauft er sich die Haare. „Gibt es so etwas in Deutschland überhaupt noch?"

„Hey. Wofür? Es gibt einen Anschluss bei der Arbeit. Zu Hause setze ich mich nicht mehr an den Rechner."

„Gut, das könnte zum Problem werden."

„Ein Problem? Warum?"

„Ich habe mir vorgenommen, dich nicht aus den Augen zu lassen. Darf ich euren Haushalt etwas aufrüsten?"

„Du willst bei uns das Internet freischalten lassen?"

„Ja, wenn ich dich dann öfter sehen kann. Ist das ein Problem? Gerne kann ich die zusätzlichen Kosten übernehmen."

Spontan muss ich lachen. „Nein, das wird schon gehen. Die drei Euro fünfzig werde ich durchaus aufbringen können. Du musst es aber selbst organisieren. Davon habe ich keinen Plan."

„Kein Problem."

„Bin ich froh. Was für ein langer Tag. Was für penetrante Fragen. Immerhin war das Essen lecker." Ich habe es mir mit einer Decke auf seinem Sofa gemütlich gemacht. Tobias hat uns zwei Biere geholt. Er setzt sich neben mich und streichelt mein Gesicht. „Du siehst geschafft aus."

„Ja, in der Tat. Es ist schon stressig ohne Barbara. Sie fehlt mir."

„Du gehörst ins Bett. Lass das Bier stehen. Das war kein gute Idee."

„Hm, ja." Ich folge seiner Aufforderung. Ich bin so platt. Selbst Zähneputzen lasse ich ausfallen. Wie ein Gesteinsbrocken lege ich mich ab. Tobias ist bei mir. Seine Hand schiebt sich unter mein Nachthemd. Zärtlich fängt er an, meine Haut zu liebkosen, streicht über meine Beine, meinen Bauch und wieder zurück.

"Tobi!"

„Ja?"

„Du bist jetzt wieder total lieb. Schon seit Wochen."

„Das ist doch gut - oder? Bist du nicht glücklich?"

„Doch, schon." Ich muss meine Worte gut wählen. Er streicht mir über das Gesicht, küsst mich aufmunternd auf die Stirn.

„Du wirkst nachdenklich. Ist es wegen Susanna? Wir könnten darüber reden."

Ich atme noch einmal tief ein und aus. „Nein, Susanna ist nicht relevant."

„Was ist es dann?", fragt er lieb.

„Keine Ahnung. Es ist so viel passiert. Ich liebe dich, aber du hast mich auch total verletzt." Meine Stimme bebt etwas, die Worte fallen mir schwer. „Du hast die Tendenz wie ein Rettungsboot im richtigen Moment aufzutauchen, und mich dann wieder auf der nächsten einsamen Insel irgendwo im nirgendwo abzusetzen."

Ich schaue ihm in die Augen. Sein Blick ist offen und ehrlich. „Ich weiß nicht, ob ich das noch einmal schaffe. Du weißt, wie ich ticke. Ich bin mir nicht sicher, ob ich eine erneute Trennung verkraften könnte." Ich streiche ihm über das Gesicht. „Wenn du dir vielleicht nicht sicher bist, sollten wir das hier vielleicht beenden, bevor es zu intensiv wird. Zu meinem Schutz!"

Er schaut mich verwundert an. „Ich werde nicht gehen. Ich liebe Dich. Ich bin mir total sicher." Zärtlich küsst er mich. „Hast du es denn nicht gefühlt? Es ist mir sehr ernst. Dieses Mal will ich es richtig machen."

„Was soll das mit dem Baby?"

Er lacht. „Komm her, das war doch die perfekte Schwiegersohn Show."

Jetzt muss ich auch lachen. „Du hast sie auf den Arm genommen. Wie Gewissenlos ist das denn?"

„Nein, du irrst. Ich habe dich gerade auf den Arm genommen."

„Mich?", frage ich erstaunt.

„Ja, es war mir ernst. Meine gesamte Weltanschauung hat sich geändert. Wie hast du es einmal so schön formuliert? `Wenn man sich sicher ist, dann kann man auch einen Schritt weiter gehen. Ich will eine Familie mit dir. Das und noch viel mehr."

„Warum?", frage ich verstört. Er ist mit einem Mal so ernst.

„Warum? Das ist ganz einfach zu erklären. Du kannst dir nicht vorstellen, wie mich dieser Vorfall mit Frank geschockt hat. Diese

Hilflosigkeit, diese endlosen Minuten, an denen ich neben dir im Wald gehockt habe, bis die Rettungskräfte endlich eingetrudelt sind. Das war schlimm."

„Wie habt ihr uns überhaupt gefunden? Mitten im Wald?"

„Bernd hatte mich geweckt, nachdem du bekanntermaßen wie vom Erdboden verschwunden warst. Gemeinsam haben wir alle Räume abgesucht. Stefanie gab uns den wichtigen Hinweis, dass sie dich in Richtung Pool hat rennen sehen."

„Moment Mal, wer ist Stefanie?"

„Sie arbeitet an der Rezeption. Du hast sie sicher gesehen."

„Die Blonde mit der zu engen Bluse?", sage ich skeptisch, muss unweigerlich an unsere Ankunft denken. Er stand dort am Tresen. Sie haben geflirtet, das ist so ungeheuerlich!

„Ich habe nicht mit ihr geflirtet. Es ist nicht so, wie du denkst, aber ja, es wäre keine große Herausforderung gewesen, ihre Telefonnummer zu bekommen."

Wie üblich durchschaut er meine Gedanken, steuert unmittelbar dagegen. „Seit unserer Trennung habe ich keine Frau mehr angefasst. Das kannst du mir glauben. Mir steht nicht einmal der Sinn danach." Seine Augen fixieren mich. Ich glaube ihm.

„Am Pool gab es diesen Wanderweg. Von dort an war es ganz einfach. Ich glaube, du bist die einzige Frau auf der Welt, die mit High Heels im Wald herumrennt." Er grinst. „Wir mussten einfach den Spuren auf dem matschigen Untergrund folgen. Deine

Pfennigabsätze haben tiefe Löcher im Boden hinterlassen. Der Rest war ein Kinderspiel."

„Ich hatte noch die Schuhe vom Vortag an. Mir ist das in der Hektik gar nicht aufgefallen."

„Zum Glück. Zum Glück sind wir rechtzeitig gekommen. Du warst in solch schlechtem Zustand. Ich kann nicht sagen, dass ich mit dieser Geschichte in irgendeiner Form umgehen kann. Ich dachte, ich würde dich verlieren."

„Ich weiß", sage ich traurig.

„Also, was würde dich jetzt glücklich machen? Wie soll ich dir meine Liebe zeigen? Möchtest du ein neues Auto?"

„Nein, spinnst du? Ich will keine Geschenke! Du kannst mir etwas anderes geben." Ich ziehe mir mein Nachthemd aus. „Lass uns unsere letzte ungestört Nacht genießen", flüstert ich ihm ins Ohr.

Seine Lippen pressen sich auf meine. Seine Zunge schmeckt jetzt nach Zahnpasta. Ich spüre seine Hände auf meiner Haut, spüre sein ungeheures Verlangen. Ich setze mich auf seinen Schoß, führe sein hartes Teil an. Langsam fange ich an, ihn zu reiten. Instinktiv schließe ich meine Augen, lasse mich von diesem Gefühl überwältigen. Ehrlich, wenn wir miteinander schlafen, kann ich alle Sorgen vergessen, meine Umwelt komplett ausblenden. Es gibt nur noch uns zwei, unser Leidenschaft, unsere Zärtlichkeiten. Ihm geht es genauso. Er kann gar nicht genug davon bekommen.

Später liebt er mich noch ein zweites Mal. Wir schlafen zusammengekuschelt ein. Ich träume von magischen Wesen, Einhörnern, die auf unserer Koppel grasen, rosa Wolken, die am Himmel stehen. Es geht mir deutlich besser, mit ihm finde ich Frieden und Erlösung.

So verbringen wir die nächsten Wochen total glücklich und verliebt. Tobi hat mir die Kette zurückgegeben. Ich trage sie jeden Tag. In der Regel lege ich sie eigentlich nur noch zum Duschen ab. Mein Elternhaus wurde technisch aufgerüstet. Nun kann er auch bei mir in Ruhe arbeiten. Er wollte sich finanziell an den allgemeinen Unkosten beteiligen. Das habe ich natürlich abgelehnt. Zum Ausgleich beteiligt er sich aktiv an der Stall- und Hausarbeit. Wir sind unzertrennlich. Hinsichtlich der Mücken wurden alle Fenster mit Fliegengitter ausgestattet. Als logische Konsequenz wurden meine Spinnenfreunde nach draußen verbannt. Womöglich sind sie als Vogelfutter geendet. Immerhin gibt seitdem keine Plagegeister mehr zu vermelden. Unser Haushalt ist sauber und aufgeräumt. In meinem Bett gibt es jetzt zwei Decken, meist teilen wir uns trotzdem eine, schlafen immer Haut an Haut. Oft kocht Tobias. Oft hat er das Essen schon fertig, wenn meine Mutter und ich nach Feierabend den Hof erreichen. Unser Liebesleben hat sich einschneidend verändert. Experimente fallen aus. Alles ist harmonisch. Mr. Hide ist verschwunden oder gestorben. Tobias ist einfach nur ein Schatz, ist mein Hauptgewinn. Mein Goldtöpfen, dass ich erbeutet habe, nachdem ich mich mühsam (äußerst mühsam) zum Ende des Regenbogens durchgekämpft hatte. Susanna kam noch einige Male vorbei, konnte aber immer abgewimmelt werden. Ihre Schwangerschaft kauft ihr keiner ab. Ich habe mich mit seinem Seitensprung abgefunden. Mein neu gewonnenes Grundvertrauen in unsere Beziehung ist unerschütterlich. Ich vertraue ihm. Ich bin mir seiner Gefühle jetzt wirklich sicher. Er verbringt sowieso ausnahmslos jede Nacht bei mir.

KAPITEL 13 DAS FEST DER LIEBE

„Hey, frohe Weihnachten!", sagt Tobias fröhlich. Heute Morgen hatten wir uns nicht gesprochen. Selbst an Heiligabend ist er vor mir aufgestanden, um hemmungslos seine Arbeitswut auszuleben.

„Wünsche ich auch", sage ich, küsse ihn kurz auf den Mund. „Ich wünschte ich wäre in irgendeiner Form in festlicher Stimmung. Die Feiertage sind für Leute aus dem Einzelhandel wirklich die Hölle. Ich fühle mich, als hätte ich gerade unter hochsommerlichen Temperaturen einen Zehnkampf absolviert."

Er prustet los. „Sprach die Frau, die praktisch gar keinen Sport betreibt."

Genervt rolle ich die Augen. „Du weißt, was ich meine!"

„Ja, aber zum Glück ist jetzt Feierabend. Für uns beide."

„Riecht das hier etwa nach Knoblauch? Hast du gekocht?"

Tobias lacht. „Ja, in der Tat. Du kannst dich gleich setzen. Ich gebe deinen Eltern Bescheid."

„Nein, warte. Gib mir noch fünf Minuten. Ich ziehe mir schnell etwas Bequemeres an."

„Wie du willst. Viele Kunden heute?", fragt er.

„Ja, viele Kunden, zufriedenstellende Einnahmen, ein versuchter Diebstahl."

Er schaut ernst. „Schon wieder? Hast du das zur Anzeige gebracht?"

„Nein, ich habe es bei einem Hausverbot belassen. Es ist deprimierend, aber das ganze Theater ist zeitaufwendig und bringt doch eh nichts."

„Ich würde mir wünschen, dass du den offiziellen Weg gehst. Wenn solche und andere Verbrechen ungesühnt bleiben, wird sich doch nie etwas verbessern."

„Redest du jetzt von Stefan? Lass es gut sein", sage ich müde.

„Wird es Umtausche nach dem Fest geben", fragt er neugierig.

„Keine Ahnung. Ist ja unser erstes Weihnachten. Ich hoffe nicht. Lass uns über erfreuliche Sachen reden. Was gibt es denn zu essen?"

Er lacht. „Eine Überraschung."

„Abgesehen von der Mahlzeit, hast du hoffentlich keine Geschenke besorgt, oder?", frage ich vorsichtig. „In der Regel schenkt sich meine Familie nur Kleinigkeiten!"

„Ist nicht der Rede wert. Zieh dich lieber um, bevor das essen kalt wird. Warum auch immer habe ich eher mit dir gerechnet."

„Scherzkeks. Du hast mir dieses Gespräch aufgezwängt."

„Los jetzt ab!"

Ich folge seiner Aufforderung unverzüglich. Ich habe auch Hunger. Wie ich ihn kenne, warten etliche Delikatessen auf uns. Wenn er Geld ausgibt, dann nur für Qualität.

Weihnachtslieder dudeln im Radio. Das Essen war ausgezeichnet. Er hat mich angeschwindelt. Zum Glück hat er sich nicht die Mühe gemacht, selbst zu kochen. Er hatte sich bei einem Restaurant ein Menü zusammengestellt, und dieses bei uns zu Hause anliefern lassen. Geld spielt bei ihm sowieso keine Rolle. So konnte er zumindest seine Arbeitszeit um eine Stunde verlängern.

Inzwischen hatten wir die zweite Flasche Rotwein geleert. Ich bin träge, vollgefressen und reif für mein Sofa. Verliebt schaue ich Tobias an. „Ich glaube."

„dass es jetzt an der Zeit ist, in die Kirche zu gehen!", vollendet meine Mutter meinen Satz.

„Nein, ich wollte sagen, dass wir jetzt hoch gehen. Das olle Krippenspiel hängt mir zum Hals raus. Dieses Jahr lässt U30 den Gottesdienst ausfallen", sage ich bestimmt.

„Kommt gar nicht in die Tüte", sagt meine Mutter empört. „Wir haben das immer so gemacht, und damit bleibt es dabei."

Na toll. Tobias macht Anstalten, sich zu erheben. Hilfesuchend schaue ich ihn an. „Wir bleiben doch hier, oder?", frage ich vorsichtig.

Er lacht. „Nein. Weihnachten ist ein Familienfest. Wir ziehen das jetzt komplett durch."

„Bitte nicht", flüstern meine Lippen. Erbarmungslos schüttelt er den Kopf. Keine fünf Minuten später sind wir auf dem Weg, stampfen durch das fiese Winterwetter, trotzen dem eisigen

Gegenwind. „Warum muss es denn so Scheiße kalt sein?", frage ich ernüchtert.

„Ist Dir etwa kalt?", fragt er unschuldig. „Hier, du kannst meine Handschuhe haben." Wie selbstverständlich zieht er sie sich sofort von den Fingern, reicht sie mir. „Reicht das? Oder willst du noch mehr?" Er nimmt sich seinen dicken grauen Baumwollschal, wickelt mir diesen um den Hals, nur um ihn dann fester zuzuziehen, als nötig.

„Hey!" Zu Strafe schubse ich ihn zur Seite, er prallt gegen einen Gartenzaun. „Biest!"

Ich muss lachen. „Warum haben wir eigentlich keine weiße Weihnachten?", frage ich.

„Wenn du willst, steigen wir noch heute Abend in den Flieger und begeben uns an einen Ort, an dem alles weiß ist. Was hälst Du vom Nordpol? Ich wollte schon immermal ein echtes Wetterleuchten sehen."

„Du spinnst", sage ich überrascht.

„Ja", sagt er jetzt wieder etwas ernster. „Kommst du morgen mit zur Weihnachtsganz zu meinen Eltern? Natürlich musst du kein Fleisch essen. Wir haben auch eine alte Familientradition. Das ist so gang und gäbe. Am ersten Weihnachtstag kommen alle von weit und fern. Fossile Wesen aus dem letzten Jahrhundert, Tanten, Onkel, Enkel.

„Fossile Wesen. Dein ernst? Steinzeitgemüse?! Ich muss lachen.

„Ja, so ähnlich. Meine Mutter würde mich töten, wenn ich an diesem exquisiten Event fernbleiben würde. Möchten Sie eventuell auch teilnehmen?", fragt er an meine Eltern gewandt.

„Das ist sehr freundlich, aber wir bleiben lieber zu Hause. Ein anders Mal vielleicht", antwortet meine Mutter zurückhaltend.

„Du hast sie in Verlegenheit gebracht", flüstere ich ihm zu.

Er grinst. „Pech. Ich fand das angebracht, besonders da ich so viel Zeit bei euch zu Hause verbringe."

„Nun ja, aus diesem Grund hat der selbsternannte Weihnachtsmann uns mehr als reich beschenkt." Ich muss an sein großzügiges Geschenk denken. Nun ziert ein schmuckes Armband mein Handgelenk. Womöglich stammt es aus der gleichen Kollektion, wie meine Kette. Mein Geschenk an ihn war eher fantasielos. Erneut habe ich meine Nähmaschine zum Glühen gebracht, und ihm ein Hemd genäht. Zur Abwechslung ist meiner Kreativität ein klassisches Business Hemd für die Arbeit entsprungen. Nieten sind Fehlanzeige.

„Na, woran denkst du?", fragt er.

„Ach nichts", sage ich.

„Was ist denn da los?", fragt meine Mutter verwirrt. Wir alle schauen gebannt nach vorne. Die Kirche ist in Sichtweite. Gegen jede Vernunft stehen viele der Kirchenbesucher draußen vor der Tür. Es herrscht eine Unruhe.

„Warum sind alle so aufgebracht?", frage ich.

„Hey Markus!" Tobias winkt seinem Freund zu. Markus kommt uns sofort entgegen. Er wirkt verstört.

„Hey Mann. Hast du es schon gehört?", fragt er Tobias.

„Nein. Was denn?"

„Das ist so eine Scheiße. Sie haben das Mädchen gefunden."

„Welches Mädchen? Meinst du Sandra?", frage ich verwirrt.

„Ja, diese Sandra", antwortet er.

„Was meinst du mit gefunden? Ist sie etwa tot?", fragt Tobias.

„Ja, die Leiche ist Nahe Hannover aufgetaucht. Alles deutet auf den Blondinen Mörder hin."

„Oh mein Gott." Der Boden wird mir unter den Füßen weggerissen. Sicher wäre ich hingefallen, wenn Tobias mich nicht aufgefangen hätte.

Es ist das alte Spiel. Tobias schließt die Tür zu dem noblen Anwesen seiner Eltern auf, klingelt aber noch zusätzlich.

„Melanie, wie schön, Sie wieder zu sehen!", seine Mutter umarmt mich herzlich, drückt dann ihren Sohn, schließt für einen Moment ihre Augen. Ich muss lächeln, als ich diese Szene verfolge.

„Tobias!" Sein Vater nickt seinem Sohn hoheitsvoll zu. Was für ein möchtegern Aristokrat. Mir gegenüber fällt seine Begrüßung ebenso zurückhaltend aus. „Hallo Melanie!" Er reicht mir die Hand. Sein Händedruck ist fest und entschlossen. Ich mustere sein Gesicht, während er meine Hand quetscht. Er ist wirklich eine

Statur von Mann, groß und attraktiv gewachsen. Tobias hat so viel Ähnlichkeit mit ihm.

„Ihr seid spät!", sagt er an seinen Sohn gewandt.

Tobias bleibt unbeeindruckt. „Wir wollten mal ausschlafen. Melanie hatte so viel Stress in letzter Zeit."

Unwillkürlich huscht mir ein Grinsen über das Gesicht. Ja, das hat er schön formuliert. Gestern ging es mir nicht gut. Der Schock saß tief. Noch vor dem Gottesdienst hat er mich wieder nach Hause gebracht. Ich habe geweint, warum auch immer. Irgendwann bin ich in seinen Armen eingeschlafen – und wieder aufgewacht. Tobias kann so unglaublich geduldig und liebevoll sein. Heute Morgen hatte er mich verführt, Hammer, war das sinnlich – und erotisch. Einfach unglaublich intensiv. Ja, und zeitintensiv. Am liebsten wäre ich gleich im Bett geblieben.

„Tobias, ich habe gehört, dass dein Projekt gute Fortschritte gemacht hat. Michael hat mich dazu schon angerufen."

Tobias zuckt gleichgültig mit den Schultern. Sein Vater redet einfach weiter. „Bald heißt es also nicht mehr: Houston wir haben ein Problem, sondern Houston hat von Rauheim!" Anerkennend klopft er seinem Nachwuchs auf die Schulter.

„Nein, das ist nur Theorie. Es läuft noch nicht rund. Bei Phase vier ist irgendwie der Wurm drin. Wenn es ganz dumm läuft, müssen wir den Termin verschieben. Wir können das aber später noch im Detail besprechen."

„Den Termin verschieben?", fragt sein Vater entsetzt. „Hast du schon alle Möglichkeiten ausgeschöpft? Das kann doch nicht angehen."

„Nun gut. Es gab gewissermaßen einige Angelegenheiten in meinem Tagesablauf, die vielleicht nicht direkt auf die Arbeit bezogen waren, die eventuell eine Terminverzögerung verursacht haben könnten", sagt Tobias umständlich.

„Du hast deine Prioritäten im privaten Bereich gesetzt. Ist es das, was du mir sagen willst?", fragt der Vater nun empört.

So ein Pech. Das Thema hat meinen Freund auf den Boden der Tatsachen zurückgeholt. Nun wirkt er ziemlich ernst.

„Ich habe fast zwei Jahre ununterbrochen gearbeitet. Es ist definitiv nicht verwerflich, auch mal abzuschalten!"

„Ich gönne dir deine Ferien. Nur ist der Zeitpunkt dafür denkbar ungünstig gewählt. Du weißt, dass der Fixtermin mit dem Kunden steht!"

„Ja, ich weiß. Das behalte ich im Hinterkopf. Vielleicht hast Du noch einen guten Ansatz bezüglich der Modellierung?"

„Möglich. Komm, wir besprechen das gleich, bevor der Trubel hier losgeht." Er schiebt Tobias in Richtung Arbeitszimmer, aber Tobias wendet sich mir zu, küsst mich zart auf die Stirn.

„Hey, ist das ok für dich? Es dauert nicht lange."

„Ja, klar", sage ich sanft. Er zwinkert mir dankbar zu, dann ist er weg. Was für ein Unterschied zu unserem letzten Besuch, bei dem er zwanghaft versucht hat, mich von seiner Familie abzuschotten. Nun gibt es keine Geheimnisse mehr zwischen uns. Ich darf mich frei bewegen.

Als ich den Salon betrete, werde ich anstatt eines Händedrucks gleich stürmisch von seinem Bruder Daniel gedrückt. „Hey! Du hast es nach deinem letzten kuriosen Auftritt tatsächlich zu unserer nächsten Familienfeier geschafft! Respekt!"

Er prustet los.

„Ja, habe ich", sage ich, muss auch lachen.

„Na dann, frohe Weihnachten! Dieses Mal mit oder ohne Provokationen deinerseits. Ich meine nur, damit ich mich seelisch darauf einstellen kann", redet er weiter.

„Definiere Provokation!", sage ich, schaue ihn fordernd an.

Er lacht. „Du bist anspruchsvoll. Du lässt dich nicht aufs Glatteis führen."

„Nein, ich bemühe mich. Für heute kann ich dir aber versichern, dass ich mit einer positiven Grundeinstellung in diese noblen Gefilde gekommen bin. Es handelt sich immerhin um das Fest der Liebe."

„In der Tat. Das Fest der Liebe - und du bist in meinen Bruder verliebt. Richtig?"

Ich muss grinsen. „Natürlich bin ich in ihn verliebt. Was denn sonst."

Er grinst breit. Auf diese Antwort hatte er gehofft. Das Eis ist gebrochen.

„Ich stehe zwar nicht auf Gans, aber das riecht hier ausgesprochen lecker. Kann ich vielleicht irgendetwas helfen?", frage ich.

Lachend winkt er ab. „Nicht nötig. An den Feiertagen lässt unsere Mutter den Catering Service kommen. Alles andere würde in Stress ausarten!" Fröhlich zieht er mich ins Wohnzimmer.

„Moment!" Ich stoppe in der Bewegung. Mein Blick bleibt an der riesigen Tanne hängen. „Ist das eine Nordmanntanne? So einen wuchtigen Baum habe ich noch nie gesehen. Zumindest nicht in einem privaten Haushalt. Allenfalls im Fernsehen. Der hat schon Amerikanische Verhältnisse.

Er lacht. „Zu groß, zu glänzend, zu bunt. Scheußlich, nicht wahr?"

„Nein, das würde ich so nicht definieren. Betiteln wir das Ding als speziell."

Er lacht wieder. „Speziell daneben. Jedes Jahr flehe ich unsere Mutter an, das Geld für die Deko lieber an eine soziale Einrichtung zu spenden. Dieses ganze Tamm Tamm ist so Sinn frei, nicht wahr? Sekt?"

Ich verkneife mir ein Lachen. Für einen Mann redet er vergleichsweise wie ein Wasserfall. „Ja, sehr gerne." Kurze Zeit später habe ich ein Glas in der Hand.

Auch der Rest seiner Familie ist heute wenig zurückhaltend. Es geht fröhlich und unbeschwert daher.

„Na dann Prost." Tobias ist an meiner Seite aufgetaucht. Sein Glas klirrt gegen meins. Auch er begutachtet den Baum, schüttelt leicht missbilligend den Kopf.

„Zu Tisch bitte!", ruft seine Mutter.

„Na dann los." Tobias nimmt meine Hand, führt mich zu dem für mich angedachten Platz.

Der Tisch ist festlich, bis auf das letzte Detail weihnachtlich dekoriert. Natürlich ist die Tischdecke rot, die Servierten werden von winzigen Renntieren geschmückt, überall liegen kleine Tannenzapfen und glänzende Kugeln verstreut. Es ist fast zu viel, aber dennoch auf eine bestimmte Art schön. Als Krönung befindet sich auf jedem Platz ein kleines Geschenk. Auch auf meinem.

„Setz dich bitte." Ich lasse meinen Körper auf die Sitzgelegenheit sinken. Er tut es mir gleich, grinst leicht amüsiert, beobachtet das Treiben.

„Gleich fallen sie wie Raubritter über die Geschenke her. Es ist jedes Jahr das gleiche Theater." Seins legt er einfach ungeöffnet zur Seite. Der Inhalt interessiert ihn null. „Außer von dir habe ich noch nie etwas Persönliches bekommen. Wie lange hast du dafür gebraucht?"

„Dein ernst?"

„Ja, hier wird bei jeder Kleinigkeit die Kreditkarte gezückt. Also?"

„Geht so. Ich bin ein Profi. Ich konnte den gleichen Schnitt wie letztes Mal verwenden. Es waren so circa zwei bis drei Stunden."
„Das war es wert. Ich werde es in Ehren tragen."
Ich sollte mich über sein Kompliment freuen. Für mich ist die Situation eher schlichtweg beschämend. Ich bin pleite. Ich hätte es mir gar nicht leisten können, eine hohe Summe in ein Geschenk zu investieren. Das ist bitter.
„Melanie, sie werden nicht umhin kommen, das hier auszupacken." Überrascht drehe ich mich um. Seine Mutter steht an meiner Seite. Sie hat die kleine Schachtel von meinem Teller genommen. Nun hält sie mir das Ding direkt vor die Nase.
„Tobias ist ein Geschenkemuffel. Sie haben sich doch wohl nicht davon anstecken lassen?"
„Nein, natürlich nicht." Zögerlich nehme ich das Präsent entgegen, drehe es etwas ratlos hin und her. Es ist ausgesprochen leicht, mit Goldpapier eingepackt, und mit einer bunten, blauen, glänzenden Schleife versehen.
Tobias lacht. „Wenn es nicht glänzt, ist es nicht existent. Alles andere wäre ein Stilbruch."
„Tobias, du sollst nicht immer lästern. Ich schaffe hier eine gewisse festliche Atmosphäre, in der sich alle wohl fühlen."
Er lächelt, steht auf, drückt ihr einen Kuss auf die Stirn, spricht: „Ich auch. Ich werde diese Gesellschaft mit Getränken versorgen.

Wer möchte noch alles Sekt?", ruft er fragend in die Runde.
„Melanie, Sekt?"
„Ja, gerne. Du kannst mein Glas wieder auffüllen." Tobias verschwindet in der Küche. Seine Mutter bleibt neben mir stehen, hat gespannt ihren Blick auf mich geheftet. Scheinbar erwartet sie, dass ich das Ding unverzüglich öffne.
„Es ist nur eine Kleinigkeit. Ich habe es im Urlaub gesehen, und spontan an Sie gedacht", sagt sie freundlich. Ich bin sprachlos, leider etwas überfordert. Hätte ich ihr auch etwas mitbringen sollen? Tobias hatte Blumen dabei. War das genug? Nachdenklich komme ich ihrem Wunsch nach und öffne die Verpackung.
Der Inhalt stimmt mich fassungslos. Ein kleines dünnes Goldkettchen funkelt mich an. Als Anhänger baumelt eine kleine Libelle daran. Es ist wohl ein Armband, aber wunderschön. Es sieht teuer aus. Zweifelnd hebe ich meinen Kopf, schaue sie an.
„Es ist ein Traum, nicht wahr?", sagt sie triumphierend. „Ich wusste, dass Ihnen das gut stehen würde!" Nun lächelt sie breit.
„Danke schön", sage ich. Mehr fällt mir nicht ein.
Sie lacht. „Alles gut. Tobias hatte schon angedeutet, dass Sie so reagieren würden. Wissen Sie, ich verschenke gerne bleibende Werte. Natürlich nur aus gegebenen Anlass."
„Na, gefällt es dir?" Tobias drückt mir ein Glas Sekt in die Hand.

„Wo bleibt eigentlich der Service?", fragt sie ungehalten. „Ich kümmere mich mal eben um das Essen. ", sagt seine Mutter und verschwindet somit.

Unschlüssig zucke ich mit den Schultern, wende mich an meinen Freund, beantworte seine Frage. „Du weißt, was ich davon halte."
Er lacht. „Ja, aber gönne ihr doch den Spaß. Du bist erst das zweite Mädchen, das ich jemals zu einer Weihnachtsparty mitgebracht habe. Wahrscheinlich hört sie schon die Hochzeitsglocken läuten. Mütter eben!"

Er wirkt amüsiert, stellt sein Glas zur Seite, legt mir mein Geschenk an. Nun ziert also noch zusätzlich ein zweites kleines Kettchen meinen Arm.

„Habt Ihr das von dem Leichenfund gehört?", fragt jemand. „Sie kommt aus Celle:"

„Lassen wir das! Melanie kennt das Mädchen!", sagt Tobias schroff. Alle zucken zusammen, schauen auf. Er kann wirklich sehr dominant sein, wenn er will!

„Suppe?", fragt seine Mutter. Alle lachen spontan auf. Sie hatte das so trocken gesagt.

Ein üppiges vier Gänge Menü wird aufgetischt. „Du bekommst die vegetarische Variante. Es wird sicher keine Wünsche offen lassen", sagt er.

„Ja, danke. Es wird sicherlich ausgezeichnet sein."

„Hey, ist alles ok?" Tobias streichelt sanft meine Hand. Perplex schaue ich auf. „Du warst gerade so abwesend."

Ich muss lächeln. Seit unserer Trennung ist er so verdammt um mich bemüht. Spontan küsse ich ihn auf den Mund. Keine Ahnung, ob das hier comme il faut ist, aber er macht mich einfach so schrecklich glücklich.

Ja, es ist ok. Meine Zuwendung ist mehr als willkommen. Er grinst breit, flüstert: „Ich liebe dich", und küsst mich noch einmal. Seine Mutter beobachtet uns, lächelt, erntet dann aber einen bitter bösen Blick von ihrem Sohn. Dann lachen beide. Tobias wirkt im Rahmen seiner Familie wieder total entspannt und gelöst. Ich mag das.

„Lass uns gleich nach dem Dessert abfahren. Ich wäre gerne noch etwas alleine mit dir", haucht er mir zu.

„Ja, gerne", sage ich.

„Tobias, kann ich dich kurz sprechen?" Beide blicken wir zeitgleich auf, starren seinen Vater an, der uns wie zwei Staatsfeinde mit seinem Blick fixiert. Was zum Geier ist das denn für ein Ausdruck? Wäre er eine Frau, würde ich es für Eifersucht halten. Mit einem Kopfnicken verweist er Tobias ihm erneut in Richtung seines Arbeitszimmers zu folgen, dann steht er auf.

Tobias reagiert anders als erwartet. Er folgt dieser unmissverständlichen Aufforderung nicht. Demonstrativ verbleibt er an seinem Platz. Wie in Zeitlupe greift zu seinem Glas, trinkt es seelenruhig aus.

„Tobias?!"

„Es ist Weihnachten. Das Thema Arbeit ist für heute durch", sagt mein Freund gelassen.

„Tobias! Ich gehe davon aus, dass du weitere fünf Minuten deiner kostbaren Zeit erübrigen wirst!" Dieses Mal ist sein Ton ziemlich scharf.

„Meine Güte noch einmal!" Mit einem Ruck steht Tobias auf. Ein Wunder, dass der Stuhl nicht nach hinten umgefallen ist. Beide verschwinden aus dem Raum.

Es entsteht ein betretenes Schweigen im Raum. Die respekteinflößende Art von Tobias Vater hatte alle verstummen lassen. Die unbeschwerte Stimmung ist dahin.

„Ach, was die Männer immer zu besprechen haben", sagt seine Mutter nach einiger Zeit. „Dann nutzen wir die Gunst der Stunde, und trinken eben noch ein Glas Sekt." Keine Minute später hatte sie mein Glas wieder großzügig aufgefüllt.

„Ich hatte eine gewisse Hoffnung gehegt, dass die beiden über die Feiertage die Arbeit ruhen lassen. Es wäre wichtig, dass Tobias abschaltet und zur Ruhe kommt", fährt sie fort. Zu gerne würde ich meinen Senf dazugeben, ihr zustimmend beipflichten, aber ich halte mich zurück. Ich weiß, dass Tobias Gespräche über seine Person abgrundtief hasst.

„Das wird wohl nie passieren", sagt sein Bruder. „Nicht solange Paps noch unter uns weilt. Tobias ist doch sein Paradevorzeigeobjekt."

„Ein Objekt?", entspringt es mir spontan.

„Melanie, nicht wundern. Glück und Familie werden in diesem Haus nur zweitrangig gewertet. In dieser Familie ist das Karriere Programm angesagt. Hier muss die Energie fließen!"

„Ich glaube nicht, dass Themen dieser Art jetzt angemessen sind", sagt seine Mutter zurückhaltend.

„Natürlich nicht. Natürlich hat hier niemand der Anwesenden auch nur annähernd den Mumm, Kritik am autoritären Führungsstil unseres Familienoberhauptes zu äußern. Hier wird einfach nur funktioniert. Hier muss alles perfekt sein!"

„Deine Stänkereien sind nicht angebracht", kommt eine Stimme barsch aus dem Hintergrund. Alle drehen sich um.

Tobias und sein Vater sind wieder auf der Bildfläche aufgetaucht. Beide wirken ernst. Sein Vater spricht gleich weiter. „Dein Bruder hat wirklich beachtliche Erfolge erzielt. Er verdient deinen Respekt! Unser aller Respekt!"

„Oha! Zum Glück kann ich meine Werte und Ideale noch selbst bestimmen!", erwidert Daniel erhitzt. Der verkonsumierte Alkohol macht sich bemerkbar. Aus seinen anfänglichen Sticheleien wird ernst. Justament wirkt er extrem streitsüchtig.

„Wir hauen ab!" Tobias setzt sich nicht mehr hin, streckt mir seine Hand entgegen.

„Ja, sicher.." Ich folge dieser Einladung nur zu gerne, stehe sogleich auf. Den Ausgang des Streitgesprächs ersparen wir uns. Was auch immer dort gleich abgeht, wir sind außen vor.

Ein sehr nachdenklicher Tobias fährt uns nach Hause.

„Alles ok?", frage ich vorsichtig.

„Ja, alles gut. Das war die übliche Feiertagsdiskussion."

„Nun, ja, gut ist relativ. Wenigsten deiner Mutter zuliebe hätten sie auf diese Eskalation verzichten können. Was macht dein Bruder beruflich?"

„Nichts! Zurzeit gönnt er sich eine Auszeit. Das ist so ein Selbstfindungstrip."

„Das finde ich nicht schlimm, wenn er es sich leisten kann", sage ich.

Tobias lacht verbittert auf. „Glaub mir. Das kann sich jeder aus unserer Familie leisten!"

„Wirklich?"

„Ja! Wie sagt man so schön? Wir sind privilegiert. Schau mich an. Schau mein verdammtes Haus an!"

Oh mein Gott. Ich hatte angenommen, dass es sich um eine Mietwohnung handelt. Die dreistöckige Villa gehört ihm? Dieses riesige Monstrum? „Meinst du, dass wir den Abend noch retten können?", frage ich ausweichend.

„Sicher", er lächelt lieb. „Machen wir uns unsere letzten Tage noch schön. Tankstelle? Chips, Schokolade, Wein? Ausnahmsweise darf es mal ungesund sein."

„Unsere letzten Tage? Was meinst du mit unseren letzten Tagen?", frage ich irritiert.

„Habe ich das gesagt? Vergiss es einfach! Wein oder Wein?"

Himmel, keine Ahnung, was er meint. Was zum Geier ist los?

„Für mich nicht. Ich habe für heute genug. Aber wenn du möchtest, können wir noch anhalten."

„Nein, dann nicht."

Inzwischen sind wir bei mir zu Hause angelangt. Zügig steigt er aus. Wie immer hält er mir meine Tür auf. Wie immer ist er zuvorkommend und lieb. Ich nehme seine Hand.

„Was hast du damit gemeint?" Sein Spruch lässt mir keine Ruhe. Dieses Mal will ich eine Antwort! „Das hatte doch etwas zu bedeuten. Was wollte dein Vater von dir?", frage ich weiter.

„Nichts! Du siehst Gespenster!"

„Tobias! Wieviel Zeit bleibt uns denn noch?"

„Verdammt! Es reicht jetzt!" Wütend lässt er mich los, wendet er sich ab, stiefelt die Treppen hoch. Er nimmt immer zwei Stufen auf einmal. Als ich den Raum betrete, fährt sein Rechner gerade hoch. Damit ist der Abend wohl endgültig gestorben!

KAPITEL 14 SYLVESTER

Mein Telefon klingelt. Ich ziehe es aus meiner Handtasche. Barbara! Oh mein Gott! Endlich! Ich nehme das Gespräch an.

„Hey. Mensch, wie geht es dir. Ich war fast tot vor Sorge."

„Besser", antwortet sie zurückhaltend.

„Warte, ich bin gerade unterwegs. Lass mich eben am Rand parken."

„Ja."

Die Gelegenheit ist günstig. Vor mir liegt eine Bushaltestelle. Zügig schere ich aus, bringe meinen Wagen zum Stehen.

„So, nun ist es besser. Erzähl, wie ist er dir in den letzten Wochen ergangen. Wo steckst du überhaupt?"

Keine Antwort!

„Barbara? Bist du noch am Apparat?"

„Ich, … wir", wieder ein Pause.

„Gib mal her!" Ich höre eine weitere Stimme.

„Hey, Melanie. Hier ist Bernd."

„Hi, wie schön, von euch zu hören. Was ist mit Barbara?"

„Frag lieber nicht. Sie ist immer noch angeschlagen. Hör zu. Wir sind wieder zu Hause. Frank ist in Untersuchungshaft. Er hat sich selbst vor den Feiertagen gestellt."

„Frank ist im Gefängnis? Wirklich?", frage ich erstaunt.

„Ja, dieses verfluchte Arschloch ist erst einmal aus dem Verkehr."

Mir fällt ein Stein vom Herzen. Dieses beunruhigende Gefühl, dieser permanente Verfolgungswahn, findet nun endlich ein Ende.

„Hast du mehr Hintergrundinformationen?", frage ich weiter.

„Ja, einige. Wir haben uns einen Anwalt genommen. Wir versuchen eine Anklage auf versuchten Mord durchzudrücken."

„Das ist gut", sage ich erleichtert. „Muss ich mir auch einen Anwalt nehmen? Das ist sicherlich sehr kostspielig!"

„Da bin ich überfragt. Möglicherweise ist deine Zeugenaussage ausreichend. Sowieso gibt es eine gewisse Wahrscheinlichkeit, dass er in der Psychiatrie, anstelle vom Knast landet", sagt er zurückhaltend.

„Was, warum?", frage ich empört.

„Scheinbar war er seit geraumer Zeit in psychiatrischer Behandlung. Sein Ausbruch hat sich im Vorfeld angekündigt. Angeblich eine Form von Burnout. Sein Arzt hat versäumt die nötigen Maßnahmen, bzw. Medikamente einzuleiten."

„Er hat nicht im Affekt gehandelt?", frage ich.

„Nein. So stellt sich die Sachlage zurzeit nicht dar."

„Was bedeutet das?", frage ich.

„Keine Ahnung. Ich bin kein Jurist."

„Oh Gott! Was ist, wenn er bald wieder frei kommt?", sage ich verzweifelt.

„Hör mal. Ich muss mich jetzt wieder um Barbara kümmern. Lass Tobias den Anwalt übernehmen. Egal was das kostet, für ihn wird das eine lächerliche Summe sein. Wir melden uns demnächst." Damit legt er auf.

Bedröppelt starre ich auf das Display. Zu gerne hätte ich weitere Informationen bekommen. Es dürstet mich förmlich danach. Wo haben sie überhaupt so lange gesteckt?"

Zu Hause renne ich gleich die Treppen hoch, finde Tobias in meinem Zimmer.

„Hey, hast du gehört, dass Barbara und Berndt wieder nach Hause gekommen sind?", frage ich etwas aus der Puste.

„Du kommst spät", sagt Tobias. Er schaut kaum vom Bildschirm auf.

„Ja, ich bin spät. Das ganze Arbeitsvolumen frisst mich auf. Leider hat sich deine Vorahnung bewahrheitet. Es gibt jede Menge Umtausche. Zum Glück wollen die meisten aber überwiegend keine Barauszahlung. In der Regel entscheiden sie sich für ein Alternativangebot. Meine Verluste halten sich also in Grenzen. Warum hast du meine Frage nicht beantwortet?" Ich setze mich zu Tobias an den Schreibtisch.

„Ja", sagt er trocken.

„Wie ja? Ist das alles?"

„Ja, es ist mir bekannt, dass sie wieder hier sind. Auch ich besitze ein Telefon. Bernd hat mich angerufen. Wir treffen uns später auf ein Bier."

„Ehrlich jetzt? Wann wolltest du mir das erzählen?"

„Muss ich dir jetzt etwas über jede Kleinigkeit Rechenschaft ablegen?", fragt er zweifelnd bis unfreundlich.

„Nein, natürlich nicht. Ich störe dich gerade oder?"

Er antwortet nicht, wendet seine Aufmerksamkeit wieder dem Bildschirm zu, hat seine Stirn in kleine Falten gelegt.

Der Kater ist so unsensibel. Tobias schlechte Laune geht an ihm vorbei. Er springt von meinem Bett, geht herüber zu Tobias, streicht um seine Beine. Dann hüpft er mit einem eleganten Hopser auf seinen Schoß. Sein Schnurren ist eine unmissverständliche Aufforderung für Streicheleinheiten.

„Melanie! So geht das die ganze Zeit. Das Viech nervt, deine Mutter kommt alle naselang herein, stellt irgendwelche Fragen. Und überhaupt. Das Zimmer ist ein Saustall. Wie soll ich mich hier in dem Chaos konzentrieren?"

„Ja, Entschuldigung. Ich hatte es heute Morgen eilig." Ernüchtert nehme ich ihm das Tier ab, setzte ihn zurück auf das Bett, dann fange ich an, mein Zimmer aufzuräumen.

„Jetzt doch nicht. Mach das bitte, wenn ich weg bin!"

„Gibt es etwas, womit ich dich verärgert habe?", frage ich ernüchtert.

„Nein, alles in Ordnung."

„Irgendetwas hat sich verändert. Seit dem Essen bei deinen Eltern bist du wie ausgewechselt. Habe ich etwas falsch gemacht? Habe ich gegen irgendeine interne Regel verstoßen?"

„Was sollte das für eine Regel sein? Ich weiß nicht, was Du meinst", sagt er ruhig.

„Ja wirklich? Ich bilde mir also ein, dass du mir seit Tagen aus dem Weg gehst? Du wirkst über Jahre gealtert. Du sprichst nicht. Nichts kann ich dir Recht machen. Es ist, als hätte ich einen völlig anderen Mann an meiner Seite."

„Ich bin doch hier. Was erwartest Du?", fragt er ernst.

„Mehr als das! Ich hätte gerne den alten Tobias zurück, den fröhlichen, unbeschwerten."

„Am 05.01. Ist der finale Abgabetermin von meinem Projekt. Das sind nur noch wenige Tage. Ist es wirklich zu viel verlangt, dass ich mich hier ein wenig konzentrieren kann?"

„Ist es denn zu viel verlangt, dass wir wenigsten einige Minuten zusammen verbringen? Du kommst weit nach mir ins Bett. Morgens, wenn ich aufwache, bist du schon wieder weg."

„Worüber willst du denn reden? Über Cordhosen, deine depressive Freundin, über übergewichtige Kundinnen, oder etwa über das Wetter?"

„Vergiss es einfach!", sage ich beleidigt. Sein Kommentar war wenig schmeichelhaft."

Ich schnappe mir ein Buch und begebe mich damit auf mein Sofa. Verzweifelt versuche ich mir meinen Unmut nicht anmerken zu lassen. Mann ist die Stimmung hier umgeschlagen. Nichts ist mehr wie vorher. Ist es wirklich erst einige Tage her, dass er mich so unglaublich liebevoll behandelt hat? Ich schaue auf. Tobias Blick ruht auf mir. Er beobachtet mich. Als er meinen Bick bemerkt, wendet er seine Aufmerksamkeit sofort wieder dem Bildschirm zu. Sein Verhalten ist mehr als merkwürdig. Sein Ausdruck war wie versteinert. Es war eher ein mustern, als eine verschwärmte Träumerei. Oh Gott, was auch immer seinen Sinneswechsel ausgelöst hat. Unsere unbeschwerte Verliebtheit ist Geschichte, ist wie alte Milch, sauer und ekelhaft.

Die Sonne geht auf und wieder unter. Mehrfach!. Tobias ist gestresst. Er steigert sich da hinein. Ununterbrochen ist am Arbeiten, rechnen, zeichnen. Kleinste Kleinigkeiten lassen ihn aus der Haut fahren. Eigentlich liebt er unseren Kater. Sonst hat er bei jeder Gelegenheit mit ihm gespielt. Jetzt ist er zum Staatsfeind Nummer eins mutiert. Der kleine Mann ist genauso überfordert wie ich. Gibt es etwas Positives an der Situation? Ich denke schon. Immerhin ist Tobias sichtlich bemüht keinen erneuten Streit anzufangen. Weitere Provokationen bleiben aus. Diese Grenze will er nicht überschritten.

„Heute ist eine gemütliche Feuerzangenbowle angesagt. Gleich zwei Straßen weiter. Kommst Du mit?"

„Ist das jetzt wieder so ein klassisches Dorfritual, wie eure Beachparty?"

„Ja, so ähnlich. Das wird lustig. Du hast die meisten meiner Freunde ja schon kennen gelernt." Ich gehe zu meinem Kleiderschrank, ziehe meinen traditionellen Dress heraus, schaukele ihn provokativ vor seiner Nase hin und her.

„Hier, du kennst mein scharfes Nikolausoutfit noch nicht."

Mein samtiges Kleid ist rot, kurz, die Ränder mit weißem Teddy Stoff ummantelt. Sexy, aber mit Stil.

„Sorry, keine Zeit. Geh ruhig alleine."

„Schade, aber einen Versuch war es wert. Dann bleiben wir eben hier", sage ich enttäuscht.

„Nein, geh ruhig hin."

„Nein, ich bleibe hier bei dir. Soll ich uns etwas kochen, oder soll es lecker werden? Wir können auch eine Pizza bestellen?"

„Mausi, wir müssen nicht wie Siamesische Zwillinge zusammen in der Bude hocken. Deine Freunde. Deine Party! Geh ruhig alleine zu deinem Gemüsetreffen!"

Puh, das war hart. Seit der Sache mit Stefan hat er mich nicht mehr Mausi genannt. Dieser Spitzname ist echt unter der Gürtellinie. Jeder der mich näher kennt weiß, dass ich eine Aversion gegen derlei Kosenamen habe.

„Was soll der Scheiß mit Gemüse und Maus. Deine permanente schlechte Laune ist nervig und nicht wirklich nachvollziehbar. Wenn dich der Job so überfordert, dann kündige doch. Mache es wie dein Bruder. Das Geld hast du doch gar nicht nötig."

Er schaut skeptisch. „Ich kündige also meinen gutbezahlten Job, nur um mich mit dir hemmungslos auf Teenie Partys herumzutreiben. Soll ich dann eventuell auch noch mein künstlerisches Talent erproben, und in die Modebranche einsteigen. Ich könnte kleine bunte Höschen entwerfen? Sieht so deine Traumvorstellung von unserer Beziehung aus?" Er lacht laut los. „Oder noch besser. Willst du etwa alleine für unseren Lebensunterhalt aufkommen?"

„Du bist so ein Arsch!" Wie eine Furie gehe zu meinem Kleiderschrank, und stelle mir in Windeseile das komplette Outfit zusammen. Als Rache kombiniere ich den Dress mit einer löchrigen Netzstrumpfhose, hohen schwarzen Stiefeln und einer roten Schleife im Haar. Das Resultat ist beeindruckend nuttig, billig, einfach geschmacklos. Leider registriert Tobias meine Kampfansage überhaupt nicht. Unbeeindruckt arbeitet er einfach weiter, beachtet mich keines Blickes.

Keine zehn Minuten später bin ich auf der Party, leider als der erste Gast. Der Zuckerhut brennt noch nicht, dafür steht Wein parat. Ich schenke mir großzügig ein, setze mich auf das abgewetzte Sofa. „Maren, du hast dir wirklich große Mühe gegeben."

„Ja, genau wie letztes Jahr und das Jahr zuvor! Wo ist denn dein stattlicher Freund?"

„Zuhause. Muss arbeiten."

Tom betritt den Raum. Standesgemäß trägt er einen roten Sweater und eine schwarze Hose. Er schaut sich kurz um, lässt sich wie selbstverständlich neben mich fallen.

„Was machst du denn hier?", frage ich.

„Blöde Frage. Ich bin doch jedes Jahr dabei!"

„Ja, aber du wohnst doch gar nicht mehr hier."

„Doch wieder."

„Wie jetzt?"

„Beziehungspause!"

„Nee oder?"

„Ich will nicht darüber reden!", sagt er bestimmt.

Beiden schweigen wir, starren an die geschmückte Wand gegenüber. Scheinbar hat er wieder Mist gebaut. Hoffentlich hat er sie nicht betrogen. Er unterbricht die Stille zuerst.

„Es bringt auch gewisse Vorteile, so früh auf der Party zu sein. Ich kann mich nicht erinnern, dass wir jemals sitzen konnten."

„VIP Sofa!" Beide müssen wir lachen.

„Das Ding beschlagnahmen wir für den restlichen Abend! Abgemacht?"

„Jupp. Abgemacht!", antworte ich.

Langsam füllt sich der Partykeller. Wie erwartet wird es lustig. Seit Ewigkeiten bin ich mal wieder unter Leuten und es macht Spaß. Natürlich bin ich nicht die einzige, die sich so verrückt angezogen hat. Wir sind ein chaotischer Haufen. Das gehört in unserem Dorf einfach dazu. Meine alte Clique ist nicht zu verachten.

„Hier, willst du einen Zug?" Skeptisch betrachte ich den Joint vor meiner Nase. Das hatte ich noch nie probiert. „Los, trau dich!", sage Leon.

„Ach, Scheiß drauf." Ich nehme einen Zug, inhaliere tief, rauche gleich auf Lunge - und muss unmittelbar husten. Böser Fehler! Das Zeug ist ekelhaft!

Tom prustet los, nimmt mir die Kippe ab, zieht genüsslich daran. „Weichei!", sagt er mit voller Überzeugung. Ich lache dann auch. „Los, nimm noch einen! Das hebt dich auf die Wolken!"
„Okay!" Ich inhaliere erneut, mit dem gleichen Resultat. „Das ist einfach nichts für mich."

Tom grinst breit, prustet wieder los. Wir lachen, bis die Tränen kullern, sind betrunken, sind so oberflächlich, komplett einfältig. Nach diesem verflixten Streit, dem ganzen Stress ist das so eine Erleichterung, dass ich alles um mich herum vergesse, mehr trinke als gewollt, aber jeden Moment ausgiebig genieße. Heute bin ich wieder 22 und nicht die Freundin eines fast dreißig jährigen

Mannes. Mein Telefon klingelt. Ich schaue auf das Display, gehe ran.

„Tobias, ist alles klar?"

„Ja. Wann kommst du nach Hause?"

„Keine Ahnung. Später."

Schweigen auf beiden Seiten.

„Warum kommst du nicht her? Es ist lustig!", sage ich.

Schweigen. Langes Schweigen. Schweigen, das mir an die Substanz geht!

„Wenn du mit deiner Arbeit fertig bist, kann ich meinetwegen auch nach Hause kommen." Mein Angebot ist unvernünftig. Ich lasse ihn mit seiner unfreundlichen Art durchkommen, aber egal. Scheinbar hatte er auf diese Antwort gehofft.

„Gut, ich hole dich ab!" Wo bist du gerade?"

Ich gebe ihm die Adresse.

„Haust du etwas ab?", fragt Tom empört, als ich aufstehe.

„Ja, der Spaß ist vorbei!"

„Meine Güte! Dein Schönling ruft, und du springst sofort? Was ist nur aus dir geworden?"

„Andere arbeiten eben an ihrer Beziehung."

„Gut gekontert. Das tut weh!" Dramatisch fasst er sich an sein Herz, simuliert einen Herzanfall. Ich muss lachen. Dennoch lasse ich ihn auf dem Sofa zurück, um mich von den anderen Anwesenden zu verabschieden. Deprimierend. Wenn es nach mir gegangen wäre, hätte ich die Nacht durchgemacht. Früher habe ich wirklich exzessiv gefeiert. Das fehlt mir.

Warum auch immer ist Tom immer an meiner Seite, begleitet mich zum Ausgang. Tobias steht schon mit seiner protzigen Karre vor der Tür, steigt gleich aus. „Hallo Tom!"

Die Begrüßung fällt wie erwartet unterkühlt aus. Tom hebt nur die Hand, verschwindet wieder im Haus.

„Was macht der denn hier? Ist Annika auch auf der Party?"

„Nein, es gab wohl einen Vorfall. In seiner Ehe kriselt es gewaltig. Er wohnt seit dem zweiten Weihnachtstag wieder zu Hause. Genaue Details kenne ich nicht. Will ich auch nicht kennen!"

Wir nehmen Platz, er startet den Motor.

„Hast du geraucht? Marihuana?", böse funkelt er mich an.

„Nein, natürlich nicht."

Zweifelnd schaut er mich an. Sein Blick ist schlimm. Er kauft mir meine Lüge nicht ab, natürlich nicht.

„Ich meine ja, aber nur einen Zug. Das Zeug ist scheußlich."

Das erwartete Donnerwetter bleibt aus. Er schweigt. Zu Hause begibt er sich gleich ins Bad, putzt sich die Zähne.

„Gehen wir jetzt etwa gleich schlafen?", frage ich verstört.

„Ja, sicher."

„Von mir aus. Bett ist wohl die beste Idee des Tages", sage ich. Mit einer fließenden Bewegung ziehe ich mir mein Kleid aus, werfe es auf den Boden. Nur in Unterwäsche bekleidet gehe ich zu ihm rüber, ziehe sein Shirt aus der Hose, streichele über seine Haut, streiche über seine stattliche Brust, seinen Rücken, fühle seine Wärme, seine Muskeln, diese magische Anziehungskraft. Der Alkohol macht es mir leicht, ihm zu verzeihen.

„Ich bin müde", sagt er platt, schiebt meine Hände von sich weg. Na toll. Seine Abfuhr passt ins Bild. Ist eine von vielen in letzter Zeit.

„Du willst tatsächlich schlafen gehen? Ist das ein schlechter Scherz? Dann hätte ich ja auch noch auf der Party bleiben können."

„Um dich weiter zu betrinken? Wie sinnig!" Ist sein knapper Kommentar.

„Nun gut", sage ich enttäuscht. Ich ergebe mich meinem Schicksal und tue es ihm gleich. Nach dem Zähneputzen schminke ich mich ab, ziehe mich aus, bin nach einigen Minuten im Bett.

Wie üblich löscht er das Licht, dreht mir wie so oft seit Weihnachten abweisend den Rücken zu. Scheiße Mann, was ist denn nur los? Warum hält er mich nicht im Arm. In unserer Beziehung ist der Wurm drin, oder zumindest eine fette Made. Zärtlich streichele ich seine Haut, kraule seinen Rücken.

„Tobi, können wir reden? Bitte!"

„Du bist betrunken, und deine Haare stinken wie ein Aschenbecher, oder wie eine ganze Kneipe. Was bitteschön wollen wir in diesem Zustand besprechen?", fragt er trocken.

Ich ziehe meine Hand weg, als ob mich ein Elektroschocker erwischt hätte. Seine Worte waren ähnlich einschneidend. Es dauert eine ganze Weile, dann werden seine Atemzüge tief und ruhig. Endlich ist er eingeschlafen. Ich bin immer noch hellwach. Unsere Streitigkeiten gehen mir an die Nieren. Mein Körper fängt an zu zittern, ich könnte heulen. Wie ein Kind klammere ich mich an meinen schlafenden Freund, der meine Zuneigung zurzeit nicht erwidert. Lange liege ich wach. Ich möchte seine Nähe genießen, solange es andauert. Ja, so lange es noch dauert!

Beim Frühstück hat sich seine Laune nicht gebessert. Im Gegenteil, es war der Beginn einer schier endlosen Odyssee. Es die Hölle. Die Stimmung ist bis zur Zerreißprobe angespannt. Ohne Grund ist Tobias ungehalten und aggressiv. Ich muss unzählige Tiefschläge einstecken. Zeitgleich wacht er über mich wie ein Rottweiler. Selbst kurze, harmlose Gespräche mit Tom über den Gartenzaun bringen ihn zur Weißglut. Dieser Verdacht, diese Eifersucht sind so absurd, dass ich darüber lachen sollte, dafür ist die Situation aber zu heikel. Unbeirrt zeige ich Tobi meine Liebe jeden Tag, aber es reicht ihm nicht. Dieses Misstrauen ist schon verletzend, da es total unbegründet ist. Die Zeit arbeitet für mich. Ich muss nur etwas durchhalten, dann ist sein Projekt beendet, dann macht er wieder Sport und ist mit Sicherheit wieder ausgeglichener.

Es gibt einen lauten Knall. Ich schrecke hoch. Tobi flucht, hat irgendetwas gegen die Wand geworfen - na toll!

Heute ist Sylvester. Wir werden den Abend mit Barbara und Berndt verbringen. Das ist gut. Tobi und ich hatten uns bei mir zu Hause sicherlich etwas zu sehr eingeigelt. Zweifellos haben wir viel Zeit zu viel Zeit mit uns und meiner Familie verbracht. Ich ziehe mir einen schicken Fummel an. Tobi hat sich auch in Schale geworfen. Seit November hat er einen eigenen Schrank bei mir. Seine finanzielle Unabhängigkeit macht es ihm einfach, demzufolge ist seine Grundausstattung ganz gut. Er hat jetzt so etwas wie eine doppelte Haushaltsführung. Wann war er das letzte Mal bei sich zu Hause – keine Ahnung!

Für heute hat er sich wohl offensichtlich mit seinem Schicksal abgefunden. Natürlich hätte er es bevorzugt weiter zu arbeiten, aber ich zwinge ihn zu seinem Glück. Wenigstens heute kann er abschalten, sich mit mir beschäftigen.

Der Abend entwickelt sich vorerst ganz nett. Erleichtert trinke ich meine Cola. Nun sitzen wir hier in seinem Lieblings Restaurant am besten Tisch, direkt neben dem flackernden Kamin. Warme Luft schlägt uns entgegen. Es riecht nach verbranntem Holz. Das Essen war natürlich ausgezeichnet. Wir hatten mehr oder weniger schweigend gegessen. Jeder Bissen war eine Wohltat. Die Rechnung wird Tobias wohl übernehmen. Diese Unsumme wird sich keiner von uns leisten können. Egal. Die Männer trinken Wein, Barbara Wasser, ich halte mich an einer Cola fest. Heute werde ich mich nicht betrinken. Meine Erwartungshaltung an diese Nacht ist hoch. Heute möchte ich wieder in Einklang mit Tobias kommen. Wenn er mich heute Nacht wieder im Arm hält, habe ich mein Ziel erreicht. Was früher selbstverständlich war, ist zur Herausforderung geworden. Die Ausgangslage zumindest ist nicht schlecht. Die Stimmung ist relativ entspannt.

„Wo habt ihr eigentlich die ganze Zeit gesteckt?", frage ich, versuche positiv auszusehen. Mein Gott, wie sich meine Freundin verändert hat. Sie hat stark zugenommen. Hier handelt es sich sicherlich um mehr als nur die gewöhnlichen Schwangerschaft Pfunde. Ihre schönen langen Haare sind einer Schere zu Opfer gefallen. Sie trägt jetzt eine ähnliche Frisur, wie ihr Ehemann. Ihr Gesicht ist ungeschminkt, ihre Kleidung unscheinbar. Kurz: das ist ganz und gar nicht die Frau, die ich so gut kenne und liebe!

„An einem Ort, der dir wohl bekannt ist.", sagt Barbara geheimnisvoll.

„Da gibt es nicht viele", sage ich trocken. „Dann tippe ich mal auf Ostsee?"

„Ja, nicht schlecht."

„Na ja. Das war keine echte Herausforderung."

„Jetzt wo Frank keine Gefahr mehr darstellt, hat es uns in unsere Heimat zurückgezogen. Zum Glück ist der Alptraum vorerst vorbei", sagt Barbara.

„Wie man es nimmt. Vorbei bedeutet für mich, wenn du nicht mehr in Behandlung bist", sagt Bernd.

Wir schweigen. Der ganze Tisch schweigt. Ich kann getrost sagen, dass ich selbst noch traumatisiert bin. Nicht selten werde ich nachts von Albträumen heimgesucht. Wenn sie kommen, sind sie real, brutal, total schlimm. Das sind diese seltenen Momente, bei denen ich Trost bei Tobi finde. Er spürt es. Ich weine im Schlaf. Meist werde ich dann von seinen Küssen und Streicheleinheiten geweckt. Er nimmt mich in den Arm, flüstert mir zu, dass er mich liebt, dass alles gut wird. In diesen schrecklichen Momenten ist er so selbstlos, ist er mein starker Fels in der Brandung. Morgens ist er wieder wie ausgewechselt. Damit verwirrt er mich zutiefst. Er bringt mich total durcheinander. Es ist, als ob ich mit zwei verschiedenen Männern zusammen lebe.

Berndt zumindest ist mehr als einfühlsam. Liebevoll streicht er seiner schweigsamen Frau über den Arm, schaut sie fragend an. Im Vergleich zu Tobias hält er das wohl an die 24 Stunden durch. Er ist ein vorbildlicher Ehemann und zukünftiger Vater - dachte ich...

„Wie geht es dem Baby? Wisst ihr schon, was es wird?", frage ich. Irgendwie müssen wir das Gespräch wieder ankurbeln.

„Wir wollen es nicht wissen. Wir sind selbst komplett ahnungslos", lächelt Barbara, streicht sich im Reflex über den Bauch.

„Das ist so nicht ganz richtig. Ich wollte es wissen. Barbara hat das für sich alleine entschieden!", sagt Bernd.

„Ja genau. Ich trage den Bauch. Somit obliegt mir eine gewisse Entscheidungsgewalt."

„So kann man es bezeichnen. Unsere Beziehung hat sich zu einer regelrechten Diktatur verwandelt."

Ihre Augen werden zu Schlitzen „Jetzt übertreibst du aber maßlos."

„Ja, ist das so? Denk mal an heute Morgen. Denk mal an das ganze Theater mit der Einrichtung für das Kinderzimmer."

Sie kontert. Ihr Streitgespräch nimmt schnell größere Ausmaße an. Hilflos müssen wir zusehen, wie sie sich gegenseitig demütigen, mit Beleidigungen überschütten und anschließend zerfleischen. Das zieht die ganze Stimmung runter. Selbst die Gäste der Nebentische sind unangenehm berührt. Verdammt, ich hatte mich so auf die beiden gefreut. Mir war bewusst, dass eine Schwangerschaft im fortgeschrittenen Stadium nervenaufreibend ist. Aber das hier hatte ich nicht erwartet. Nein, ganz und gar nicht.

„Ich hätte Lust, noch tanzen zu gehen. Wie steht es mit euch? Das wird bestimmt lustig", sage ich.

„Für mich ist der Abend gegessen!", sagt Barbara. „Wir fahren nach Hause:"

„Wir? Wir fahren nach Hause? Werde ich gar nicht mehr gefragt? Habe ich nicht einmal mehr ein Fünkchen Mitspracherecht?", sagt Bernd aggressiv.

„Ich will ins Bett!", sagt Barbara. „Meine Schwangerschaft strengt mich an! Oder sagen wir lieber: das Erzeugnis deiner Lenden strengt mich an!"

„Ohne mich. Ich muss mal wieder raus. Ich bin dabei! Disko klingt wie einer Erlösung von dieser Furie!"

Bernds Worte haben ihr Ziel erreicht. Barbara schaut ihren Ehemann entsetzt an, wirkt zutiefst verletzt.

„Was ist?", giftet dieser sie weiter an. „Hat eure Hoheit eine Sprachblockade?" Hat sie! Ihr Gesicht verzieht sich zu einer Grimasse. Ich denke, sie will aufkeimende Tränen verbergen. Hastig schnappt sie sich ihre Jacke und haut ab – im Eiltempo. Sie verabschiedet sich nicht einmal mehr. Nicht einmal von mir!

Die Diskothek ist überfüllt. Es ist kaum auszuhalten, aber was hatten wir erwartet? Es ist Sylvester. Tobias stellt sich an die schier endlose Schlange am Tresen, um für uns Getränke zu organisieren.

Mein alter Stammplatz ist belegt. Ich bin so selten hier. Somit hatte ich alle Privilegien verloren, so ein Pech. Tobias erscheint neben mir. Er hat den ganzen Arm voller Bierflaschen.

„So, das muss erst einmal reichen. In diesem Gewühle stelle ich mich nicht noch einmal an!", sagt er genervt.

Wir richten unseren Blick auf die Tanzfläche, beobachten diese Ansammlung von Leuten. Sylvester! Der Tag aller Tage! Viele haben eine Erwartungshaltung, suchen nach der großen Liebe, nach einem Abenteuer oder einfach nach dem Kick. Wir drei sehen aus, wie aus dem Katalog entsprungen, wie Models. Wir heben das Niveau deutlich. Wie sieht es mit unserer Erwartungshaltung aus? Ich wünsche mir meinen Freund zurück. Tobias wünscht sich definitiv einen kurzen Abend, damit er zu seinem heißgeliebten Projekt zurückkehren kann. Und Bernd? Er denkt an alte Zeiten. Ich auch!

Wie lange ist es her, dass Tobias mich hemmungslos auf dem Damenklo geliebt hat. Das erscheint mir jetzt so irreal. Vielleicht durchfährt Tobias der gleiche Gedanke. Er nimmt meine Hand, streichelt die Innenseite sacht mit dem Daumen. Es ist nur eine zarte Geste, dennoch lässt seine Berührung hunderte Schmetterlinge in meinem Bauch auffliegen. Völlig überwältigt schlinge ich meine Arme um seine Statur.

Tja, im Film würde er mich jetzt küssen, und mir einen Heiratsantrag machen. Irgendetwas Romantisches. Hier und jetzt entzieht er sich meiner Berührung. „Ich komme gleich wieder", sagt er und verschwindet - wohl auf die Toilette. Alleine!

„Holt er noch Nachschub?", fragt Bernd verwundert.

„Keine Ahnung", sage ich, registriere aus dem Augenwinkel, dass direkt neben mir ein Barhocker frei wird. Cool. Das ist jetzt meiner!

„Was ist das mit Euch? Ihr habt doch noch nie gestritten!", sage ich, nehme aus alter Gewohnheit lasziv das Objekt meiner Begierde in Anspruch.

„Wie schon gesagt: deine Freundin ist eine Furie!", kommt zurück.

„Nee, nee. Den Schuh ziehe ich mir nicht an. Du meinst, dass deine Ehefrau eine Furie ist."

„Sehr witzig. Du ahnst nicht, wie sich Barbara seit dem Vorfall verändert hat. Schau sie dir doch an! Das ist nicht mehr die Frau, die ich geheiratet habe. Diese Haare. Sie sieht aus wie ein Kerl."

„Ja, und? Ihre inneren Werte sind wie Gold!"

„Edelmetalle sind kalt. Das ist nichts, was das Herz erwärmt."

Hilfe, mit solch einer Äußerung habe ich nicht gerechnet.

„Eine Schwangerschaft ist keine Zuckerschlecken. Zudem war der Vorfall mit Frank nicht ohne. Gib ihr etwas mehr Zeit." Tröstend lege ich ihm meine Hand auf die Schulter.

„Weißt du, wann sie das letzte Mal mit mir geschlafen hat? Ich kann mich gar nicht mehr daran erinnern."

Puh. Hilfe! Er wird sentimental. Das Bier zeigt seine Wirkung. Ernüchtert ziehe ich meine Hand wieder weg.

„Sie behandelt mich wie einen Aussätzigen. Inzwischen schlafe ich auf dem Sofa. Manchmal hat es sogar den Anschein, als ob sie mich hasst, als ob sie das gesamte männliche Geschlecht hasst. Sie wirkt förmlich anekelt."

„Keine Ahnung, gib ihr mehr Zeit", sage ich, rede dann weiter.

„Seit dem Vorfall hat sich auch für mich einiges geändert. Wer einmal eine solche Gewalt erlebt hat, für den ändert sich die Anschauung der Dinge. Das Rad dreht sich irgendwie anders, schneller."

„Darf er dich noch anfassen? Kannst du seine Berührung ertragen? Seine Lippen auf deinem Körper?"

„Was?"

Er zieht mich in seine Richtung, versucht mich zu küssen. Erschrocken drehe ich im letzten Moment das Gesicht zur Seite. Das ist wirklich das Letzte, was ich will.

„Was wird das?" Jemand zieht mich brutal von meinem Hocker. Ich falle hinten über, werde aber kurz vom Boden aufgefangen, und an einem harten Aufprall gehindert. Tobias! Tobias packt den Arm von Bernd, dreht ihn unsanft, sorgt dafür, dass sich das Gesicht von seinem Freund schmerzhaft verzieht. Wütend dreht es sich zu mir um.

„Komme ich zu früh? Soll ich euch noch einen Moment alleine lassen?" Seine Stimme tropft förmlich vor Sarkasmus. Das läuft jetzt wirklich nicht gut, nein, gar nicht.

„Lass uns nicht streiten. Es war nichts!", sage ich betont harmlos.

„Wir gehen nach Hause. Jetzt sofort!" Ungehobelt zieht er mich am Arm nach draußen. Sein Griff ist fest, Grundlos. Ich wäre freiwillig mit ihm gegangen.

„Was war das?" Er ist jetzt nur noch aggressiv.

„Nichts. Ein Missverständnis. Ich würde niemals etwas mit den Kerlen meiner Freundin anfangen."

„Und was wäre, wenn er Single ist? Was wäre, wenn ich nicht hier wäre?"

„Ist er nicht. Bist du nicht! Die Frage ist auch lächerlich!"

Böse funkelt er mich an. „So, ich bin also lächerlich."

Es ist zum Verzweifeln. „Nein verdammt. Das habe ich nicht gesagt. Du drehst mir die Worte im Mund herum."

Völlig enttäuscht sehe ich ihn an. „Es war nichts und wird niemals etwas sein. Das gleiche gilt für Tom. Bitte lass uns nicht streiten. Bitte mach mir das Leben nicht so schwer. Ich liebe Dich."

Wir haben zwischenzeitlich das Auto erreicht. Es ist ein Albtraum! Wie selbstverständlich steigt er auf der Fahrerseite ein.

„Lass mich bitte fahren", sage ich sanft.

„Ich kann noch fahren! Behandele mich nicht wie einen Idioten!", schreit er ungehalten.

„Bitte, es war abgemacht, dass ich den Rückweg übernehme."
„Wenn ich fahren will, dann fahre ich – klar. Wenn dir das nicht passt, kannst du ja laufen!" Er startet den Motor!

Hammer, ist er gereizt – und betrunken. So wütend hatte ich ihn lange nicht mehr erlebt. Das Fass ist also übergelaufen, die Annäherungsversuche von Berndt haben den Knoten platzen lassen, seine Aggression, beziehungsweise seinen Jähzorn freigelegt. Seine verdammten Wutausbrüche habe ich wirklich nicht vermisst. Mr. Hide ist von den Toten auferstanden, so ein Pech!

Bevor er ohne mich losfährt, steige ich ein. Mit Überschallgeschwindigkeit düsen wir nach Hause. Es geht schnell. Sehr schnell! Stoppschilder, rote Ampeln werden eisern ignoriert. Vor meiner Haustür angekommen, steigt er aus. Im Stechschritt geht es ins Haus. Offenbar kann es heute noch lustig werden. Die Erfahrung hatte mich gelehrt, dass Tobias in diesem Zustand unberechenbar ist.

Sein Weg führt ihn direkt zum Kühlschrank. Scheinbar hatte er heute noch nicht genug Alkohol konsumiert. Ungeduldig öffnet er die nächste Flasche Wein.

Meine Eltern feiern bei Bekannten. Zum Glück sind sie nicht hier. Nicht auszudenken was passiert, wenn er in diesem Zustand meinem Vater begegnet. Ja, ja, was wäre wenn! Darüber denke ich jetzt nicht nach, und begebe mich ins Schlafzimmer. Vielleicht ist es ganz gut, wenn er unten alleine runter fährt.

Draußen geht das Feuerwerk los. Bunte Knaller und Raketen erleuchten den ursprünglich sternenklaren Himmel. Es sieht wunderschön aus. Ich wende den Blick von diesen bombastischen Leuchtkörpern ab, gehe ins Bad und putze mir ernüchtert die Zähne. Warum kann ihn solch eine Kleinigkeit nur so aus der Rolle fahren lassen? Er kann sich meiner wirklich sicher sein. Es war nicht meine Schuld, definitiv nicht. Morgen wird er das sicherlich auch einsehen. Das ganze Drama wird gleich nach dem Aufwachen thematisiert. In Ruhe, wenn sich sein innerer Sturm verzogen hat. In der Form kann es nicht weiter gehen. Seine Eifersucht und seine Arbeitswut machen alles kaputt!
Es war die Ruhe vor dem Sturm, das wusste ich zu diesem Zeitpunkt aber nicht. Früher als erwartet betritt er das Zimmer. Scheinbar konnte ihn das Fernsehprogramm nicht ablenken. Seine Augen sind glasig, seine Streitlust ungebrochen. Unwillkürlich muss ich grinsen. Selbst in diesem Zustand ist er unglaublich attraktiv. Die Wut steht ihm gut.
„Sylvester wird überbewertet. Ist nicht schlimm", sage ich lapidar. Sein Blick ist düster. „Wenn du mich jemals betrügst, flippe ich komplett aus!" Langsam kommt er auf mich zu. Seine Bewegung

ist schleichend, bedrohlich, fast wie bei einem Raubtier. „Damit könnte ich überhaupt nicht umgehen!"

„Warum sollte ich das tun? Ich liebe Dich!" Meine Stimme ist sanft und verschwörerisch, vielleicht auch verunsichert.

„Zeig mir, wie sehr du mich liebst!" Stürmisch küsst er mich, schiebt mein Kleid bis zum Bauchnabel hoch, fasst mir zwischen die Beine, beißt mir in den Hals und in die Schulter. Was mein Herz sonst höher schlagen lässt, ekelt mich jetzt an. Mann ist er betrunken. Seine Mechanik ist durch den Alkohol mächtig beeinträchtigt. Er ist ganz schön grob.

Ich versuche mich von ihm zu lösen, was nicht besonders einfach ist. Demonstrativ ziehe ich mein Kleid wieder an den rechten Fleck.

„Können wir das verschieben? Ich habe meine Tage gekriegt!"

„Oh, du hast deine Tage. Was für ein Dilemma." Irritiert muss ich zusehen, wie er seinen Gürtel öffnet. Die Hose und auch seine Boxershorts gleiten auf den Boden. Seine Erektion ist nicht zu übersehen. Unsicher trete ich einige Schritte zurück.

„Schätzchen, wir sind im zwanzigsten Jahrhundert angelangt. Eine Regelblutung war wohl eher im Mittelalter ein Problem!", sage er düster.

„Was tust du?", frage ich verunsichert, weiche noch etwas weiter vor ihm zurück, stehe dann mit dem Rücken an der Wand. Anstatt einer Antwort presst er wieder seine Lippen auf meine. Seine

Zunge drängt sich in meinen Mund, ist stürmisch, besitzergreifend. Seine Hände sind überall, meine Hinterteil inzwischen wieder entblößt.

„Tobias, lass uns das verschieben. Bitte."

„Melanie, verdammt, ich flippe aus, wenn du mir jetzt einen Korb gibst!"

Dann geht alles ganz schnell. Ich werde umgedreht, mein Oberkörper wird auf den Schreibtisch gepresst. Er legt meine Kehrseite frei. Er will das jetzt und hier. Er macht sich nicht einmal die Mühe, mir den Slip auszuziehen. Der schmale String wird einfach zur Seite geschoben. Mit einem Ruck zieht er den Tampon heraus. Offensichtlich hat sein dunkles Wesen komplett die Kontrolle übernommen. Mr. Hide hat ihn fest in der Hand. Keine zwei Sekunden später, ist er in mir.

Eine gefühlte Ewigkeit hatte er mich nicht angerührt, jetzt stöhnt er erleichtert auf. Mit beiden Händen hat er mein Gesäß fixiert. Genüsslich rammt er seine Mächtigkeit tief in meine Höhle, wiederholt den Vorgang immer und immer wieder. Ungeniert nimmt er sich, was ihn begehrt, macht meinen Körper zu seinen. Wie auch immer, ich bin nur sein Objekt, sein Blitzableiter. Ich beiße mir auf die Lippe um nicht zu heulen. Nichts könnte mich mehr schmerzen, als dieser Moment. Nein, kein körperlicher Schmerz. nicht weil es weh tut, sondern weil es so erniedrigend ist. Das Küken hat also doch noch seinen Zweck erfüllt. Das Küken hat noch eine Existenz Berechtigung, zumindest wenn er ausreichend betrunken ist.

Noch ein Stoß. Er kommt. Der unschöne Akt findet sehr schnell ein Ende. Er lässt von mir ab, zieht seinen Anker aus mir heraus, gibt meinen Körper frei. Puh. Völlig ernüchtert richte ich mich auf. Er versucht mich zu küssen. Oh Gott! Mit einem Ruck schiebe ich ihn von mir, schaue ihn nicht an, gehe direkt ins Bad, und schließe dort mich ein. Die Verzweiflung, der Frust der letzten Woche überkommt mich sofort. Wie ein Häufchen Elend hocke ich auf den Fußboden, heule Rotz und Wasser. Die Enttäuschung über seine lieblose Art sitzt tief. Keine meiner Taten hätte eine solche Reaktion heraufbeschwören dürfen. Das war ganz und gar nicht gerechtfertigt.

Nach und nach beruhige ich mich wieder. Mein Kopf ist nun einfach nur noch leer. Wie soll ich mich ihm gegenüber jetzt verhalten? Wie soll ich einem Mann begegnen, der mich wie sein Eigentum behandelt, mich aber so offensichtlich nicht mehr liebt? Unwillkürlich schwappt die Fragen aller Fragen auf. Ist das jetzt schon ein Trennungsgrund? Hat er die Grenze jetzt endgültig überschritten? Tut mir das hier noch gut? Ich weiß es nicht. Ich sollte das hier nicht als Kurzschlussreaktion beenden. Ich brauche mehr Zeit!

Als ich aus dem Bad komme, liegt er mit seinem besoffenen Kopf halb angezogen auf dem Bett und schläft seelenruhig. Bei diesem Anblick bekomme ich eine Gänsehaut! Mit einem Mal kann ich seine Anwesenheit kaum ertragen. Nie, aber auch niemals könnte ich mich jetzt zu ihm legen und heile Welt spielen.

Etwas ratlos gehe ich nach unten. Nach einer Weile schnappe ich mir meinen Autoschlüssel. Wenn ich nicht schlafe, dann sollte ich meine Zeit sinnvoll einsetzen, dann kann ich auch arbeiten. Nach wie vor gibt es genug zu tun.

Richtig produktiv bin ich nicht, immer wieder schweifen meine Gedanken ab. Gestresst, betrunken hin oder her. Nach Stefan und Frank hat Tobias nun auch seine körperliche Überlegenheit mir gegenüber ausgespielt. Das ist bitter. Es gibt nichts, aber auch gar nichts, was ich dem entgegen setzen kann. Frauen sind das schwache Geschlecht. Der Name kommt nicht von ungefähr.

Das Garn reißt. Verdammt. Das ist schon das dritte Mal. Mir fehlt jegliches Feingefühl. Alles wird zusammengefuscht. Mein Blick auf die Uhr bestätigt meinen Verdacht. Es ist schon vier Uhr morgens. Qualität und Müdigkeit vertragen sich nicht. Ich lege mich mit einer Wolldecke bewaffnet auf unser Sofa, werde umgehend müde. Der Schlaf hüllt mich ein, nimmt mich mit in seine eigene Welt.

Ich bin im Wald, ich bin alleine. Es ist kalt, es ist still, gespenstisch still. Ich kenne diesen Ort. Ja, ich bin hier schon gewesen. Ich frage mich wo Frank und Barbara sich aufhalten. Ich frage mich, ob sie ihr Grab schon geschaufelt hat. Ich weiß, dass ich sie retten muss, aber meine Beine sind so schwer. Ich versuche mich aufzurichten, aber ich schaffe es nicht. Mein Körper scheint Tonnen zu wiegen. Es ist unmöglich, diesen Standort zu verlassen. Die Minuten verstreichen. Angespannt lausche ich auf jedes Geräusch, aber da ist nichts, kein Wimmern, kein Weinen, nicht einmal ein Vogel zwitschert. Möglicherweise ist sie schon tot! Ich habe sie im Stich gelassen. Dieses Mal habe ich versagt!

Es knackt. Das Geräusch kam direkt aus der unmittelbaren Nähe! Oh Gott! Jemand kommt auf mich zu. Ich höre es ganz genau. Die Schritte bewegen sich auf mein Versteck zu. Mein ganzer Körper zittert, Angstschweiß bricht aus. Das kann nur Frank sein. Gleich wird er mich wieder schlagen und foltern. Es kann sich nur noch um Sekunden handeln!

Plötzlich gibt es einen lauten Knall, dann noch einen. Ich schrecke hoch, wäre fast vom Sofa gefallen, schaue mich mit großen Augen um, aber ich bin alleine. Offensichtlich hat jemand einige Böller direkt vor dem Laden gezündet. Der Typ ahnt ja gar nicht, welchen riesen Gefallen er mir damit getan hat. Langsam beruhige ich mich. Verdammt, diese Scheiß Albträume habe ich nicht vermisst! Zudem knurrt mein Magen. Zehn Uhr. Ich bin richtig hungrig.

Also was macht man, wenn man hungrig ist, alle Geschäfte geschlossen haben, und man nicht nach Hause kann? Richtig, man geht zu seiner besten Freundin. Zudem bin ich mir sicher, dass es ihr auch nicht besonders gut geht.

Ich verlasse das Geschäft, gehe durch die Innenstadt. Im Vergleich zu mir, hatten es andere ordentlich krachen lassen. Konfetti, leere Sektpullen, leere Bierflaschen, Plastikbecher liegen am Rand verstreut. Die Reste lassen sich nicht übersehen. Tja, eine nette Party wäre ein Traum gewesen, war aber nicht drin.

Bei Barbara zu Hause wird mir die Tür von Bernd geöffnet. Er wirkt verkatert, lächelt mich aber freundlich an.

„Hi, komm doch rein", sagt er zuvorkommend.

Ich schüttele den Kopf. „Ich will zu Barbara. Ist sie zu Hause?"

„Du bist sauer?"

„Ich glaube nicht, dass es das trifft. Was ist nun? Ist Barbra zu Hause, oder nicht?"

„Nein. Sie ist nicht hier.

„Das war zu erwarten. Ist sie bei Ihren Eltern?", frage ich, erspare mir weiteren Sticheleien.

„Hör mal, ich bin kein Idiot. Ich habe gestern Scheiße gebaut. Das tut mir leid. Ganz ernsthaft leid. Ich war frustriert und betrunken. Eine schlechte Kombination. Du weißt, dass ich Barbara über alles liebe!" Er sieht wirklich reumütig aus. „Bitte erzähle ihr nichts von dem Annäherungsversuch."

„Du erwartest also ernsthaft, dass ich Geheimnisse vor meiner besten Freundin habe? Du erwartest, dass ich dein beschissenes Verhalten einfach toleriere?" Böse feixe ich ihn an.

Sein Blick ist hilflos. Betreten schaut er auf den Fußboden. Tja, es ist offensichtlich. Das Schicksal seiner Ehe liegt in meiner Hand, hängt ganz von meinem Wohlwollen ab!

Andere Klingel, andere Haustür, zehn Minuten später. Barbaras Mutter Sophia öffnet, schaut erst überrascht, dann lächelt sie fröhlich. „Frohes Neues Jahr. Wie schön, wir haben uns ja ewig nicht gesehen."

„Ja, frohes neues Jahr wünsche ich auch." Es folgt das klassische Küsschen rechts und links.

„Komm, setz dich doch schon einmal in den Salon. Ich hole uns eine Flasche Sekt zur Feier des Tages."

„Nettes Angebot. Später vielleicht. Ich muss Barbara dringend sprechen!" Ich wende mich ab, lasse sie einfach stehen, und gehe gleich hoch in Barbaras Zimmer. Sicherlich verstößt meine rüde Art gegen die Etikette, aber tief in meinem Innern habe ich ihr noch nicht verziehen. In manchen Punkten bin ich außerordentlich nachtragend. Ihr Wegbleiben von der Hochzeit ist wahrlich unverzeihlich.

Barbara finde ich im Bett. Sie sieht schlimm aus: gerötete Augen, gewuselte Haare, gleiche Klamotten wie gestern. „Hey, so geht das aber nicht", sage ich, setze mich an ihre Seite, und streiche ihr über den Kopf, über ihre hässliche Frisur.

Mein Gott, wie sehr wünsche ich mir die alte Barbara zurück, wünschte ich könnte die Zeit einfach zurück drehen. Welchen Monat oder welches Jahr würde ich wählen? Ich habe keine Ahnung. Wann war der Zeitpunkt, als wir beide sorgenfrei und glücklich waren?

Vielleicht hätte wir den Laden niemals eröffnen sollen. Das war der Anfang vom Ende, definitiv. Dann hätte es weder Geldsorgen, noch Berndt oder Tobias gegeben. Ja, den Kummer dieses Jahr würde ich uns gerne ersparen.

Sie legt ihren Kopf an meine Schulter. „Was machst du hier?"

„Das gleiche könnte ich dich auch fragen. Warum bist du nicht zu Hause bei deinem Mann?"

„Es läuft nicht gut zwischen uns." Sie weint erneut. „Es liegt an mir, alles an mir."

„Die Schuldfrage ist nicht relevant. Lass uns lieber überlegen, wie du dich wieder besser fühlst."

Sie wischt sich die Tränen ab. „Was soll ich jetzt machen?"

„Was möchtest du denn?", frage ich sanft.

„Keine Ahnung. Frieden!"

„Frieden also", sage ich zurückhaltend. Das zählt für mich wie ein Liebesgeständnis an ihren Ehemann. Somit sind die Würfel gefallen. Ich werde nicht diejenige sein, die diese Ehe auf dem Gewissen hat. Meine Lippen bleiben bezüglich seines Flirtversuchs verschlossen.

„Rede mit ihm. Er ist auch unglücklich." Ich küsse sie spontan auf die Stirn. „Ihr müsst euch aussprechen. Ihr schafft das. Ihr liebt euch doch. Ihr seid das perfekte Paar und bald zu dritt."

„Ja, bald zu dritt." Traurig sieht sie mich an.

„Ich war gerade bei euch zu Hause. Dein Ehemann sieht aus wie ein Häufchen Elend. Er ist das schlechte Gewissen auf Latschen. Es tut ihm ernsthaft leid", sage ich.

Sie lächelt mich gequält an. „Ehrlich jetzt?"

„Ja, er will seine Furie zurück." Ich muss lachen, rede dann aber weiter, versuche mein loses Mundwerk im Zaum zu halten. „Aber sei dir bewusst, dass hinter eurem Streit ernsthafte Probleme stecken. Du musst ihn in relevante Entscheidungen mehr miteinbeziehen. Er ist immer noch ein Mann und kein Pantoffelheld."

„Bist du böse, wenn ich jetzt gleich zu ihm fahre?", fragt sie zurückhaltend.

„Nein gar nicht." Ich pruste los. „Es sei denn, wenn ich jetzt hier alleine bei deiner Mutter bleiben muss." Sie lacht auch, knufft mich in die Seite und wir duften ab. Über meine Probleme hatten wir nicht geredet, aber das ist jetzt auch zweitrangig. Ich bin ja keine zukünftige Mutter...

Tobias ist weg, als ich nach Hause komme. Er hatte meine Botschaft also verstanden. Im ersten Moment bin ich erleichtert, danach verzweifelt. Es ist ein Chaos der Gefühle. Das war jetzt schon sein zweiter Ausraster innerhalb von sechs Monaten. Damals hatte ich sofort meine Konsequenzen gezogen und ihn verlassen. Wie soll ich mich nach seiner rüden Aktion verhalten? Ich habe keine Ahnung.

KAPITEL 15 HOUSTON IS CALLING

Am Abend taucht ein etwas geknickter Tobias in meinem Zimmer auf. „Hey", sagt er bewusst lieb. Sein Verhalten ist auffallend zurückhaltend. Interessant! Mein ach so toller Freund scheint nicht zu wissen, wie er sich verhalten soll. Ich lege mein Buch zur Seite, und schaue ihn direkt an. Er hat Schokolade und Blumen dabei. Was soll ich jetzt tun oder sagen? Keine Ahnung! Er setzt sich neben mich auf das Sofa, küsst mich auf die Haare.

„Redest du noch mit mir?"

„Gewiss."

„Es tut mir leid. Keine Ahnung, was mich gestern geritten hat." Zart streicht er mir über den Arm. „Du warst weg, als ich aufgewacht bin."

„Ja, ich brauchte etwas Abstand."

„Das habe ich mir schon gedacht. Habe ich dir wehgetan? Das wollte ich nicht!"

Ich schaue ihn an. Seine Augen sind wieder so tiefblau, dass man sich darin verlieren könnte. Sein Gesicht ist so verdammt schön. Elfenhaft schön! Es ist wirklich schwer, sich dieser ungeheuren Anziehung zu entziehen. Dennoch wartet er auf eine Antwort, die nicht kommt. Zumindest nicht so, wie er es erwartet hat.

„Ich will nicht reden. Lass uns den Vorfall einfach vergessen. Am liebsten würde ich die gesamte letzte Woche vergessen. Ehrlich, das läuft gerade nicht besonders gut zwischen uns."

„Ich weiß. Wir haben einen Level erreicht, an dem es so nicht mehr weitergeht. Ich kann das hier nicht mehr. Mir wird das alles zu viel!", sagt er.

„Wie, du kannst das hier nicht mehr? Heißt das, dass sich unsere Wege jetzt trennen?", frage ich zweifelnd.

Er nickt, sein Gesichtsausdruck ist angespannt, dann lächelt er gequält. „Ja, wenigstens bis Donnerstag. Danach sehen wir weiter."

Puh, gestern hatte ich eine Trennung für mich selbst in Erwägung gezogen. Jetzt und hier fühlt sich das falsch an. Mehr noch. Für mich geht komplett die Welt unter. Das ist ein totaler Schock.

„Nein, ich will das nicht.", sage ich leise.

„Wie bitte?"

„Es ist alles meine Schuld. Ich kann dir eine bessere Freundin sein. Ich kann dich glücklich machen! Wir müssen nicht reden. Ich lasse dich in Ruhe arbeiten zu jeder Tages und Nachtzeit. Von mir aus muss ich nie wieder mit Tom oder Bernd reden. Das ist nicht wichtig für mich", sage ich.

Sein Blick ist schlimm. Ich mache es ihm künstlich schwer. Ich weiß, dass er eine andere Reaktion erwartet hat, dass jeder anders reagieren würde. Jeder, der einen Funken Stolz besitzt.

Stockend fährt er fort. „Das Problem liegt bei mir. Ich kann dir zurzeit einfach nicht der Freund sein, der ich sein möchte."

„Was bedeutet das? Du hast dich die ganze Zeit verstellt, oder dich zu etwas gezwungen?"

„Das ist es nicht. Es geht nicht. Ich schaffe das nicht. Wir sind uns zu nah. Ich will Dir nicht weiter wehtun."

Spontan gehe zu ihm, umarme ihn, lege meinen Kopf an seine Brust. Eisern bleibe ich stehen, auch wenn er diese Liebeserklärung nicht erwidert, seine Arme einfach seitlich am Körper hängen lässt.

„Ich will nicht, dass das jetzt zwischen uns steht. Es war ok. Du hast mich gestern nicht verletzt." Ich schaue ihn unsicher an. „Seit Frank warst du immer bei mir. Du hast mir so viel Halt gegeben. Unvorstellbar, dass du mich jetzt verlässt. Ich kann ohne dich nicht sein. Scheiß auf gestern, scheiß auf den Ausraster!"

Er löst sich von mir, schiebt mich etwas zur Seite und wird nun erheblich lauter. „Warum zum Geier hast du mich nicht gestoppt? Ich weiß, dass der Sex scheiße war! Du hättest mir eine verpassen können, oder mich zumindest anschreien. Irgendetwas in der Art. Verdammt! Früher hast du auch Grenzen gesetzt!"

„Keine Ahnung, ich wollte sehen, wie weit du gehst."

„Aber es hat dir nicht gefallen?"

„Nein, hat es nicht, aber du warst betrunken. Bernd hatte dich maximal provoziert. Ich weiß, dass du dich nüchtern niemals dazu hättest hinreißen lassen." Ich trete ganz nah an ihn heran, schaue ihm direkt in die Augen. „Ich liebe dich, in guten wie in schlechten Zeiten. Du darfst Schwächen haben. Es muss nicht immer alles perfekt sein. Du warst unfair, aber du hast nichts gemacht, was ich nicht aushalten kann."

Er senkt gequält den Blick. „Das ist nichts, was mich zufriedenstellen kann. Ganz und gar nicht!"

Er wendet sich unmittelbar um, geht zu seiner Jacke, die über dem Stuhl hängt. Was für ein Scheiß! Ich bin wieder den Tränen nah. Ich will nicht, dass Schuss ist. Ich brauche ihn!

Aus Verzweiflung drehe ich mich um. Er soll meine Trauer nicht sehen. Stattdessen schaue ich aus dem Fenster, starre in die Nacht, starre den Mond an.

Der Mond! Früher hatte ich an seinen positiven Einfluss geglaubt. Was für ein Schwachsinn!

„Ich muss los." Tobias ist hinter mich getreten, folgt meinem Blick, überlegt wohl, was es zu sehen gibt, spricht dann weiter. „Wie gesagt, wir brauchen etwas Abstand. Das hier kostet mich zurzeit zu viel Energie."

„Nun gut, dann ist es eben so", sage ich.

„Guckst du mich bitte an, wenn wir miteinander reden."

„Es ist doch alles gesagt. Dann hau doch endlich ab!"

Jetzt will ich einfach nur noch alleine sein.

„Was zum Geier ist denn da draußen?", fragt er irritiert.

„Nichts", sage ich versteinert.

Er zieht mich am Arm, dreht mich gegen meinen Willen um.

„Hey, du verstehst das ganz falsch."

Zwei Schlüssel landen in meiner Hand. Ratlos drehe ich sie hin und her. „Das sind nicht meine", sage ich verwirrt.

„Nein, aber meine."

„Sind die für deine Wohnung?"

„Ja, genau. Ich brauche meine eigenen vier Wände. Euer Zuhause bringt zu viel Unruhe. " Puh - er will sich also nicht von mir trennen. Mir ist fast das Herz stehen geblieben. Eine Trennung hätte ich momentan außerordentlich schlecht weggesteckt, dafür war unsere gemeinsame Zeit vor Weihnachten einfach zu schön gewesen. Noch nie hatte ich so starke Gefühle für jemanden aufgebaut.

„Ich hoffe, dass du sie haben willst. Wenn du Sehnsucht nach mir hast, steht dir meine Tür also jederzeit offen." Er wartet meine Antwort nicht ab, küsst zart meine Stirn: „So, ich habe gleich einen Termin. Wir telefonieren. Bis dann!" Schwups ist er wieder aus der Tür verschwunden. Ich bleibe irritiert mit seinen Schlüsseln zurück. Ein freier Zugang zu seiner Wohnung. Früher einmal hatte er angedeutet, dass seine Beziehungen erst ernst werden, wenn er seine Schlüssel zur Verfügung stellt. Hier sind sie nun, diese heiligen Schlüssel. Das ist jetzt der ultimative Liebesbeweis seinerseits. Zeitgleich bin ich alleine.

Ich lasse ihn ziehen. Ich fahre nicht hin. Tobi hat ja gesagt, dass er keine Zeit hat. Objektiv gesehen steht er unter Strom. Es ist mehr als vernünftig, dass er sich von mir zurückgezogen hat, seinen Stress mit sich selbst austrägt.

Wie versprochen ruft er artig jeden Tag an, ist ganz lieb am Telefon. Die Nächte hingegen sind schlimm. Ich bin es gar nicht mehr gewohnt, alleine zu schlafen. So bin ich meinen Albträumen schutzlos ausgeliefert. Am Tage zumindest lasse ich es mir gut gehen. Barbara und ich nutzen meine Mittagspause und gehen Schuhe kaufen. Das ist besser als jede Therapie, wirklich perfekt für mein Gemüt. Sie hat es bei einem Paar belassen. Ich habe vielleicht etwas übertrieben. Es zieren gleich drei neue Exemplare meinen Schrank. Alle wurden natürlich zum Schnäppchenpreis erstanden - lol.

Am Donnerstag holt er mich überraschender Weise von der Arbeit ab. Er lächelt freundlich, trägt Anzug und Krawatte, sieht darin sehr seriös und weltgewandt aus. Ich muss lächeln, gebe ihm einen Kuss.

„Na, bist du wieder ansprechbar? Wenn ich dich so ansehe, ist es wohl gut gelaufen."

„Bereden wir später. Lass uns erst einmal etwas essen. Ich lade dich ein. Was möchtest du? Das übliche, oder vielleicht zur Abwechslung Chinesisch, Griechisch oder etwas anderes?"

„Chinesisch, wäre toll. Gerne können wir aber auch bei dir etwas kochen."

„Nein, heute bleibt die Küche kalt. Lass uns lieber reden."

Seine zurückhaltende Art ist befremdlich, macht mir Angst. Reden? Worüber will er denn jetzt schon wieder reden? Händchenhaltend begeben wir uns zum nächstbesten Restaurant.

„Pflaumenwein?"

„Ja, auf jeden Fall. Ich liebe das Zeug."

Als das Menü aufgetragen wird, isst Tobi eher verhalten.

„Schmeckt es dir nicht?", frage ich.

„Doch, ist ganz gut." Er nimmt eine Gabel, stellt seinen Teller dann aber doch beiseite. Permanent mustert er mich, verunsichert mich zutiefst, also konzentriere ich mich stattdessen auf mein Gericht, würze es extra scharf, esse bedächtig, lenke mich irgendwie ab. Alle Alarmglocken läuten.

„Wie ist es denn jetzt gelaufen?", frage ich vorsichtig.

„Passabel. Es ist äußerst passabel gelaufen. Phase vier ist abgeschlossen. Die Arbeit der letzten zwei Jahre hat Früchte getragen."

„Sehr schön. Gratuliere!" Ich versuche begeistert zu klingen, aber das ist nur ein müder Versuch. „Kehrt bei uns jetzt wieder

Normalität ein, oder kommt jetzt gleich das nächste Projekt`", frage ich.

„Das nächste Projekt. Nun folgt Phase fünf", antwortet er.

Na super War ja klar. Das sind wohl die Schattenseiten an der Seite eines Karrieremannes!

„Nun gut. Dann ist es eben so", sage ich ohne Begeisterung.

„So ähnlich", sagt er.

Verständnislos schaue ich ihn an. Nun ist mir endgültig der Appetit vergangen. Nun platzt mir der Kragen. Es hat sich einfach zu viel aufgestaut. „Was ist los? Du druckst permanent um den heißen Brei herum. Willst du deine Schlüssel zurück? Hast du es dir anders überlegt? War das ein Spiel oder wieder ein Test? Ich dachte, dass wir das hinter uns haben?"

„Nein, kein Spiel. Dieses Mal nicht." Er schaut mir in die Augen, sein Blick ist fest, als er spricht. „Phase fünf startet in Houston. Ich gehe für ein halbes Jahr fort!"

„Was? Wann?"

„Am Samstag geht der Flieger."

„Diesen Samstag? Übermorgen?"

„Ja!", seine Augen fixieren mich immer noch, dringen in mein Gehirn ein, versuchen meine Emotionen aufzusaugen.

Meine Laune verdüstert sich, er spricht weiter, versucht lieb zu klingen. „Bitte versteh. Ich kann das nächste halbe Jahr in unserer Zentrale in Houston weiter forschen. Die ganze Creme de la

Creme ist auch dort, inklusive dem besten technischen Equipment. Das war schon immer mein Traum. Eine internationale Karriere. An den Wochenenden kann ich mir ausgiebig das ganze Land ansehen. Stell Dir das doch vor. Der amerikanische Traum. Die totale Freiheit! Bis jetzt hatte ich ja nur in New York abgehockt."

„Lass uns noch einmal zurückspulen. Du gehst nach Amerika. Seit wann weißt du das?" Unwillkürlich muss ich an den Spruch seines Vaters an Weihnachten denken: Houston hat von Rauheim. Selbst sein Vater war eingeweiht. Womöglich alle außer mir!

„Eine Weile", antwortet er.

„Eine Weile? Was bedeutet das? Einen Tag, einen Monat, ein Jahr?"

„So in dem Dreh", sagt er wenig aussagekräftig.

„Das erklärt zumindest dein Verhalten der letzten Tage. Das war es also! Deshalb bist du so grundlos, beziehungsweise übertrieben eifersüchtig was Tom betrifft. Du hast Angst, dass ich auf den Tischen tanze, wenn du weg bist! Und überhaupt! Hast du bewusst eine Distanz aufgebaut? Wolltest du deiner kleinen Prinzessin den Abschied erleichtern? Wolltest du, dass ich nicht so traurig bin, wenn du weg bist? Ist das deine Art, damit umzugehen?"

„So etwas in der Art."

„Du weißt, dass mich diese Antwort nicht zufrieden stellt. Ehrlich, ich habe das so satt. Vielleicht reden wir mal Klartext!"

„Gut, es stimmt. Seit geraumer Zeit habe mir einen Kopf gemacht, wie es mit uns weiter geht."

„Ach, läuft das jetzt so wie bei Barbara und Bernd. Ist das jetzt nur deine Entscheidung? Dein Ding?!"

„Nein, natürlich nicht." Er nimmt meine Hand, sieht mir fest in die Augen, als er spricht. „Es wird schwer, bis unmöglich. Aber wie wir das damals schon ausgiebig besprochen haben, würde ich mir wünschen, dass wir versuchen, unsere Beziehung aufrecht zu erhalten. Ich liebe dich. Eine Familie, Kinder, das ist alles drin. Die Schlüssel sollten dir ein Zeichen setzen, dass es mir wirklich ernst ist!"

„Ja klar, eine Fernbeziehung, das wird ja ein Kinderspiel. Wie jeder weiß, hat das mit Susanna auch so gut geklappt." Ich rolle mit den Augen. Was für ein Albtraum. Mein gutaussehender Freund mutterseelenalleine in den USA. Wir sind über Monate getrennt. Er ist ja auch so treu, wenn er langfristig auf sich selbst gestellt ist. Da kann ich die Uhr nach stellen, wann er den ersten Seitensprung begeht. „Tobias, im ernst. Du weißt, dass das nicht funktioniert. Dann viel Spaß bei deinem Lebenstraum. Good Luck!"

Ich stehe auf, krame hektisch in meiner Handtasche, lege nach erfolgreicher Suche demonstrativ zwanzig Euro auf den Tisch.

Tobi greift nach meiner Hand, hält diese fest. „Geh jetzt nicht. Lass uns reden. Eine sechsmonatige Trennung ist ein überschaubarer Zeitraum. Wir schaffen das!"

„Du weißt nicht, wie sehr mich dein Verhalten in letzter Zeit verletzt hat. Hast du überhaupt eine Ahnung, wie sich so etwas anfühlt? Deine ganzen Sticheleien, deine Zurückweisungen. Wie konntest Du nur so grausam sein?"

„Ich habe es nur gutgemeint. Mir tat das auch weh", sagt er leise.

„Ja, genau. Du armer, armer Kerl!" Der Abend ist für mich gestorben! Tobias ist für mich gestorben. Alles hatte sich ganz anders entwickelt, als erwartet. Das hatte er also mit seinem Plan gemeint. Wie oft hatte er diesen verfluchten Plan erwähnt, das ganze Drama angekündigt? Wie oft habe ich das ignoriert? Wie oft habe ich mich für dumm verkaufen lassen?

Nun fühle ich mich nur noch müde und gereizt.

„Lass mich sofort los, sonst riskierst du eine Klatsche. Ehrlich, ich haue dir mitten in die Visage!", sage ich platt. „Was uns betrifft, werde ich nicht mehr zurückstecken. Nie wieder!"

„Du willst mich schlagen? Jetzt?", fragt er irritiert, zieht tatsächlich seine Hand zurück. Ich beantworte seine Frage nicht, lasse ihn einfach alleine, eile schnurstracks aus dem Lokal, direkt zu meinem Auto und fahre mit Vollgas nach Hause. Tobias hat mich nicht aufgehalten und ruft auch nicht an. Ich gehe gleich rauf in mein Zimmer, schnappe mir spontan die erstbeste Flasche

Rotwein, und lasse mich volllaufen, bis sich alles dreht und ich alles vergessen kann.

Am Morgen muss ich natürlich in den Laden. Dort bin ich alleine. Meine Mutter hat ihren freien Tag. Martha zeigt etwas Schwäche und einen Mangel an Motivation. Für einige Wochen war die Arbeit ok. Nun schätzt sie einfach auch mal die Ruhe zu Hause. Ich kann ihre Intension nachvollziehen, verkneife mir Vorwürfe jeder Art. Januarwetter ist fies. Draußen ist es bitterkalt und stürmisch. Leichter Schnee hat die Straßen und Wege bedeckt. Bei diesem Wetter schickt man keinen Hund vor die Tür. Die Kundschaft bleibt lieber zu Hause. Tja, das neue Jahr startet ungünstig. In allen Punkten!

Nun bin ich auch noch Single. Wann er wohl seine Sachen holt. Ob ich ihn überhaupt noch einmal sehe? Gefühlt wird er sich nicht selbst die Mühe machen. Einen Transporteur anheuern, oder mir die Sachen schenken. Klamotten, ein Schrank, Rasierzeug. Er ist sowieso mit allem doppelt ausgestattet.

Um mir meine Langeweile zu vertreiben, beschließe ich nach Ladenschluss noch einige Zeit in der Boutique zu verweilen. Tja. Freitagabend – und ich habe nichts vor. So gar nichts! Ich fühle mich wie ein Einsiedlerkrebs an einem kilometerlangen, verlassenen Sandstrand. Was macht so ein Krebs eigentlich den ganzen Tag. Lauern?

Egal. Ich für mich werde jetzt produktiv, werde eine Sonderschicht einlegen, aber nicht mit nähen. Heute schalte ich den Rechner an. Prinzipiell ist es schändlich bis kriminell, aber ich treibe mich auf den Internetseiten von Bloggern und der Konkurrenz herum. Der ganze Stress zeigt seine Früchte. Meine Kreativität steckt in einer heftigen Krise. Sicherlich will ich nicht eins zu eins abkupfern, aber es kann nicht schaden, sich mit den aktuellen Trends in London und Paris zu beschäftigen, und sich ein wenig inspirieren zu lassen.

Erst um 21 Uhr mache ich Feierabend.

Tja, Tobias lebt seinen Traum. Prinzipiell macht er alles richtig. Objektiv gesehen, mache ich das auch. Ich liebe meinen Job. Ich liebe den Laden. Im Gegensatz zu Tobias ist mein Einkommen nur leider ein Witz. Die Raten für den Kredit sind hoch. Mandy und Barbara bekommen auch jeweils noch einen Teil des Kuchens. Wir hatten im Vorfeld einen Vertrag für alle Gegebenheiten aufgesetzt, damit jede im Falle eines Falles abgesichert ist. Hatte das mir bei der Vertragsunterzeichnung ein sicheres Gefühl gegeben, reißen mich diese Ausgleichzahlungen jetzt voll runter. Welch zweischneidiges Schwert.

In siebzehn Stunden macht er also den Abflug. Mit seinem Fortgehen findet unsere Liebe ein Ende. Tja, es gab Zeiten, da wollte ich die Beziehung unbedingt beenden, dann wieder nicht. Ein unbeschreibliches Chaos der Gefühle, aber im Endeffekt sicherlich die glücklichste und intensivste Beziehung die ich je haben werde. Was danach kommt, kann wirklich nur noch ein Abklatsch sein.

Heute mache ich es anders. Diesen Abend spüle ich mir den Frust nicht mit Hochprozentigen hinunter. Meine Vernunft siegt. Um mich abzulenken schalte ich den Fernseher an. Eisern starre ich auf die Mattscheibe. Ein Krimi. Leichen pflastern den Weg des Mörders. Wilde Verfolgungsjagden ziehen sich durch Berlin. Mich lässt das kalt. Von mir aus kann der Hauptdarsteller ebenfalls zum Opfer werden. Auch wenn mich die Story nicht im Mindesten interessiert, halte ich den Film bis zum Ende durch. Irgendwann gegen Mitternacht gehe ich ins Bett.

Das Meer ist unruhig, tiefschwarz. Ich sitze in einem kleinen Boot. Es ist wohl eher eine Nussschale. Die Wellen sind schrecklich beeindruckend, sicherlich zwei Meter hoch. Eine nach der anderen kommt angerollt, lässt das Boot wie ein Spielzeug hin und her schaukeln, auf dem Wasser einen rasanten Walzer tanzen. Verzweifelt halte ich mich am Rand fest. Hier bin ich so unbedeutend klein und allein. Hier auf dem offenen Gewässer bin ich den Gewalten so verteufelt ausgeliefert. Schnell zittere ich am ganzen Körper. Es ist so kalt! Mit einem Mal wird der Wind stärker, die Wellen höher. Die Wolken verdunkeln das Tageslicht.

Dann sehe ich die Monsterwelle, die am Horizont unaufhaltsam auf mich zurollt. Scheiße Mann!

Etwas streicht über meinen Arm. Die Berührung ist sanft, zart, nicht unangenehm, im Gegenteil - unglaublich schön.
„Alles ist gut. Das ist nur ein Traum." Tobias flüstert die Worte sanft in mein Ohr. Oh Gott, sogleich laufen mir die Tränen über das Gesicht. Das ist mir so vertraut, seine Nähe tut mir so gut.
„Nein, ist es nicht", sage ich leise. Eine tiefe Traurigkeit überkommt mich. „Wir haben es versaut. Wir haben es nicht geschafft, unsere Liebe zu retten."
„Komm her", zärtlich schließt er mich in seine starken Arme, zieht mich zu sich, auf seine Seite des Betts. Seine Lippen treffen meine, sind sehr weich und flauschig.
„Was machst du hier", frage ich leise, löse mich etwas von ihm, bin immer noch total übermüdet. „Ich hätte nicht gedacht, dass wir uns noch einmal sehen."
„Du hast mir gefehlt. Du fehlst mir jede Nacht. Ich habe mich so verdammt an dich gewöhnt", sagt er.
„Heißt das, dass du jetzt hierbleibst? Du gehst nicht nach Amerika?", frage ich weiter, vielleicht etwas zu hoffnungsvoll. Das wäre wirklich zu schön, um wahr zu sein. Vielleicht ist es wie im Märchen. Er gibt seinen Traum für seine große Liebe auf.

„Du weißt, dass das nicht geht. Dafür habe ich zu hart an dem Projekt gearbeitet. Wenn jetzt jemand anderes meine Lorbeeren einheimst, könnte ich das nur schlecht wegstecken. Da steckt mein ganzes Herzblut drin."

Ach ja, welch idiotische Vorstellung! Der Funke der Hoffnung wird von der Realität ermordet. Warum sollte er das für mich tun?

„Ja, sicher", sage ich, versuche nicht zu mehr zu weinen, ziehe mir mein Nachthemd über den Kopf, und schmiege mich an seinen stattlichen Körper. Seine kalte Gürtelschnalle drückt gegen meinen Bauch, aber ich ignoriere das. Tobi trägt noch alle seine Klamotten, inklusive Jeans. Ich schiebe meine Hände unter sein Hemd, streiche über seine Haut, spüre andeutungsweise seinen Waschbrettbauch unter meinen Fingern.

„Schlaf mit mir. Jetzt sofort!"

„Ja", sagt er, seine Stimme ist rauchig. Er zieht sich aus und legt sich auf mich. Sein Körper ist warm, fühlt sich so gut an. „Ich liebe dich. Ich wollte es uns einfacher machen, und rechtzeitig die Reißleine ziehen!"

„Hat dein Vater dir den Schwachsinn eingeredet? Das läuft so nicht."

„Er hat mir ins Gewissen geredet, und gewisse Bedenken geäußert. Aber nein, tut es nicht. Das musste ich schmerzlich feststellen. Es tut mir leid."

„Diese Geheimniskrämerei ist hart - und einer ernstgemeinten Beziehung nicht unbedingt würdig."

„Was hättest du gemacht, wenn du es gewusst hättest? Wärst du über einen langen Zeitraum nicht permanent traurig gewesen? Und überhaupt, hättest du nicht bei jeder Kleinigkeit alles angezweifelt?"

„Weiß nicht", antworte ich zurückhaltend.

„Kannst du mir verzeihen?"

„Möglicherweise. Du schuldest mir eine Wiedergutmachung!"

„Ja!" Mit beiden Händen umfasst er mein Gesicht und küsst mich einfach unendlich zärtlich, lange und vielleicht auch verzweifelt. Hier geht es nicht um Befriedigung, sondern um Nähe. Er gibt mir alles, was er mir die letzte Woche entsagt hatte. Wir vergessen alle Sorgen und auch Sylvester, schmusen, küssen uns, schlafen miteinander, lieben uns bis zum Morgengrauen. Wir sind uns so nah. Ich überwinde die letzte Grenze, schenke ihm meine Seele und bekomme seine dafür. Es gibt kein Risiko, nur Vertrauen und Liebe. Es ist wunderschön. Es ist, als müssten wir morgen sterben, und dieser Moment wäre unsere letzte Gelegenheit glücklich zu sein.

Die Uhr tickt gnadenlos weiter. Zu fortgeschrittener Stunde stehen wir auf, und fahren zu Tobias Wohnung. Er macht uns Frühstück. Rührei, was sonst. Nebenbei packt er die letzten Sachen zusammen. Plötzlich prustet er los.

„Mein Gott, wir benehmen uns, als würde die Welt untergehen." Sein Blick wendet sich mir zu. „Es ist doch alles in Ordnung. Wir lieben uns. Wir müssen uns nicht trennen." Er kommt zu mir, küsst mich. „Steig mit mir in den Flieger. Ich regele das. Nichts würde mich glücklicher machen!"

„Das geht nicht, und das weißt du auch. Ich kann den Laden nicht über Monate schließen."

„Nun gut, dann kommst du wenigstens auf Besuch. Ich zahle das Ticket. Sag einfach, wann du kommen möchtest, und ich plane etwas Schönes für uns. Alternativ kann ich meinem Urlaub auch zu Hause verbringen. Das sind dann auch noch einmal drei Wochen, die nur uns gehören." Er küsst mich wieder. „Wir schaffen das. Alles wird gut."

„Okay", sage ich geknickt. „Du hast dich nur so verdammt in mein Leben eingenistet. Es ist einfach zu schön gewesen."

„Und wenn wir uns wieder sehen, wird es genauso schön."

Gegen Mittag klingelt der Taxi Fahrer, und er ist weg. Ich lege mich noch einmal in sein Bett und weine. Zum Glück hatten wir uns nicht im Streit getrennt. Das werden die längsten sechs Monate meines Lebens werden - definitiv, aber ich kann das schaffen.

Irgendwann verlasse ich sein Reich, schließe das Sicherheitsschloss ab, benutze zum ersten Mal meinen Schlüssel.

Ja, der Schlüssel ist ein Zeichen. Er liebt mich. Er wird wieder zu mir zurückkehren, das hoffe ich inständig!

ENDE

Herstellung und Verlag:
BoD - Books on Demand, Norderstedt
ISBN 978-3-7412-7394-0